DRESDNER
KRIMINAL

Thea Lehmann

TOD IM
KIRNITZSCHTAL

Die Autorin

Thea Lehmann ist geboren und aufgewachsen am Ammersee in Oberbayern. Das Schreiben hat sie schon früh fasziniert, deshalb wurde sie nach dem Germanistikstudium Journalistin.

1998 verliebte sie sich in einen Sachsen und tauchte damit in eine völlig neue Welt ein: die sächsische Seele, die besondere Landschaft, die liebenswerte Sprache und eine Familiengeschichte, die eng mit dem Kirnitzschtal verbunden ist.

Heute lebt sie mit Mann und Kind in der Nähe von München, verbringt aber so viel Zeit wie möglich in der Sächsischen Schweiz.

Impressum

© DDV EDITION
DDV Sachsen GmbH, Ostra-Allee 20, 01067 Dresden
www.ddv-edition.de
© Reihengestaltung und Umschlagillustration
www.oe-grafik.de

Autorin: Thea Lehmann
Grafische Gestaltung: Thomas Walther, BBK
Satz: www.oe-grafik.de
Druck: GRASPO CZ, A.S.
4. Auflage (Erstausgabe: 2015)

FSC
www.fsc.org
FSC® C129172
Das Zeichen für verantwortungsvolle Waldwirtschaft

ISBN 978-3-943444-47-6

Thea Lehmann

TOD IM KIRNITZSCHTAL

DDV EDITION

1

Als sich die Kirnitzschtalbahn rumpelnd und quietschend durch die 180-Grad-Kurve am Nassen Grund quälte, kippte der einzige Passagier im hinteren der beiden Waggons zunächst zur Seite, dann rollte er auf den Boden. Von dem Mann kam allerdings kein Mucks, denn er war seit drei Minuten mausetot. In den folgenden zwanzig Minuten, in denen die Bahn gemütlich durch das inzwischen finstere Tal zuckelte, sich widerwillig mal in eine Rechts-, dann in eine Linkskurve legte, wurde der Körper des Mannes so oft hin und her gerüttelt, dass er schließlich, eingeklemmt unter den beiden hinteren Sitzreihen, an der Außenwand des Waggons zu liegen kam.

Die acht Kilometer von der Endhaltestelle am Wasserfall bis zum Stadtpark in Bad Schandau sind eine ziemlich kurvige Strecke, die die alte Dame Straßenbahn in rund 30 Minuten schafft. Das Gleis zieht sich seitlich der Straße entlang des Flüsschens Kirnitzsch hin. Die für die Gegend typischen senkrecht aufragenden Felswände des Elbsandsteingebirges im Nationalpark Sächsische Schweiz flankieren das Tal. An manchen Stellen ist es nur wenige Meter breit, die Felswände ragen dann zu beiden Seiten wie Mauern nach oben; an anderen Stellen weitet sich das Tal ein wenig, und zwischen Fluss und Straße ist Raum für magere, nasse Wiesen, ein wenig Gestrüpp und schlanke, nach oben strebende Fichten. Die Enge des Tales sorgt dafür, dass es schon früh dunkel wird an seiner Sohle, und selbst im Sommer zieht sich die Bahn dann wie ein leuchtender Bandwurm durch den Felsengrund, obwohl auf den Höhen noch angenehmes Dämmerlicht herrscht.

Das Tal war der Straßenbahnfahrerin Adele Schuster vertraut wie ihr eigener Hausflur. Seit über zehn Jahren fuhr sie die Bahn und brachte Touristen zu den Wandergebieten und wieder zurück nach Bad Schandau. Sie kannte auch jeden einzelnen Bewohner des Tales.

Seit der zweiten Station, dem Beuthenfall, war außer am Hotel Forsthaus auf dieser letzten Fahrt des Tages niemand mehr ein- oder ausgestiegen. Das war auch nicht verwunderlich, denn die Wanderer beeilten sich, in der einbrechenden Dunkelheit nach Hause zu kommen. Die Fahrt war in der Regel ruhig, die meisten Ausflügler saßen schon längst wieder in der S-Bahn nach Dresden oder in ihrem Wagen auf dem Weg nach Hause.

Als Adele Schuster in Bad Schandau am Stadtpark, der Endhaltestelle, ankam, verließen die vier letzten Fahrgäste die Waggons und machten sich auf den Weg hinüber Richtung Marktplatz.

Die Straßenbahnerin wartete, bis alle ausgestiegen waren, und rangierte die Bahn so um, dass der Triebwagen wieder in Fahrtrichtung stand. Sie nahm ihre Mütze und ihre Tasche von der hölzernen Ablage und strich sich die hellblaue Dienstbluse glatt. Ihre Arbeit mochte sie sehr. Es war viel besser, als irgendwo in einem Laden an der Kasse zu sitzen, auch wenn die Passagiere mitunter nervig und unfreundlich waren. Aber die Schönheit des Tales und der Wechsel der Jahreszeiten, die sie auf ihren Fahrten erlebte, gefielen ihr immer wieder aufs Neue. Sie schloss den Wagen mit dem Führerstand ab und überprüfte, ob von außen alles in Ordnung war. Dann warf sie einen kurzen Blick in den hinteren Wagen und verschloss auch dessen automatische Türen. Die gelbe Bahn würde bis zum Morgen an der Endhaltestelle stehen bleiben. Adele Schuster machte sich auf den Weg nach Hause und hatte nicht den leisesten Schimmer von ihrem toten Passagier.

Kriminaloberkommissar Leo Reisinger saß am Donnerstagvormittag an seinem Schreibtisch in der Dresdner Innenstadt und starrte auf die beiden Zettel vor ihm. Auf dem einen standen, mit flüchtiger Handschrift hingeworfen, der Name Mandy und eine Mobilfunknummer. Auf dem Papier in seiner anderen Hand stand, deutlich besser zu lesen, in ordentlichen Buchstaben: Tabea Nollau, außerdem eine Telefonnummer und eine E-Mail-Adresse. Leo erhob sich und schaute aus dem Fenster auf den belebten Pirnaischen Platz. Welche Nummer sollte er jetzt anrufen? Beide hatte er am Vorabend beim Sommerfest in der Alaunstraße ergattert. Die Erste, Tabea, war noch ziemlich jung, höchstens 20 Jahre alt, wahrscheinlich Studentin. Ihre lustigen kleinen Grübchen beim Lachen hatten ihn an Veronika erinnert. Sie hatte ihn mit großen, ungläubigen Augen angesehen, als er ihr unaufgefordert einen Gin Tonic gebracht hatte, um mit ihr anzustoßen. Es dauerte eine Weile, bis sie aufgetaut war, und anfangs bestand die Gefahr, dass sie mit ihrer Freundin die Flucht ergreifen würde. Aber die ließ sich von einem durchtrainierten Typen mit Wollmütze in die Feinheiten des Streetdance einweihen und dachte nicht daran zu gehen.

Leo hatte einen Blick für so was. Am leichtesten anzusprechen waren die Frauen, die mit einer Freundin da waren und plötzlich damit leben mussten, dass die Freundin angebaggert wurde, sie aber nicht. Nach einer Stunde hatte er die schüchterne Tabea so weit, ihm ihre Telefonnummer zu geben. Offensichtlich war sie ein braves Mädchen. Der Zettel mit den akkuraten, geraden Buchstaben und den geraden Zeilen roch geradezu nach Ordnung und Anständigkeit. Das forderte seinen Jagdinstinkt heraus. Dass sie sich kurz vor neun Uhr abends dann doch mit ihrer Freundin nach Hause verabschiedete, ohne ihn mitzunehmen, war nur deshalb keine totale Enttäuschung, weil sie ihm ihre Nummer in die Hand gedrückt hatte.

Also machte er sich weiter auf die Suche und wanderte mit seinem Bierglas die Straße entlang, bis er im Devils Kitchen Mandy entdeckte. Die war ein ganz anderes Kaliber als Tabea. Mandy war mindestens 30, also so alt wie er selbst, und trug einen Ehering am Finger. Sie hatte ihn geradezu herausgefordert, sie anzusprechen, ihre schwarzen langen Locken geschüttelt und ihm vielsagende Blicke zugeworfen. Auch sie war mit einer Freundin unterwegs, die sich lachend mit einer jungen Frau am Nebentisch unterhielt. Obwohl sie also genau das versprach, was er wollte, war sich Leo nicht ganz sicher. Bei Mandy hatte er also gezögert, seinen bayerischen Charme nur mit halber Kraft eingesetzt und sich nicht sofort eingelassen. Das ging ihm nun fast zu leicht. Ein wenig Herausforderung und ein bisschen mehr Distanz sollten schon sein. Stattdessen war er also alleine nach Hause gegangen, dafür mit zwei Telefonnummern.

Uwe Kröger schaute vorbei und nickte ihm durch die offene Türe zu. »Na, homo bavaricus, alles im Lot?« Leo sah auf und lächelte seinen Kollegen an. »Hallo, Uwe, was meinst du, braun oder schwarz?« Er deutete auf die beiden Zettel vor sich.

»Ah, der Herr Kommissar ist mal wieder auf der Pirsch.« Kröger schüttelte mit ironischer Entrüstung den Kopf, gleichzeitig sah man ihm an, dass er Leo um seine Freiheit beneidete. »Für deine Zwecke wohl eher schwarz wie die Nacht, Alter!« Er verabschiedete sich mit einem angedeuteten Winken und ging den Flur hinunter.

»Hm, schwarz.« Leo drehte den Zettel mit Mandys Telefonnummer zwischen den Fingern. Rein statistisch gab es nur fünf Prozent wirklich schwarzhaarige Frauen in Deutschland, wenn man all diejenigen abzog, deren Heimatländer weiter südlich lagen. Die Frage war demnach, ob sie nachgeholfen hatte. Er hasste es, wenn Frauen sich die Haare färbten. Blondinen mit dunklen Haaransätzen waren der echte Abtörner. Bei Mandy konnte die Farbe durchaus echt sein, sie hatte dunkle Kohleaugen, dunkle Augenbrauen, er glaubte sich sogar an dunkle, feine Härchen auf ihren nackten Armen zu erinnern. Alles recht vielversprechend, und die Wahrheit ließ sich schließlich leicht herausbekommen. Am seltensten waren die echten Rothaarigen. Nur zwei bis drei Prozent der Weltbevölkerung hatten natürlicherweise rote Haare. So eine fehlte ihm ganz klar noch auf seiner Liste. Aber schwarz war auch nicht übel. Also doch Mandy?

Eine blasse junge Frau mit knallschwarzen, langen Haaren und dunklem Make-up steckte den Kopf zur Tür herein. »He, du Seppel, gehst du mit Sascha und mir zum Thai-Imbiss?«

Leo zuckte zusammen. »Nein, kein Thailänder!«

»Wieso nicht? Das Essen ist billig und lecker! Nur so eine Schachtel voll mit gebratenen Nudeln und ein bisschen Huhn obendrauf.« Sie sah ihn mit ihren schwarz umränderten Augen forschend an.

Ruppiger als beabsichtigt knurrte Leo nochmals »Nein!« und drehte ihr auf seinem Bürostuhl den Rücken zu. Sandra Kruse nannte ihn »Wessi-Dumpfbacke« und verschwand aus seiner offenen Bürotür.

Leo schämte sich ein wenig, seines Ausbruchs wegen. Doch Sandra Kruse nervte ihn. Und Sandra war blond, obwohl man davon zurzeit nichts sah, weil sie ihre helle Mähne vor einem Monat rabenschwarz gefärbt hatte. Als Kriminalbeamtin! Leo fand das unmöglich. Das Schlimmste aber war, dass Sandra es nicht lassen konnte, ihn als Besserwessi für alle ihre eigenen Unzulänglichkeiten verantwortlich zu machen.

Als wieder Ruhe vor seiner Tür eingekehrt war, griff er zu seinem Handy und rief Mandy an. Er legte sich entspannt zurück, um seiner Stimme das spezielle Timbre zu geben, auf das alle Frauen ansprachen. Obwohl er nicht übel aussah, hatte er in dem halben Jahr, das sein Singledasein nun dauerte, schon festgestellt, dass es nicht so sehr auf das Aussehen ankam. Er fand sich eher durchschnittlich. Sein Kinn war markant, ein wenig wie bei Michael Schuhmacher, seine Haare braun, seinem Körper sah man nicht unbedingt an, wie durchtrainiert er war. Es kam mehr auf ein selbstbewusstes Auftreten an.

Der Bürostuhl knarzte unter seinen ein Meter zweiundachtzig.

Drei Minuten später tänzelte er hochgestimmt die Treppe hinunter und machte sich auf den Weg in die Kantine.

Mandy hatte sich für den Abend auf ein Bier mit ihm verabredet. Morgen würde er wissen, ob sie eine echte Schwarzhaarige war ...

Auch in Bad Schandau schien die Sonne freundlich vom Augusthimmel und tauchte den Stadtpark am Donnerstagmorgen in goldenes Licht. Gut gelaunt marschierte Karl Kunath, seit 23 Jahren Straßenbahnfahrer bei der Kirnitzschtalbahn, auf seinen kurzen Beinen quer durch den Stadtpark. Die Mütze saß keck auf den dunklen Haaren, seine Uniform war frisch gewaschen, das hellblaue Hemd sogar gestärkt. Karl Kunath hörte die Vögel zwitschern und sah, dass in der Kurklinik ein paar Hundert Meter weiter reger Betrieb herrschte; hier wurden neue Patienten ein- und Lebensmittel angeliefert. Kunath grüßte die Besitzerin des Kiosks an der Straßenbahnhaltestelle, die gerade dabei war, ihre wenigen Tische und Stühle vor den Pavillon zu stellen.

Um acht Uhr entriegelte Karl Kunath die beiden Waggons mit dem speziellen Schlüssel und schaltete den Triebwagen ein. Die Stromabnehmer fuhren langsam nach oben und rasteten mit einem Klicken ein.

Da keine Passagiere in Sicht waren und weil er noch fünf Minuten Zeit hatte, bis er laut Fahrplan losfahren sollte, drehte er eine Runde außen um die Waggons, um zu sehen, ob alles in Ordnung war. Dann inspizierte er die Wagen von innen. Von seinem Führerstand aus ging er zunächst im ersten Wagen nach hinten und sammelte mehrere Bonbonpapierchen auf. Er öffnete die Tür am hinteren Ende des Waggons, um hinaus auf den Bahnsteig zu treten. Sein Blick fiel auf die Gummilippe der Tür. Er kannte diese Bahn seit über 20 Jahren und hatte bestimmt schon jede Schraube an diesem Gefährt in der Hand gehalten. Seit die Gotha-Triebwagen 1992 aus Plauen ins Kirnitzschtal gekommen waren, wurden sie gehegt und gepflegt, denn niemand hier wollte moderne Züge haben. Zum einen waren neue

Wagen viel zu teuer, zum anderen kamen viele Menschen allein wegen der alten Straßenbahn ins Kirnitzschtal. Der Gummi an der hinteren Türe war porös und musste demnächst erneuert werden. Karl Kunath nahm sich vor, das gleich im Straßenbahn-Depot zur Sprache zu bringen. Dann inspizierte er den zweiten Waggon. Der war ziemlich sauber, aber auch hier entdeckte der Straßenbahner noch eine leere Flasche Club-Cola, die neben einem Einzelsitz am Boden lag. Als er sich bückte, um sie aufzuheben, fiel sein Blick auf das Profil zweier Wanderschuhe.

Erschrocken fuhr er hoch, knallte mit dem Kopf gegen die Haltestange. »Dunnerlittschn!«, entfuhr es ihm. Er lief die paar Schritte nach hinten. Da lag eine Person am Boden, verdeckt unter den beiden Sitzbänken. Das Gesicht war nicht zu sehen, das lag zur Außenwand hin, aber die Hose, die Jacke, die kurzen, schütteren Haare auf dem Schädel, all das deutete darauf hin, dass die Person ein nicht mehr junger Mann war.

Karl Kunath rief ihn an: »He, hallo Sie da, schlafen Sie? Aufwachen!« Aber der Mann rührte sich nicht. Als Kunath ihn zu schütteln versuchte, merkte er, dass der Körper starr war. Er zuckte zurück und versuchte zu verstehen, was das bedeutete.

»Ach du meine Güde!«, stöhnte er. »Ä Doder in meiner Straßenbahn!«

Er schaute auf den Bahnsteig und hinüber zur Straße.

Glücklicherweise waren immer noch keine Fahrgäste zu sehen. Mit zitternden Händen nahm er sein Handy und meldete das Malheur erst einmal seinem Einsatzleiter. »Gustav, halt dich fest, ich hab hier 'nen Doden in der Bahn liegen. Ruf gleich mal die Polizei und 'nen Doktor an und was man noch so braucht. Ich komm mit dem Typen vor zum Depot!«

Er rannte zum ersten Wagen, setzte sich in den Führerstand und fuhr ohne den vorgeschriebenen Halt am Abzweig nach Ostrau direkt zum Straßenbahndepot. Dort wurde er von seinem Chef Gustav Neusche empfangen. »Die von der Polizei haben gesagt, du hättest mal lieber da bleiben sollen! Aber nu biste schon mal hier, da könn' mir den Wagen ooch offs Abstellgleis stellen, und du kannst deine Runde mit der Bahn machen. Kannst die Fahrt ja nicht ausfallen lassen.«

Sie koppelten den Wagen mit dem blinden Passagier ab, hängten einen neuen dran, und mit einem Blick auf die Uhr schickte der Chef der Straßenbahn seinen altgedienten Straßenbahner Kunath auf die Runde ins Kirnitzschtal. Er hatte ja schon einiges erlebt im Tal, aber einen Toten in der Bahn, so was hatte es bisher noch nicht gegeben.

Neusche wartete mit dem Toten im Waggon auf dem Abstellgleis. Zehn Minuten später war die Ärztin aus Bad Schandau da und diagnostizierte, was zu diesem Zeitpunkt schon alle wussten, dass nämlich der Mann das Zeitliche gesegnet hatte.

»Und nu?«, fragte Gustav Neusche. »Wie werde ich den jetzt wieder los?« Die Ärztin zuckte ratlos mit den Schultern. »Er hat ja nichts dabei, wir wissen nicht, wer er ist; da müssen Sie jetzt schon warten, bis die Polizei kommt. Am besten wäre es, eine Obduktion anzuordnen, um die Todesursache zu ermitteln. Ich kann nur feststellen, dass er tot ist, und zwar schon mindestens zehn Stunden. Es sieht nach einem Herzinfarkt aus, aber ob es das wirklich war, kann ich so nicht feststellen.«

Sie reichte Neusche einen Totenschein, auf dem sich nichts als ihre Unterschrift befand, und machte sich wieder auf den Weg in ihre Praxis.

Die Polizei aus Pirna brauchte fast eine Stunde, um im Straßenbahndepot anzukommen. Sobald das grünweiße Fahrzeug auf dem Parkplatz stand, sprang ein junger Beamter aus der Fahrertür, schnappte sich eine Schreibmappe vom Rücksitz und machte sich zackig auf den Weg zu dem Grüppchen vor dem Straßenbahndepot. Er war schon fast bei Neusche, als sich auch die Beifahrertür bewegte, ein zweiter Polizist ausstieg und mit gemessenen Schritten auf die Gruppe zumarschierte.

»Polizeimeister Ricki Strohbach aus Pirna«, stellte sich der Jungspund vor. »Wer ist hier der Chef?« Neusche wartete ab, bis auch der zweite Beamte bei ihm war. Wer der Chef bei den Polizisten war, war ihm mit dem ersten Blick klar gewesen. Er nickte dem älteren Beamten zu und stellte sich vor. Noch bevor Ricki Strohbach das Wort wieder an sich reißen konnte, übernahm Polizeihauptwachtmeister Wolfram Biesold das Kommando. »Erst mal alle Personalien aufnehmen, Fundort erfassen, und dann zur Gerichtsmedizin«, wies er Ricki Strohbach an, als ihn alle erwartungsvoll anschauten. »Den Wagen für die Leiche bestellen die Kollegen, wir müssen die Zeugenaussagen aufnehmen.«

»Aber ...«, begehrte Strohbach auf. »Ich weiß, ist deine erste Leiche, aber nu mach nicht so 'n Wind. Wir gehen hier ganz nach Vorschrift vor.« Der junge Beamte nickte ergeben, während sich sein Chef den Schweiß von der Stirn wischte. Sie standen inzwischen in der prallen Sonne auf dem großen Platz vor der Depothalle.

»Dann fangen wir mal an«, seufzte er und zückte Block und Stift.

»Wo ist derjenige, der die Leiche gefunden hat?«, fragte er Gustav Neusche.

Der guckte auf die Uhr und rechnete kurz. »Der ist gerade an der Schneiderweiche.«

»Wo?«, fragte der junge Beamte nach.

»Na, an der Schneiderweiche. Da muss er warten, bis die zweite Bahn vom Depot kommt, und den Klöppel übergeben. Wir fahren hier ja eingleisig.«

Ricki Strohbach sah ihn immer noch fragend an. Sein Kollege sprang ihm endlich bei: »Das ist schon in Ordnung, Ricki. Ich kenn' mich hier aus. Aber eigentlich hätten Sie den hierbehalten müssen«, wandte er sich an Neusche.

»Soll der sich hier über eine Stunde die Beine in den Bauch stehen, wo ich gerade 'nen Fahrer im Krankenstand hab und keinen Ersatz? Die Bahn muss doch fahren!«

»Immerhin haben wir hier einen Todesfall!«, mahnte der Dienstältere an.

»Hätt' der sich doch bloß 'nen andern Platz zum Abnibbeln ausgesucht!«, stöhnte Neusche.

»Wann kommt der Straßenbahnfahrer denn nun zurück?«, wollte Ricki wissen.

Neusche guckte auf seine Uhr.

»In zehn Minuten ist der hier. Da muss eben der Didi einspringen und weiterfahren, wenn Sie den befragen wollen.«

Der Uniformierte nickte. »Und wer hat eigentlich die Bahn gestern abgestellt? Da war der Tote ja möglicherweise schon drin in der Bahn, so wie das hier aussieht.«

Gustav Neusche kratzte sich am Kopf. »Da ham' Se recht. Das muss die Adele gewesen sein. Didi, guck mal, ob die Adele gestern Abend die letzte Tour gemacht hat!« Er hatte sich laut rufend an einen weiteren Straßenbahner gewandt, der in der Halle an einem Waggon die Räder abklopfte. Didi schlurfte um die Ecke und kam mit dem handgeschriebenen Dienstplan zurück. »Nu, Chef, die Adele war gestern Abend die Letzte.«

Gustav Neusche ging zum Telefon und wählte.

»Adele, du musst mal herkomm' ins Depot, ist wischtsch ... Ich weiß, aber die Polizei ist da ... Sag ich dir, wenn du da bist. Komm, so schnell du kannst.« Er drückte den roten Knopf und hängte das altmodische Wandtelefon wieder auf die Gabel. »Ist schon unterwegs, die Adele.«

»Gut«, sagte Polizeihauptwachtmeister Wolfram Biesold, »dann vermessen wir jetzt den Fundort.« Er und sein Kollege nahmen Maß vom Waggon, kennzeichneten den Fundort mit Markierungen, machten Fotos und Notizen. Sie waren noch mitten im Knipsen, als die Straßenbahn um die Ecke quietschte. Karl Kunath war allein in seiner

Bahn. Um diese Uhrzeit gab es in der Woche noch nicht viele Wanderer, und raus aus dem Tal wollte so früh am Morgen in der Regel auch keiner. Das ging erst am Nachmittag los. Aber hinein ins Tal würde sich das gleich ändern. Karl Kunath sprang aus dem Wagen und eilte auf die Polizisten zu.

Gustav Neusche schickte Didi in die Bahn, und die beiden gelben Waggons machten sich auf den Weg zum Bad Schandauer Endhaltepunkt.

»Sie haben also die Leiche entdeckt?«, fragte Biesold. Kunath nickte. Der Polizist nahm seine Personalien auf. »Wie haben Sie ihn denn gefunden?«

»Nu, ich guck so in den Wagen und sammel morgens immer noch den Müll ein, bevor's losgeht. Die Leute, wissen Se, die sind ja echte Schweine, schmeißen alles weg; da hebe ich also im hinteren Wagen grad 'ne leere Colaflasche auf und sehe plötzlich zwei Schuhsohlen! Ich hab mich vielleicht erschreckt!« Er deutete auf die Beule am Hinterkopf. »Bin so erschrocken, dass ich mir die Birn eingehauen hab, und nicht zu knapp!«

Polizist Ricki wedelte ungeduldig mit der Hand. »Wo war das genau?«

»Na, genau da, wo und wie er immer noch liegen tut. Ich hab ihn nicht angerührt. Bloß gedacht hab ich erst mal, der schläft vielleicht, und deswegen hab ich versucht, ihn aufzuwecken.«

»Also doch angefasst!«, grummelte Strohbach.

»Nu ja, aber bloß, um ihn zu wecken, so 'n bisschen gerüttelt. Aber ich bin ja ein schlaues Kerlchen, hab' dann gleich gemerkt, dass mit dem nüscht mehr los ist.«

»Und hier im Straßenbahndepot hat ihn niemand vorher gesehen?«, hakte der Ranghöhere nach.

»Nee, die Bahn war doch vorne im Stadtpark.«

»Was?!« Beide Uniformierte fuhren auf.

»Warum haben Sie die Bahn denn nicht stehen lassen?«, schaltete sich nun Wolfram Biesold energisch ein. »Sie können doch nicht einen Toten durch die Gegend kutschieren, wie es Ihnen grade in den Fahrplan passt!«

Karl Kunath sah ihn empört an. »Sollte ich die Fahrgäste da einfach im Stich lassen? Ich muss doch meine Runde fahren. Da war's doch viel praktischer, den Wagen hier zu lassen, anstatt vorne am Stadtpark. Wetten, da stehen jetzt zwanzig Leute und wollen Straßenbahn fahren. Wenn die sehen, dass es da 'nen Doden und Polizei gibt, dann kehren die off der Stelle wieder um. Mir ham's schwer genug hier draußen, und es gibt keine Arbeitsplätze, da muss man ooch mal mitdenken!«

Neusche schaute seinen Straßenbahnfahrer erstaunt an. So eine lange Rede hatte er bisher von Kunath noch nie zu hören bekommen.

»Pfffff ...« Polizist Ricki schnaufte empört. »Also, Sie haben den Wagen ohne noch was zu verändern hier im Depot abgestellt und sind dann weitergefahren?«

»Nu, genau!« Kunath strahlte ihn an.

»Na ja, dann schreibe ich das mal genau so auf.« Er vervollständigte sein Protokoll.

Ein kleiner Renault fuhr auf den Parkplatz gegenüber dem Depotgebäude. »Ah, da kommt die Adele. Die Fahrerin von gestern Abend«, ließ sich Gustav Neusche vernehmen.

Adele Schuster eilte schon herbei und hatte vor Aufregung rote Flecken im Gesicht. »Was ist denn passiert?«, rief sie.

»Immer schön der Reihe nach, junge Frau«, wies sie der Polizeihauptwachtmeister zurecht. »Sind Sie Adele Schuster?«

Adele nickte: »Nu.«

»Sind Sie gestern mit der letzten Bahn zum Stadtpark gefahren, und haben Sie die Bahn da ordnungsgemäß verschlossen und abgestellt?« Adele blickte ihren Chef fragend an. Der zuckte nur mit den Schultern.

»Nu, ich hab wie immer abgeschlossen und bin heeme.«

»Haben Sie die Waggons noch einmal durchsucht, bevor Sie gegangen sind?«, stellte der Ordnungshüter die entscheidende Frage.

Adele zuckte kurz zusammen. »Also, ehrlich gesagt, durchsucht hab ich sie nicht. Ich hab gewartet, bis alle ausgestiegen waren, hab hinten noch 'nen Blick reingeworfen, aber da war keiner; und dann hab ich alles abgeschlossen, wie immer. Wieso wollen Sie das alles wissen?« Sie sah wieder hilfesuchend ihren Chef an, doch der verzog keine Miene.

Wolfram Biesold fragte noch einmal nach: »Also sind Sie nicht durch den zweiten Waggon gegangen und haben nachgesehen, ob alles in Ordnung ist?«

Adele Schuster war sichtlich verlegen. »Nee, ich hab nur von vorne kurz reingeguckt, weil ja keiner drin war!«

»War aber doch einer drin!«, klärte Karl Kunath seine Kollegin endlich auf.

»Was?!«, rief die blonde Mittvierzigerin erschrocken und riss die Augen auf. »Acht Leute sind am Wasserfall eingestiegen, zwei sind am Beuthenfall raus und zwei am Forsthaus, und danach war hinten keiner mehr. Hätt' ich doch gesehen, wenn da noch einer gesessen hätte!«

Der Polizeihauptwachtmeister nahm sie am Arm und führte sie zum abgestellten Wagen.

»Ihr Kollege hier«, damit deutete er auf Karl Kunath, »hat heute Morgen den hier gefunden.« Sie waren eingestiegen und standen nun vor dem Toten. Adele stieß einen spitzen Schrei aus, als ihr klar wurde, dass der tatsächlich mausetot war. »Oh, mein Gott, is der in der Straßenbahn gestorben? Is das jetze meine Schuld? Aber der war gestern Abend noch gar nicht da. Ich hab doch gesehen, dass der hintere Waggon leer war!«

Polizeimeister Strohbach war ihnen gefolgt und kratzte sich am Kopf. »Dann gibt's zwei Möglichkeiten. Entweder der ist erst später in die Bahn eingebrochen, als sie schon abgestellt war, oder der lag schon so versteckt unter den Bänken, als Sie gestern Abend reingeguckt haben.«

Alle standen nun ratlos im Waggon und schauten auf den Toten. Biesold bewegte ihn vorsichtig zur Seite, um sein Gesicht nach oben zu drehen. Der Tote war um die 60 Jahre alt, hatte schütteres dunkelblondes, angegrautes Haar, trug eine helle Wanderhose, ein blau-grau kariertes Hemd und eine beige Windjacke. Das einzig Farbenfrohe an ihm waren die leuchtend blauen Wanderschuhe, aber auch die hatten graue Streifen. Das Gesicht des Toten sah entspannt aus, er lächelte nicht, aber er zeigte auch keine Fratze. Der Beamte ging leicht ächzend in die Knie, durchsuchte die Taschen des Toten, fand aber nur ein benutztes Papiertaschentuch. »Kein Rucksack, keine Brieftasche, einfach nichts. Sehr ungewöhnlich.«

Ein feiner Schweißgeruch stieg auf. Die Sonne stand inzwischen hoch am Himmel und brannte durch die Scheiben der Bahn.

»Vielleicht sollten wir den irgendwie kühl stellen, bis die mit 'm Wagen von Dresden kommen, sonst vergammelt der gleich bei der Hitze«, meinte Karl Kunath trocken.

»So 'n großen Kühlschrank ham wir nicht!«, wandte Gustav Neusche ein. »Aber wir könn' ihn wenigstens im Schatten, in der Halle, parken.« Die Beamten waren einverstanden, sie waren auch froh, aus der prallen Sonne zu kommen. Neusche und Kunath fuhren einen Wagen aus der Halle, rangierten um und bugsierten den Waggon mit der Leiche in die Halle des Depots. Dort war es deutlich kühler.

Die Polizisten sahen sich die Türen genauer an.

»Wenn der Wagen gestern Abend leer war, wie Sie sagen, Frau Schuster«, wollte Polizist Ricki von Adele wissen, »wie kommt man dann von draußen rein, wenn die Türen verschlossen sind, ohne was kaputt zu machen?«

Karl Kunath griff unter den Einstieg des Wagens und holte einen gebogenen Sechskantschlüssel heraus. Dann steckte er ihn in die kleine, runde Öffnung neben dem Einstieg. Die Tür öffnete und schloss sich, je nachdem, in welche Richtung er den Schlüssel drehte. »Na, super, seine

Fingerabdrücke sind da jetzt in jedem Falle drauf«, sagte Wolfram Biesold.

»Da kann ja jeder rein und raus, wie er gerade lustig ist!«, empörte sich sein junger Kollege.

»Die Leute wissen das aber nicht!«, grummelte Neusche.

Der Polizeihauptwachtmeister ließ den Schlüssel vorsichtig in eine Plastiktüte gleiten.

»Damit hab ich heute Morgen ooch schon den Waggon aufgemacht«, sagte Kunath betroffen und schaute seine Hände an.

»Sträflich leichtsinnig ist das! Jeder, der das einmal gesehen hat, könnte nachts eine Spritztour machen oder die Straßenbahn sogar klauen!«, ereiferte sich Polizist Ricki.

Neusche, Kunath und Adele Schuster schauten ihn entgeistert an: »Eine Straßenbahn klauen?«

Ricki Strohbach machte einen Rückzieher. »Na ja, vielleicht doch nicht klauen. Aber Tatsache ist, dass es total leicht ist, da reinzukommen. Wahrscheinlich hat er's einfach beobachtet und die Straßenbahn nachts geöffnet.«

»Und wie macht man die Tür von innen zu?«, fragte der Dienstältere und hob warnend die Hand. »Zeigen Sie mir das, ohne was anzufassen!«

»Einfach hier den Knopf drücken«, Gustav Neusche deutete auf den kleinen Riegel neben der Tür. »Das geht immer, ooch wenn die Bahn nicht am Strom hängt.«

»Davon brauchen wir Fingerabdrücke«, murmelte Biesold und machte sich Notizen.

Der ältere Beamte wandte sich wieder an Adele Schuster: »Wenn Sie sagen, die Bahn war gestern Abend leer, dann ist der wahrscheinlich irgendwann in der Nacht hier eingestiegen, hat's sich gemütlich gemacht und ist dann dummerweise gestorben. Sehr merkwürdig.«

»Aber wie ein Penner, der ein Dach überm Kopf braucht, sieht der ooch ni aus«, wandte Neusche ein. »Wieso sollte einer in 'ne abgestellte Straßenbahn steigen und da einen Herzinfarkt kriegen? Ergibt doch gar keinen Sinn!«

»Wieso Herzinfarkt?«, fragte der hellhörige Ricki.

»Das hat die Ärztin gesagt, die den Dodenschein ausgestellt hat«, erklärte Neusche. Er reichte dem Polizisten das Papier. Der steckte es in seinen Schreibblock.

»Wir müssen überprüfen, ob jemand vermisst wird, das ist jetzt erst mal unser Job: rauskriegen, wer das überhaupt ist«, fasste Polizeihauptwachtmeister Biesold zusammen.

Als alle Personalien und Aussagen erfasst waren, machten sich die beiden Beamten wieder auf den Weg nach Pirna, und Gustav Neusche blieb es überlassen, den Toten die nächste halbe Stunde zu bewachen. Wobei, Fluchtgefahr bestand ja nicht. Er verriegelte den Wagen und zog sich in sein Büro zurück.

Kunath hatte seine Personalien und Fingerabdrücke geduldig aufnehmen lassen und war wieder auf seine Straßenbahnrunde gegangen. Adele Schuster war ebenfalls als Zeugin erfasst worden und hatte daraufhin wieder nach Hause gedurft. Für sie reichte es gerade noch, um sich umzuziehen und ihren Dienst bei der Bahn anzutreten.

Als der Leichenwagen mit dem Toten endlich vom Hof des Straßenbahndepots rollte, war Neusche erleichtert. »Gott sei Dank sind wir den endlich los«, sagte er zu Didi. »Was muss der Kerl ooch in der Straßenbahn den Löffel abgeben. Der hätte sich doch netterweise ooch off 'ne Bank im Stadtpark setzen können. Das gibt nur Scherereien, so was!« Didi nickte mitleidig. »Echt dumm geloofen, Chef.«

In Dresden kam der Tote in den Kühlraum und in die Warteschleife. Am späten Nachmittag dann hatte Gerichtsmediziner Dr. Heinrich Gräber die Leiche aus der Kirnitzschtalbahn auf dem Tisch liegen. Sie war inzwischen entkleidet worden.

»Nanu, was haben wir denn da?«, wunderte sich Dr. Gräber, als er den Körper umrundete. Auf Höhe des siebenten rechten Rippenbogens prangte ein großer blauvioletter Fleck, ähnliche, aber kleinere Hämatome fanden sich am rechten Oberschenkel und an beiden Oberarmen.

»Sieht aus, als wäre der die Treppe runtergefallen!«, kommentierte der Assistent den Zustand der Leiche.

»Na, dann wollen wir mal sehen, woran der Gute gestorben ist«, sagte Dr. Gräber und zog sich die Handschuhe über.

Zwei Stunden später war er fertig und ließ sich mit dem Morddezernat der Kripo verbinden.

»Hier ist Dr. Gräber von der Autopsie. Ich habe heute einen Toten reinbekommen, der eindeutig nicht eines natürlichen Todes gestorben ist. Da muss sich jemand von Ihnen drum kümmern.«

2

Am Donnerstagnachmittag hatte Leo Reisinger den Papierkram zu seinem letzten Fall erledigt, alles sorgfältig abgeheftet beziehungsweise an die zuständigen Stellen verteilt. Er würde die seltene Gelegenheit haben, seine aufgelaufenen Überstunden abzubauen, denn derzeit lag kein neuer Fall für ihn an. Die Aussicht auf eine ruhige Woche und das Rendezvous heute Abend ließ seine Stimmung hochschnellen. Als er seinen Schreibtisch abschloss, klingelte das Telefon. Auf dem Display konnte er die Nummer seines Chefs Reinhard Richter erkennen. Nichts Gutes ahnend, hob er den Telefonhörer ans Ohr und meldete sich.

»Reisinger!«, bellte Richter. »Ich habe Doktor Gräber in der Leitung. Kümmern Sie sich um diesen Fall!«

»Guten Tag, Herr Doktor Gräber«, sagte Leo Reisinger nach dem Verbindungsklicken und ließ sich ergeben auf seinen Bürostuhl sinken. Er kramte seinen Schreibblock wieder aus der Schublade und begann sich Notizen zu machen.

»Todesursache?«, fragte er.

»Das ist nicht ganz einfach, eigentlich haben wir hier zwei Ursachen, wenn nicht zweieinhalb. Sie müssen sich das morgen ansehen. Ab acht Uhr bin ich im Labor.«

»Gut, dann bis morgen früh, Doktor Gräber.« Er schaute sich seine Notizen an und ließ gedankenverloren seinen weiß-blau gerauteten Lieblingskugelschreiber auf dem Blatt rotieren. Dann stand er auf und studierte an der Wand im Flur den morgigen Dienstplan. »Mist, schon wieder Sandra«, seufzte er.

Er ging durch den schmucklosen Gang des Polizeigebäudes drei Büros weiter und klopfte an die angelehnte Tür. Bei Sandra Kruse wusste man nie, ob man einfach reinschneien konnte, selbst wenn die Tür sperrangelweit offen stand. Die Kriminalkommissarin starrte angestrengt auf ihren Computerbildschirm. Reisinger lehnte sich an den Türstock.

»Sandra, ich habe einen neuen Fall. Du bist die Einzige, die mich morgen begleiten kann. Erst um acht in die Autopsie zu Dr. Gräber, dann raus hinter Pirna irgendwo in den Wald, wo ein Toter gefunden wurde. Gräber sagt, die Todesumstände sind merkwürdig. Vielleicht war es Mord.«

Sandra sah kurz auf und nickte. »Gut! Ist doch ganz nett, bei der Hitze nicht im Büro sitzen zu müssen.«

»Hast du keine Angst, dass du davon eine gesunde Gesichtsfarbe bekommen könntest?«

»Blödmann!«, fauchte sie. »Das nennt man vornehme Blässe!«

Sandra hatte seit einem Monat einen neuen Freund und war jetzt in ihrer Zombiephase. Ihre pechschwarz gefärbten Haare und die schwarzen Balken um die Augen ließen ihr Gesicht gespenstisch blass erscheinen. Ihre Kleidung war seit vier Wochen ebenfalls schwarz. Heute unterbrach immerhin ein Nietengürtel das triste Ensemble.

»Du siehst gruselig aus!«, stellte Leo Reisinger fest.

»Und du spießig!«, gab sie zurück.

Leo Reisinger sah an sich herunter. Er trug eine leichte helle Sommerhose und ein weißes Polohemd. Was war daran bitte spießig?

Als hätte Sandra seine Gedanken erraten, sagte sie: »Diese Sandalen sind ein Albtraum!«

Na gut, Leo war sich bewusst, dass seine Wandersandalen modisch nicht der letzte Schrei waren, aber wieso sollte er bei dreißig Grad im Schatten mit Halbschuhen im Büro sitzen? »Die sind aber luftig und bequem.«

»Das ist garantiert gegen die Vorschrift, hier mit offenen Schuhen rumzulaufen«, meinte Sandra Kruse.

Leo verdrehte die Augen. »Du bist sicher die Letzte, die sich hier über einen Verstoß gegen die offizielle Kleiderordnung aufregen sollte.« Ärgerlich wandte er sich um. »Morgen um acht bei Dr. Gräber!«, rief er noch in die offene Tür.

Seit einem halben Jahr arbeitete Leo Reisinger als Kriminalkommissar bei der Kripo Dresden. Er hatte dringend weggewollt aus München, und im Rahmen einer länderübergreifenden Kooperation der Polizei hatte sich erstaunlich schnell die Möglichkeit ergeben, für zwei Jahre nach Dresden zu gehen. Mit den Sachsen kam er an sich gut aus. Aber mit Sandra Kruse hatte er eigentlich ständig Ärger. Uwe Kröger und Sascha Pröve waren die Kollegen, mit denen er am liebsten zusammenarbeitete, doch die waren noch mit dem Mord an dem Rentner in Blasewitz beschäftigt.

Sicher, Sandra hatte auch ihre guten Seiten. Wenn sie einen Verdacht hatte, dann war der zu 90 Prozent berechtigt, auch wenn sie noch keine Beweise präsentieren konnte. Wenn man sie in Ruhe recherchieren ließ, brachte sie am Schreibtisch mithilfe des Computers die erstaunlichsten Dinge ans Licht. Ihre Spürnase war wirklich gut. Ihre forsche Art allerdings schreckte die meisten Menschen erst mal ab. Bevor sie ihren Freund gewechselt hatte, ging es noch, aber seit sie sich anzog wie ein Gothic-Punk, war sie eine echte Belastung für seine Abteilung. Für die Arbeit vor Ort war Sandra denkbar ungeeignet, außer es ging ins Punkermilieu, da fiel sie derzeit nicht auf.

Leo guckte auf die Uhr, zehn nach fünf. Auch sein Zeitmesser hatte ein weiß-blaues Rautenmuster. Ein paar Andenken an die bayerische Heimat hatte er sich nicht verkneifen können. Zu Hause würde er dieses kitschige Zeug nie benutzen, aber hier, im fernen Ausland, zeigte er Flagge. An der Wand hing ein Poster vom Oktoberfest, und die einzige Grünpflanze in seinem Büro, eine Aloe Vera, fristete ihr Dasein in einem bayerischen Steingut-Bierkrug.

Er verließ endgültig sein Büro, meldete sich im Sekretariat und bei seinen Kollegen ab und schlenderte anschließend Richtung Albertbrücke, hinüber über die Elbe und hinein in die Dresdner Neustadt.

Leo Reisingers Wohnung lag mittendrin in der Dresdner Neustadt, in einem Hinterhof der Alaunstraße. Hier gab es jede Menge Kneipen, Restaurants, kleine Werkstätten und Ateliers. Er liebte dieses Viertel, das zu jeder Tageszeit lebendig war. Sein Magenknurren erinnerte ihn daran, dass in seinem Kühlschrank düstere Leere herrschte, und er beschloss, im Supermarkt nebenan einkaufen zu gehen. Inzwischen hatte er sich daran gewöhnt, dass das Einkaufen hier in Sachsen durchschnittlich doppelt so lange dauerte wie zu Hause in Mammendorf. Wo den Bayern ein schlichtes »Ja« oder »Nein« zur Kommunikation ausreichte, entquoll den Sachsen in der Regel ein Wortschwall, der nicht so schnell zu bremsen war.

Grinsend erinnerte er sich an seinen ersten Besuch in diesem Supermarkt, während er seinen Korb füllte. Damals hatte er aus Heimweh heraus das Bedürfnis nach einem deftigen Schweinebraten samt Knödeln verspürt. Der Metzger hinter der Fleischtheke hatte ihn ganz schräg angesehen, als er nach einem Stück Schwein mit schöner Schwarte gefragt hatte. Das gab es nur gegen Vorbestellung. In der Kühltheke lagen nur nackte, enthäutete Braten, ein trauriger Anblick für einen Bayern. Dann hatte er nach Kartoffelklößen gesucht. Schöne dicke, seidige Knödel schwebten ihm vor Augen und ließen ihm das Wasser im Munde zusammenlaufen. Im Kühlregal gab es Thüringer Klöße und Grüne Klöße. Beides sagte ihm nichts. Welche nehmen? In seiner Not nahm er beide Packungen aus der Kühlung und ging zur Kasse.

»Ich hätte eigentlich gerne bayerische Kartoffelknödel. Können Sie mir sagen, welche von denen hier jetzt besser sind?«, fragte er die Kassiererin. Die, eine mollige Mittvierzigerin mit einer Frisur wie ein aufgeplatztes Sofakissen, hörte sofort auf zu tippen und sah sich die beiden Packungen genau an. Dann wandte sie sich lautstark an ihre Kollegin an der zweiten Kasse: »Du, Hilde, weißt du, welche von den Klößen hier besser sind? Die Grünen oder die Thüringer? Der Herr da will eigentlich bayerische, aber die ham wir ni.«

Die Kollegin hörte sofort auf zu kassieren und nahm sich des Problems ernsthaft an. »Also die da«, sie deutete auf die Thüringer Packung, »die kenn ich, die sind gut. Mei Alder hat letzten Sonntag gleich drei Stück davon verdrückt. Die könn' Se nehmen. Aber ob die wie die bayerischen schmecken ...«

Leo Reisinger war das zu diesem Zeitpunkt schon viel zu viel Getue um seine Knödel, er hätte am liebsten sofort alles eingepackt, gezahlt und sich aus dem Staub gemacht. Da hatte er aber nicht mit der Gründlichkeit einer sächsischen Hausfrau gerechnet. Seine Kassiererin hatte inzwischen den Text auf der Rückseite der Thüringer Klöße studiert und stellte fest, »Die sind halb und halb«, sie hielt das andere Paket hoch, »und die da sind rohe Klöße, oder?« Die Frage ging an die drei Kunden, die hinter Reisinger in der Schlange standen. Sofort entwickelte sich ein angeregtes Gespräch darüber, ob die Grünen nur aus rohen oder eventuell auch mit einem Teil gekochter Kartoffeln gemacht würden.

Die Schlange an der zweiten Kasse mischte sich schnell ein. »Es kommt darauf an, wozu Sie die essen wollen, junger Mann«, klärte ihn eine ältere Dame in feinstem Hochdeutsch auf. »Wenn Sie eine Gans dazu machen, würde ich Ihnen zu den grünen Klößen raten, bei einem Kalbsbraten eher zu den Thüringern.«

»Nee, nee, das ist reine Geschmackssache«, sagte ein junger Mann mit ziemlich fantasievollem Outfit, wahrscheinlich ein Künstler oder ein Student oder beides. Leo Reisinger stand dazwischen mit rotem Kopf und peinlich berührt und war nur froh, dass es hier um Klöße und nicht um Klopapier, Deo oder Kondome ging.

»Also, ich denk', die Thüringer sind die rischtschen für Sie«, sagte seine Kassiererin nach einer Weile des Studierens. Leo nickte ergeben und schob ihr den Rest seiner Lebensmittel entgegen, damit sie endlich weitermachte. Eine andere Frau in der Warteschlange riet ihm, eine rohe Kartoffel in den Kloßteig zu reiben, dann würden sie wirklich wie selbst gemacht schmecken. Die Diskussion entbrannte erneut. Die Schlange hinter ihm war inzwischen beachtlich angewachsen, aber niemand schien sich darum zu kehren, dass die Kassiererinnen immer noch beratschlagten, welche Klöße er kaufen sollte.

»Aber wenn Sie bayerische Knödel wollen, könn' Se die bestimmt im ›Kaufland‹ kriegen, die ham da mehr Auswahl als wir«, sagte seine dann zögernd. Reisinger war am Verzweifeln. »Nein, bitte, ich nehme die hier.« Er schob die Packung mit den Thüringer Klößen noch ein bisschen näher zu ihr hin.

»Aber wenn Sie die Packung offmachen, kann ich sie nicht mehr umtauschen!«, warnte sie ihn, bevor sie die Packung endlich über den Scanner zog. Reisinger nickt erleichtert und beeilte sich, seine Einkäufe einzupacken.

»Na dann, gutes Gelingen!«, rief es hinter ihm her, als er endlich aus dem Laden konnte. »... und geröstete Weißbrotwürfel müssen unbedingt rein in die Klöße!«, ermahnte ihn die ältere Dame, bevor er endlich zur Türe hinaus war

An diese Art von Gesprächen hatte er sich langsam gewöhnt, und es jagte ihm keine peinlichen Schauer mehr über den Rücken, wenn sich plötzlich wildfremde Menschen in Gespräche einmischten. So waren sie halt, die Sachsen, leutselig und immer zu einem Gespräch bereit.

Heute schaffte er seinen Einkauf ohne große Diskussionen.

Er machte sich ein leichtes Abendessen, duschte, zog sich um und prüfte noch einmal auf seinem Smartphone, ob es Anrufe gegeben hatte. Kurz vor acht Uhr machte er sich, fröhlich vor sich hin summend, auf den Weg in die von Mandy ausgewählte Kneipe.

Sandras Stiefel hatten Löcher; gleichmäßige viereckige Löcher. Leo nahm das neue Schuhwerk seiner Kollegin schweigend zur Kenntnis. Natürlich waren sie schwarz wie der Rest von Sandras Kleidung. Er selbst hatte leichte Leinenschuhe gewählt, denn es würde wieder heiß werden an diesem Augustfreitag. Gerichtsmediziner Dr. Gräber kam und bat sie in sein Büro. Er war ein hagerer, großer Mann mit einer spitzen Nase, kleinen, flinken Augen und einer deutlichen Stirnglatze. Leo Reisinger begrüßte ihn wie einen alten Bekannten, schließlich hatte er schon öfter mit Dr. Gräber zusammengearbeitet. Auch Sandra Kruse kannte Gräber von früheren Fällen, aber die lagen alle vor ihrer Zombie-Phase.

»Guten Morgen, Herr Doktor«, sagte Sandra freundlich. Dr. Gräber sah sie fragend an. »Sind Sie neu bei der Kripo?«

»Nein, Herr Doktor«, sie lächelte ihn an.

Dr. Gräber breitete einige Fotos und eine Akte vor ihnen aus. »Der Fall ist insofern interessant, als der Mann bisher noch nicht identifiziert ist und eine merkwürdige Kette von Ursachen zu seinem Tod geführt hat, bei der ich den Zufall ausschließen würde.« Sandra zückte Stift und Schreibblock.

»Der Tote hat starke Prellungen hier am rechten Brustkorb und an den Oberarmen. Die Obduktion hat ergeben, dass er sich eine Rippe gebrochen hat, die sich unglücklich in das Lungengewebe gebohrt hat. Ohne Behandlung kann so eine innere Verletzung durchaus zum Tode führen, aber daran ist der Mann nicht gestorben.«

Reisinger sah ihn interessiert an. »Woran ist er dann gestorben?«

»Meine Untersuchung hat ergeben, dass er Ibuprofen und eine ziemlich große Dosis Benzodiazepine im Blut hat, die auch zu einer allergischen Hautreaktion geführt hat.«

Sandra sah ihn fragend an. Leo Reisinger erklärte: »Eine große Dosis Valium, gegen das der Tote aber gleichzeitig allergisch war.«

Dr. Gräber nickte.

»Ist das eine häufige Allergie?«, fragte Reisinger. Er fühlte sich selbst ein wenig, als wenn er Valium genommen hätte, aber nach nur drei Stunden Schlaf war das wohl normal.

»Nein, äußerst selten.«

»Was ist denn das für ein Unsinn«, schimpfte Sandra. »Wer nimmt denn so was ein, wenn er dagegen allergisch ist?«

Dr. Gräber schaute sie interessiert an. »Vielleicht wusste er nicht, dass er dagegen allergisch ist. Das Interessante ist, dass er auch daran nicht gestorben ist, obwohl er es möglicherweise hätte können. Wir wissen nicht, wie heftig sich die allergische Reaktion entwickelt hätte, denn zuvor erlitt er eine Suffocatio, er ist erstickt!«

Reisinger war plötzlich hellwach. Das klang ja interessant. »Definitiv, Herr Doktor? Er ist erstickt? Wie sieht es mit Fremdeinwirkung aus?«

»Kann ich nicht feststellen: kein Fremdkörper in der Luftröhre, kein Kohlenmonoxyd, kein Schwefelwasserstoff, keine Blausäure im Blut. Die Atemwege waren weder verschleimt noch versperrt, etwa durch die Zunge oder Fremdkörper. Das ist wirklich ungewöhnlich, habe ich Ihnen ja schon gestern gesagt. Der Mann ist zudem am gestrigen Morgen alleine in einer verschlossenen Straßenbahn gefunden worden. Todeszeitpunkt, na so zwischen 19 und 21 Uhr am Mittwochabend.«

»Sie können keinerlei Gewalteinwirkung feststellen?«

»Nichts«, sagte Dr. Gräber. »Er ist weder geknebelt noch

erdrosselt worden, trotzdem zeigen die chemische Blutanalyse und der Zustand der Lungen eindeutig, dass er erstickt ist.«

»Demnach hätte er sich also in einem luftdichten Raum, wie einer Kiste oder einem großen Fass, befinden müssen, um spurenlos zu ersticken?«

»Zum Beispiel«, nickte Dr. Gräber.

»Hatte er irgendetwas bei sich?«

Dr. Gräber verneinte. »Seine Kleidung, sonst nichts. Keine persönlichen Gegenstände, die helfen würden, ihn zu identifizieren.«

»Interessante Spuren?«

»Die Kleidung ist ein wenig sandig, aber das ist bei jemandem, der im Elbsandsteingebirge herumläuft, nicht ungewöhnlich. Da, wo die Rippe gebrochen ist, ist das Hemd etwas aufgeraut und ebenfalls sandig, das deutet darauf hin, dass der Stoff mit Sandstein in Kontakt gekommen ist.«

Reisinger überlegte. »Also, entweder wurde er mit einem Stein geschlagen oder er ist auf einen Stein gefallen.«

»So würde ich das auch sehen. Die Hände haben ebenfalls leichte Schürfspuren, das könnte von verschiedenen mechanischen Belastungen her kommen. Ein eindeutiges Bild gibt es nicht.« Dr. Gräber wollte seine Akte zuklappen.

Der Kommissar fasste zusammen: »Moment. Der Mann wurde also erst verletzt, dann mit Valium vollgepumpt, reagierte allergisch und ist schließlich erstickt. Alles ohne Hinweise auf einen Kampf oder Gewalt?«

»Genau. Das könnte eine Verkettung unglücklicher Zufälle sein, aber ich kann mir nicht erklären, wie ein Mensch ohne fremdes Zutun erstickt. Ich gehe davon aus, dass jemand nachgeholfen hat. Die Frage ist nur, wie und warum. Aber das ist nun Ihre Aufgabe, nicht meine.« Dr. Gräber klappte seine Mappe mit den Unterlagen endgültig zu.

»Können wir die Leiche kurz sehen und Fotos machen?«, fragte Sandra.

Dr. Gräber führte sie in das Tiefgeschoss zu den Labors und Kühlräumen. Nach der sommerlichen Wärme draußen war es hier unten empfindlich kalt. Ein Assistent zog die Schublade mit dem Toten auf. Sandra machte Fotos von seinem Gesicht, während sich Reisinger die blauen Flecken und die Hände genau ansah. Da waren ein paar kleine Schürfwunden an der Handinnenfläche, unter den Fingernägeln waren Sand und Erde. Trotz des Eintagebartes sah der Mann gepflegt aus. Reisinger schätzte ihn auf etwa 55 bis 60. Kommissarin Kruse war fertig mit den Fotos. Während Reisinger noch die Leiche betrachtete, traten Dr. Gräber und sie ein wenig zur Seite.

»Herr Doktor!«, Sandras belustigt-empörte Stimme riss ihn aus seiner Betrachtung.

Reisinger schaute auf und sah Gräber und Sandra recht vertraut miteinander sprechen. Der magere Dr. Gräber warf sich gerade mächtig ins Zeug. Sandra kicherte, aber es hörte sich für Reisinger gekünstelt an.

Der Kommissar nickte dem Assistenten zu, und der schob den Toten samt seiner Liege wieder in die Kühlung. Dr. Gräber und Sandra sahen ihn erwartungsvoll an.

»Ein ungewöhnlicher Fall, nicht wahr?« Dr. Gräbers Augen blitzten unternehmungslustig.

»Dann versuchen wir mal herauszubekommen, was hier passiert ist.« Reisinger ging zur Tür, und Sandra Kruse beeilte sich, ihm zu folgen.

»Zuerst hören wir uns am Fundort um. Vielleicht ist ja inzwischen schon eine Vermisstenanzeige da, und wir können ihn wenigstens identifizieren. Auf Wiedersehen, Dr. Gräber, Sie wissen ja, wo Sie mich erreichen, wenn Ihnen noch etwas Interessantes unter die Finger kommt.« Dr. Gräber nickte, hatte aber ausschließlich Sandra Kruse im Blick.

Leo Reisinger spürte wieder das Kribbeln in den Armen. Jetzt ging es los. Das liebte er an seinem Job: rausgehen, analysieren und die Puzzleteilchen aneinanderfügen.

Als sie das Gebäude der Gerichtsmedizin verlassen hatten und über den Parkplatz gingen, prustete Sandra los: »Ich glaub's ja nicht. Der Dr. Gräber steht auf mich!«

Reisinger sah sie an. »Ja, das sehe ich auch so. Wenn einer den ganzen Tag an Leichen herumschnippelt, gefällt einem dieser morbide Look wahrscheinlich irgendwann. Du nimmst das nicht wirklich als Kompliment, oder?«

Sandra protestierte: »Ich sehe doch nicht wie eine Leiche aus!«

»Nein, eher wie ein Vampir.« Reisinger hielt ihr die Wagentür auf.

Es war bereits Freitagmittag, als sich Leo Reisinger mit Sandra Kruse auf den Weg ins Kirnitzschtal machte. Der Chef der Straßenbahn hatte sich bereit erklärt, auf sie zu warten, obwohl er ab zwölf Uhr eigentlich Feierabend hatte. Auch die beiden Straßenbahnfahrer würden vor Ort sein. Sandra Kruse telefonierte inzwischen die Polizeidienststellen ab, ob irgendwo eine Person vermisst wurde, auf die die Beschreibung passte. Nach mehreren vergeblichen Anrufen sagte sie: »Fehlanzeige. Den vermisst keiner!«, und steckte ihr Handy weg. Sie kramte ihren Lippenstift heraus und klappte die Sonnenblende herunter.

»Sandra!«, schimpfte Reisinger. »Du bist im Dienst und nicht auf einem Punk-Konzert!«

Beleidigt steckte sie den schwarzen Lippenstift wieder weg und sah schweigend aus dem Fenster.

Leo Reisinger genoss die Fahrt im klimatisierten Wagen. Hinter Pirna war die Gegend gänzlich neu für ihn. Er kurvte die steile Straße nach Pirna-Sonnenstein hoch und war erstaunt über den dichten Verkehr.

»Wo wollen die denn alle hin?«, fragte er beiläufig – mehr zu sich selbst, als dass er Sandra in ein Gespräch hätte verwickeln wollen.

»Wandern«, antwortete seine Kollegin. »Alle Sachsen rennen wie die Bekloppten im Elbsandsteingebirge herum.

Das Kirnitzschtal ist echt schön.« Reisinger schaute sie erstaunt von der Seite an: »Du gehst wandern?«

»Nein, nicht mehr. Das war mit meinem vorherigen Freund. Der fand es cool, zu klettern. Da bin ich eben mitgefahren.«

»Aha.« Reisinger war verblüfft. »Und wo soll das Gebirge sein, von dem du sprichst?« Sie waren gerade über den Höhenrücken bei Krietzschwitz gefahren, als sich vor ihnen die Festung Königstein ins Bild schob.

»Na da, du bayerische Blindschleiche!«, sagte Sandra und deutete nach vorne. »Links Lilienstein, rechts Königstein, dahinter die restliche Sächsische Schweiz mit Tausenden von Klettergipfeln. Du hast ja mal wieder gar keine Ahnung, du Wessi.«

Reisinger sah nur Hügel, kein Gebirge.

»Na, scheint ganz hübsch zu sein, die Landschaft hier«, sagte er versöhnlich und gähnte. Sie quälten sich inzwischen in einer langen Kolonne die Straße hinunter nach Königstein, durch den Kreisverkehr hindurch.

Sandra zeigte nach rechts: »Da, hast du das gesehen? Mokkamilcheisbar. Cooler Name, oder?«

Leo Reisinger wusste nicht, was an diesem Namensungetüm cool sein sollte.

»Ist, glaub ich, nach einem Schlager der Natschinski-Combo benannt!«, klärte ihn Sandra auf. »Nicht dass ich ein Fan dieser Gruppe wäre«, fügte sie sofort hinzu, »aber als Kind habe ich das oft gehört.« Sie begann einen alten DDR-Schlager vor sich hin zu trällern, in dessen Refrain immer wieder das Wort Mokkamilcheisbar auftauchte.

Die Kurven hinter Königstein forderten Leos Aufmerksamkeit. Die Straße war hier in den steilen Abhang gebaut, rechts ging es hoch, links gut 100 Meter hinunter bis zur Elbe, die in ihrem Bett glitzerte. Sie fuhren über die Elbbrücke und hinein in den Ort Bad Schandau. Als sie den Marktplatz passiert hatten, lotste ihn Sandra nach links, Richtung Hinterhermsdorf. Geradeaus ging es nach

Schmilka und nach wenigen Kilometern entlang der Elbe nach Tschechien.

»Wie, in diesem kleinen Ort hier gibt es eine Straßenbahn?«, fragte Leo ungläubig, als er von der Hauptstraße abbog.

»Nein, eigentlich ist die Straßenbahn nicht im Ort, sondern mehr im Tal«, sagte seine Beifahrerin. Rechter Hand der Straße tauchte ein kleiner Park auf.

Reisinger schaute sie verblüfft an. »Die Straßenbahn führt durch den Wald?«

»Ja. Ihr Bayern glaubt, dass ihr die Sehenswürdigkeiten, was Gebirge angeht, alleine gebunkert habt. Habt ihr aber nicht. Das Gebiet hier war schon eine Attraktion, als der Luis Trenker noch nicht mal geboren war. Heerscharen von Touristen haben die Sandsteinfelsen in den letzten Jahrhunderten besucht, und viele berühmte Maler haben sie auch gemalt. Wir haben hier sogar einen ›Malerweg‹. Und die Straßenbahn fährt schon seit mindestens hundert Jahren ins Tal«, erklärte sie ihm gönnerhaft. Reisinger hasste es, wenn sie so demonstrativ schulmeisterte.

Schon kurz nachdem sie in die Kirnitzschtalstraße eingebogen waren, konnten sie auch die Gleise der Straßenbahn auf der Straße sehen. Reisinger staunte nicht schlecht, als die leuchtend gelbe Straßenbahn vor sich aus dem Park fahren sah. Die Bahn war voller Menschen, die Straße durch die Gleise nur noch einspurig zu befahren.

Wenige Kilometer weiter kamen sie am Straßenbahndepot an. Der Leiter Gustav Neusche erwartete sie.

»Na, wissen Sie denn nu, wer der Dode war?«, fragte Neusche nach der Begrüßung und starrte Sandra an.

»Leider nein!« Leo Reisinger bat ihn, die beiden Straßenbahnfahrer ins Büro zu holen.

Als alle zusammen waren, stellte er sich und Sandra Kruse als Kriminalpolizisten vor. »Wir sind hier, weil …«

Kunath klopfte ihm unversehens auf die Schulter und sagte: »Du bist aber ooch ni von hier. Bayern, stimmt's?«

Sandra grinste hämisch, aber der Straßenbahnfahrer strahlte den Kriminalkommissar an. Leo Reisinger hielt einen kurzen Moment inne. Oje, wenn er jetzt nicht aufpasste, würde das ausgehen wie die Kloßgeschichte im Supermarkt.

»... wir sind hier, weil das kein einfacher Todesfall ist, wie sich herausgestellt hat, sondern der Mann auf sehr merkwürdige Weise verstorben ist, möglicherweise sogar erstickt wurde.«

Totenstille im Büro von Gustav Neusche. Dann sprang Kunath hoch, riss die Tür auf und brüllte: »Mensch, Didi, das war kein Herzinfarkt, den hamse dod gemacht!«

Er hätte gar nicht so schreien müssen, denn Didi stand gleich hinter der Tür.

Leo Reisinger verkniff sich, so gut es ging, ein Grinsen und winkte Didi ins Büro.

»Um die Ermittlungen nicht zu gefährden, behalten Sie das erst mal für sich!« Er bedachte Kunath mit einem strengen Blick, worauf dieser enttäuscht dreinschaute. »Für eine Spurensicherung ist es jetzt, nachdem die Bahn ja weiter benutzt wurde, fast schon zu spät, aber ich möchte trotzdem noch einmal den gesamten Ablauf mit jedem von Ihnen rekonstruieren. Also halten Sie sich bitte zur Verfügung und bewahren Sie Stillschweigen zu den Ermittlungen. Wann immer Ihnen noch etwas einfällt zu der Sache, rufen Sie uns an. Hier ist die Nummer unseres Büros in Dresden.« Er gab jedem eine Karte. Neusches Büro leerte sich.

»Da wir immer noch nichts über die Identität des Toten wissen, wird meine Kollegin mit einem Foto die Anwohner hier im Tal befragen. Es gibt offenbar einige Gasthäuser, vielleicht hat ihn ja jemand am Mittwoch hier gesehen«, sagte Reisinger zu Neusche. Sandra machte sich auf den Weg.

»Kann ich Ihr Büro hier für die Befragung benutzen?«, fragte Reisinger. Neusche nickte.

Adele Schuster war völlig eingeschüchtert. Den Tränen nah, beteuerte sie immer wieder, dass die Bahn doch leer gewesen sei, als sie sie am Mittwochabend verlassen habe. Reisinger versuchte sie zu beruhigen. Sie stehe doch nicht unter Mordverdacht, das sei hier nur eine Befragung als Zeugin. Aber der Schuss ging nach hinten los. »Mordverdacht«, wiederholte Adele Schuster ängstlich. »Mein Gott, das gibt's doch nur im Fernsehen, beim ›Tatort‹, doch nicht bei uns. Tun Sie mich jetze verhaften?«

Reisinger fuhr sich genervt durch die braunen Haare. »Nein!«, sagte er laut und deutlich. Adele zuckte zusammen.

»Jetzt regen Sie sich nicht so auf und sagen Sie mir genau, wie diese letzte Fahrt am Mittwochabend abgelaufen ist.« Adele Schuster schnäuzte sich kräftig die Nase, straffte den Oberkörper, wischte sich die blonden Haare aus der Stirn und begann nochmals, den Mittwochabend zu rekapitulieren: Wie sie nach der halben Stunde Wartezeit am Lichtenhainer Wasserfall die Fahrscheine von sechs Fahrgästen kontrolliert und zwei Fahrscheine verkauft habe. Wie sie dann losgefahren sei und sich gewundert habe, dass an der nächsten Station, am Beuthenfall, tatsächlich wieder jemand ausgestiegen sei. Wie sie dann auf halber Strecke noch einmal am Forsthaus und dann nur noch am Stadtpark gehalten habe, wo die letzten Fahrgäste ausgestiegen wären.

Ob sie die Personen, die eingestiegen seien, beschreiben könne. Adele Schuster dachte nach.

»Da waren zwei junge Kerle mit Kletterrucksäcken, die hatten 'ne Tageskarte, und zwei ältere Paare. Eins von den Paaren ist am Forsthaus ausgestiegen, die hatten auch 'ne Tageskarte.«

»Wem haben Sie dann den Fahrschein verkauft?«, wollte Leo wissen.

Adele Schuster konzentrierte sich. »Die meisten kaufen ihre Tickets ja schon in Schandau. Es passiert selten, dass jemand nur in eine Richtung fährt. Ich glaube, das war 'n älterer Mann, der die zwei Fahrscheine gekauft hat.«

»War das der Tote?«, fragte Reisinger.

»Nee, dann hätte ich den doch erkannt. Das war jemand anderes. Komisch, jetze, wo Sie mich fragen, kann ich mich gar nicht an sein Gesicht erinnern. Bloß, dass der eher klein und zierlich war für 'nen Mann. Der hatte dunkle Sachen an und eine Mütze off. Ich kann nicht mal sagen, wie alt der war, weil ich sein Gesicht nicht richtig gesehen hab. Aber wahrscheinlich älter. Sind ja elend viele Leute, denen man den ganzen Tag begegnet.«

»Aber der war jedenfalls nicht allein?«, hakte der Kriminalkommissar nach.

»Nee, ich weiß genau, dass im hinteren Wagen zwei Leute saßen. Nebeneinander. Die sind aber eben am Beuthenfall ausgestiegen. Ich erinnere mich deswegen, weil da normalerweise niemand aussteigt, wenn wir zurückfahren. Die Strecke ist ja nicht lang, normalerweise kann man das in fünf Minuten zu Fuß schaffen. Trotzdem sind die gefahren.«

»Und Sie sind sicher, dass beide an der Station ausgestiegen sind?«

»Bestimmt! Am Nassen Grund macht die Straße eine 180-Grad-Kurve, da kann ich immer sehen, wer noch hinten im Wagen sitzt, und da war keiner. Ich schwör's!« Adele Schusters Stimme hatte wieder angefangen bedenklich zu flattern. »Abends sieht man genau, was in den beleuchteten Waggons los ist. Sie müssen mir glauben!«

Reisinger versuchte sie zu beruhigen. »Niemand macht Ihnen einen Vorwurf. Ich versuche nur rauszubekommen, was wirklich passiert ist.«

Als Nächste mussten Neusche, dann Didi, der eigentlich nichts beizutragen hatte, berichten.

Leo Reisinger nahm Kunath bewusst als Letzten dran, um ihn schmoren zu lassen.

»Nun, Herr Kunath, erzählen Sie bitte noch mal genau, wie Sie den Toten gefunden haben.« Leo hatte es sich auf Neusches Bürostuhl leidlich bequem gemacht.

»Hab ich alles schon den zwei Polizisten erzählt«, winkte Kunath ab. »Jetzt sagen Se bloß mal, wie der umgebracht worden sein soll. Hat doch nüscht gefehlt bei dem, sah doch heile aus?«

Leo seufzte: »Er ist an einer Verkettung von mehreren Ursachen gestorben. Genauer: er ist erstickt.«

Kunath kratzte sich am Kopf. »Das soll funktionieren?«

»Haben Sie in der Straßenbahn irgendetwas gesehen, was ungewöhnlich war?«

»Nu, 'ne Colaflasche, so was liegt sonst nicht rum«, sagte Kunath.

»Ich wüsste nicht, wie man damit jemanden ersticken sollte«, meinte Reisinger, »und aufbewahrt haben Sie die sicher auch nicht, oder? Falls sie dem Toten gehörte, wäre die schon interessant gewesen.«

Kunath schüttelte den Kopf. »Nee, die hab ich in den Müll geworfen am Stadtpark vorne. Der Papierkorb wird jeden Tag geleert. Die könn' Se vergessen.« Reisinger sah das auch so.

»Erstickt«, wiederholte Kunath gedankenverloren. »Nu, die Straßenbahn ist jedenfalls nicht so luftdicht, dass da einer ersticken könnte. Obwohl die Luft am Sonntagnachmittag, wenn die Boofer aus 'm Wald kommen, manchmal schon ganz schön dicke ist.«

»Wenn wer aus dem Wald kommt?« Leo Reisinger versuchte, schulbuchmäßig Vertrauen aufzubauen. Dieser Kunath wusste vielleicht doch mehr, als es schien.

»Na, die Boofer.« Er sah, dass der Kriminalkommissar mit diesem Begriff nichts anfangen konnte. »Leute, die im Wald übernachten. Das machen hier viele, dafür gibt's die Boofen.«

»Aha«, brummte Reisinger; er wollte zurück zum Thema.

»Wie es genau vor sich gegangen ist, wissen wir noch nicht. Der Fall ist ungewöhnlich. Der Mann hatte nämlich auch noch eine gebrochene Rippe und blaue Flecken am ganzen Körper.«

»Ich an Ihrer Stelle würde mal bei den Boofern nachfragen. Mit denen hat der nämlich Ärger gehabt. Das ist mir heute Morgen wieder eingefallen«, sagte Kunath.

Reisinger schnellte aus dem Bürostuhl. »Sie kennen den Mann?«

»Nu«, sagte der Straßenbahnfahrer. Leo Reisinger legte verzweifelt die Hand an die Stirn. Dieses »Nu« machte ihm echte Probleme. Die Sachsen benutzten es ständig, aber nie wusste er, wie es gemeint war. War es ein »Ja«, ein »Nein«, ein »Vielleicht«, oder bedeutete es gar nichts? Er versuchte ruhig zu bleiben.

»Also was jetzt, ja oder nein?«

Kunath machte es sich auf seinem Platz gemütlich. »Nu, kennen ist zu viel gesagt. Ich hab ihn ein oder zwei Mal in diesem Sommer gesehen. Und einmal hat der sich mit Boofern in der Wolle gehabt.«

»Wissen Sie, wie er heißt?«

»Nee!«

»Wissen Sie, wo er wohnt?«

»Nee!«

»Wann haben Sie ihn zuletzt gesehen?« Reisinger wartete gespannt auf eine Antwort und starrte Kunath an.

Der zog ein schiefes Gesicht. »Möglicherweise vor zwei Wochen, oder vielleicht drei. Ich weiß bloß, dass der Maik stinksauer auf den war und die sich am Parkplatz vom Nassen Grund angeschrien haben.«

»Und wer ist der Maik?«

»Ä Boofer.«

»Und?«

»Und nüscht!«

»Jetzt lassen Sie sich doch nicht jedes Wort einzeln aus der Nase ziehen!« Reisinger war aufgestanden, hatte sich auf den Schreibtisch gestützt und schwebte bedrohlich nahe über Kunath.

Dieser sah, dass der Kommissar jetzt wirklich sauer war, und zog den Kopf ein.

»Wir ermitteln hier in einem wahrscheinlichen Mordfall, und Sie kippen mir wichtige Informationen in Minibröckchen vor die Füße. Können Sie nicht einfach erzählen, was Sie über den Toten und diesen Maik noch wissen?«

Jetzt war Kunath sichtlich beleidigt. »Ich weiß nicht mehr. Ich weiß bloß, dass der Maik heißt, weil der Kevin ihn Maik nennt. Den Kevin kenne ich ooch nur als Kevin, weil die seit Jahren ungefähr jedes zweite Wochenende im Sommer zum Boofen in den Wald fahren. Die sind aus Dresden. Mehr weiß ich nicht.«

Kunath sah auf seine Uhr. »Ich hab jetzt Feierabend. Wie lange soll das hier noch dauern?«

»Bis wir fertig sind«, brummte Leo Reisinger.

Sandra arbeitete inzwischen an der Ostrauer Mühle, beim Campingplatz, im Gasthof Forsthaus und im Gasthof Lichtenhainer Wasserfall mittels Frageliste und Fotos ab, ob jemand den Toten kannte oder am Mittwoch etwas Auffälliges passiert war. Überall stand sie im Weg, denn die Tische in und vor den Lokalen waren gut besucht, und die Bedienungen flitzten hin und her. Am Campingplatz war noch Ruhezeit, hier konnte man erst ab 16 Uhr wieder einchecken und einen offiziellen Vertreter antreffen. Der Platz lag leer und verlassen, die Kurzzeitbewohner waren offenbar unterwegs. Die Bedienungen in den Gasthäusern, die Sandra ansprach, starrten sie erst entgeistert an, dann schickten sie die Kommissarin weiter zu den Wirten. Nachdem sie zum zweiten Mal gemustert worden war wie ein Alien, war Sandra stinksauer. »Landpomeranzen!«, schimpfte sie, als sie am Forsthaus wieder in das Auto stieg. Zwischen all den Touristen in karierten Hemden und sportlichen Hosen fühlte Sandra sich zunehmend unwohl. Außerdem brannte die Sonne auf ihre schwarzen Kleider.

Sie fuhr weiter bis zur Endhaltestelle der Straßenbahn am Lichtenhainer Wasserfall und fand erst mal keinen Parkplatz. Schließlich stellte sie den Wagen ins Parkverbot vor den Garagen des Gasthauses. Sandra klemmte den Polizeiausweis hinter die Windschutzscheibe und zückte ihre Dienstmarke. Kaum hatte sie das Auto verlassen und sich Richtung Eingang bewegt, als auch schon ein Kopf in einem der Erdgeschossfenster erschien und eine Männerstimme rief: »He, Sie da, da ist Parkverbot, da könn' Se ni stehenbleiben!«

»Nun regen Sie sich mal nicht auf, guter Mann«, beschwichtigte ihn Sandra. Sie hielt ihm ihre Dienstmarke vor die Nase. »Kripo Dresden. Wir ermitteln wegen eines Todesfalles. Ich befrage alle Anwohner entlang der Straßenbahnstrecke, ob sie diesen Mann hier kennen. Moment ...« Die Kommissarin begann die Fotos aus ihrer Umhängetasche zu kramen.

»Nee, also das gloob' ich ni, dass Sie von der Kripo sind. Das ist ja wohl ein Witz. Fahren Sie Ihr Auto da weg, sonst hol' ich die Polizei.« Der Mann auf der anderen Seite des Fensters trug einen weißen Kittel und hatte dunkle, lockige Haare.

»Hier, bitte«, Sandra hielt ihm durch das geöffnete Fenster nochmals ihre Dienstmarke vor die Nase und den Ausweis dazu.

»Solche Leute wie Sie nehmen die bei der Kripo?«, fragte der Mann ungläubig.

Ärgerlich pustete Sandra eine schwarze Haarsträhne aus dem Gesicht. Mit diesen Landeiern war es wirklich schwierig.

»Wer sind Sie?«

»Na, der Wirt vom Gasthaus, Rudolf Kaiser mein Name.«

»Herr Kaiser, jetzt sehen Sie sich bitte diese Fotos an. Kennen Sie den Mann?«

Der Wirt warf einen kurzen Blick auf das oberste Foto. »Nee, den kenn' ich nicht. Vielleicht war der mal hier, aber

Sie sehen ja selbst, was hier los ist. Ich hab zu tun.« Er schloss das Fenster und ließ Sandra Kruse einfach draußen stehen. Sie versuchte ihr Glück bei den Bedienungen, die zwischen Gaststube, Biergarten und der Terrasse am Bach hin und her liefen. Die warfen nur unwillig einen schnellen Blick auf die Fotos und verneinten alle beide.

Tja, das war nicht besonders erfolgreich gewesen. Ihre neuen Stiefel scheuerten an der Ferse, sie brauchte dringend ein Pflaster. Überall wimmelte es von Leuten in Wanderkluft, die sie anstarrten. Sie machte sich frustriert auf den Rückweg. Am Straßenbahndepot gab es wenigstens einen Parkplatz.

Es klopfte an der Bürotür, und Sandra schneite herein. Sie war sichtlich genervt. »Gibt's hier 'ne Cola?« fragte sie. »Woher soll ich das wissen, ist doch nicht mein Büro«, antwortete Leo Reisinger nicht gerade freundlich.

Kunath starrte die Kommissarin genauso an wie Neusche und wahrscheinlich alle anderen Menschen in diesem hinterwäldlerischen Tal.

»Was hast du rausgefunden?«

»Nichts. Die sind hier alle wie zugenagelt. Die haben mich alle angestarrt wie eine Außerirdische. Der Wirt vom Gasthof Lichtenhainer Wasserfall hat mal kurz aufs Foto geguckt und gemeint, den könnte er schon mal gesehen haben. Aber sonst Fehlanzeige. Ich habe rein gar nichts herausbekommen«

Sie ließ sich auf den letzten freien Stuhl sinken und begann ihre löchrigen Stiefel auszuziehen.

»Herr Kunath sagt, dass der Tote schon öfters im Tal war und mindestens einmal Ärger mit Wanderern, sogenannten Boofern, hatte.«

»Na, das ist doch schon mal was!« Sandras Laune besserte sich. »Boofen ist cool. Habe ich damals mit Olli auch gemacht.«

»Hast du was gehört von der Zentrale, gibt es inzwischen eine Vermisstenmeldung?«, fragte Reisinger.

Sie winkte müde mit ihrem Handy. »Ich habe hier keinen Empfang. Du etwa?«

Er holte sein brandneues Smartphone aus der Hemdtasche. Der Empfangsbalken war ganz tief unten, die Batterie fast leer. »Du liebe Zeit, das ist ja hier wie am Ende der Welt.«

»Nu, so ungefähr«, bestätigte Kunath.

Reisinger beschloss, es für heute gut sein zu lassen.

»Wir machen Montag weiter. Halten Sie sich per Telefon zur Verfügung, Herr Kunath. Und wenn Ihnen noch was einfällt, rufen Sie bitte an.«

Auf der Fahrt zurück nach Dresden war wieder so viel Verkehr, dass sie sich in eine lange Autoschlange einreihen mussten.

Sandra war schweigsam und kaute an ihrem schwarzen Nagellack. In Königstein raffte sie sich plötzlich auf und fragte Reisinger unvermittelt: »Wie fandest du eigentlich den Olli?«

Leo Reisinger starrte auf die Straße und kramte in seinem Gedächtnis nach einem Olli. Kannte er einen? In seinen Gedanken war er bei Mandy und dem heutigen Abend. »Äh, ich weiß gerade nicht, welchen Olli du meinst, Sandra«, versuchte er es vorsichtig.

»Na, meinen vorherigen Freund. Ich habe mir heute gedacht, als ich da im Tal war, dass das mit ihm eigentlich besser war als jetzt mit Kurt. Draußen in der Natur sein ist irgendwie cooler als in den verräucherten Gothic-Kneipen.«

Reisinger sah sie unsicher an. Sollte ausgerechnet er jetzt Beziehungstipps geben? Aber er erinnerte sich doch, diesen Olli einmal gesehen zu haben, als der Sandra abends abholte. Er versuchte, so behutsam wie möglich zu formulieren: »Also, ich fand diesen Olli ausgesprochen sympathisch. Viel besser jedenfalls als so Typen wie den Dr. Gräber, die offenbar auf Vampire stehen. Aber das sagt natürlich gar nichts, du musst dich ja mit ihm verstehen.«

Er schaute prüfend nach rechts. Seine Beifahrerin ließ sich Zeit mit ihrer Antwort.

»Du magst Kurt also nicht!« Reisinger seufzte hörbar. War er doch auf eine Tellermine getreten. Er sollte sich auf diese Art von Gesprächen mit Frauen nicht einlassen.

»Ich kenne diesen Kurt doch gar nicht!«, protestierte er. »Da kann man weder von mögen noch von nicht mögen sprechen!« Sandra versank wieder in dumpfes Brüten. Am Kreisverkehr in Königstein schnappe Reisinger sich sein Smartphone. Aber nun war die Batterie endgültig leer. »Mist!«, schimpfte er. Wenn Mandy jetzt eine Nachricht hinterlassen hatte?

Kurz vor Dresden wachte Sandra aus ihren stillen Betrachtungen auf. »Das mit dem Gräber war echt gruselig«, sagte sie. »Vielleicht ist das mit Gothic doch nicht das Wahre für mich. Ich muss mal eine neue Pro-und-Kontra-Liste wegen Kurt und Olli machen.«

Leo Reisinger atmete hörbar aus. Er schwor bei sich selbst, keinen Ton mehr zu Fräulein Kruses Beziehungskisten von sich zu geben.

Ärgerlich fuhr er Sandra nach Hause und machte sich daraufhin selbst auf den Heimweg.

3

Im Tal herrschte schon Finsternis, als Cindy Hecht von der Kirnitzschtalstraße auf den Campingplatz an der Ostrauer Mühle einbog. Sie lächelte voller Vorfreude. Diese milden Sommernächte waren immer das Beste. Sie und Herbert saßen dann die halbe Nacht draußen und schauten sich den von Milliarden Sternen übersäten Himmel an. Nirgendwo sonst konnte man die Sterne so klar sehen wie im Tal. Seit er am Mittwochnachmittag vergeblich versucht hatte, sie anzurufen, war sie aufgeregt. Bestimmt hatte er etwas gefunden und wollte ihr das mitteilen. Einen anderen

Grund konnte sie sich nicht vorstellen. Herbert war nicht der Mann, der sich nur meldete, um Belanglosigkeiten auszutauschen. Als sie Donnerstagmittag entdeckte, dass sie einen Anruf auf ihrem Handy verpasst hatte, und sah, dass es seine Nummer war, hatte sie versucht, ihn zu erreichen. Aber das ging ja nie. Hier im Tal konnte man nicht telefonieren, Empfang gab es nur, wenn man oben auf den Höhen war. Unten herrschte totale Funkstille.

Sie fuhr auf den Parkplatz gleich beim Eingang und holte ihre Tasche vom Rücksitz. Herberts Wohnmobil stand wie immer in der zweiten Reihe ganz hinten. Der Platz war gut besucht. Sogar vorne, auf dem schmalen Streifen zwischen den beiden Armen der Kirnitzsch, stand eine ganze Reihe Zelte. In der milden Sommernacht waren die meisten Camper noch draußen und unterhielten sich.

Cindy war erstaunt, dass das Auto nicht erleuchtet war, aber manchmal machte sich Herbert eben auch abends noch auf die Suche. Enttäuscht kramte sie ihren Schlüssel aus der Tasche und öffnete die Tür.

Drinnen sah es so aus wie immer. Sorgfältig aufgeräumt, die senffarbenen Sofakissen ordentlich auf der braunen Überdecke, das Geschirr gespült und aufgeräumt, Herberts Sachen hingen im Schrank, der Laptop lag zugeklappt auf dem kleinen Tisch. Nur die Luft war ziemlich stickig, fand sie, deshalb ließ sie die Tür noch ein wenig offen.

Es war Viertel nach neun. Sie hatte geduscht, zu Abend gegessen und fand es ein wenig enttäuschend, dass er sie nicht in Empfang nahm, wie er das sonst immer getan hatte. Im Spiegel an der Innenseite des Schrankes überprüfte Cindy ihr Aussehen. Die lockigen blonden Haare waren frisch gefärbt, diesmal hatte sie sich noch zusätzlich rote Strähnchen machen lassen. Ob Herbert das gefiel? Sie drehte sich vor dem Spiegel hin und her und strich die rosa Bluse über ihrem üppigen Busen glatt. An den Ärmeln hatte sie verspielte Rüschen, und die Farbe passte perfekt zu ihren bunten Blumenleggings.

Zufrieden drapierte sie sich aufs Bett und wartete auf Herbert. Um zehn Uhr war er immer noch nicht da. Sie ging hinüber zur Telefonzelle und versuchte, ihn auf seinem Mobiltelefon zu erreichen. Aber eine Automatenstimme verkündete lapidar, dass der Teilnehmer derzeit nicht zu erreichen sei. Verwirrt ging sie zurück und wartete.

Um Mitternacht wachte Cindy auf, voller Mückenstiche, weil die Tür immer noch offen stand.

Nun begann sie sich ernsthaft Sorgen zu machen. Aber was konnte sie schon tun?

Cindy schloss erst mal die Tür und versuchte, jede Mücke im Wagen zu erschlagen. Wenn er ihr wenigstens eine Nachricht dagelassen hätte!

Sie begann in seinen Sachen zu suchen, schlug sein Tagebuch auf, aber die letzte Eintragung war vom Mittwochvormittag. »Neue Hinweise zu Idagrotte gefunden«, stand da. Aufmerksam durchsuchte sie die Eintragungen der letzten Woche, aber seit Mittwoch stand da nichts mehr. Cindy seufzte. Wo war er bloß? Sie konnte nichts tun, ihn nicht anrufen, nur warten; warten und hoffen.

Cindy machte sich bettfertig und wälzte sich bis zum Morgen hin und her, von Sorgen umgetrieben und der Frage, was sie tun sollte.

Das war so schiefgelaufen, wie es nur schieflaufen konnte. Leo Reisinger war stinksauer. Als er endlich gegen acht Uhr zu Hause war und sein Smartphone wieder Strom hatte, hörte er die Mailbox ab. Mandy war drauf und bat ihn um einen Rückruf, weil sie heute Abend Zeit hätte, ihn zu treffen.

Als er sie zurückrief, war sie sauer. »Leo, ich habe heute Mittag angerufen, und jetzt ist es halb neun Uhr abends. Wie denkst du dir das? Ich habe mich anders orientiert und mich mit Katharina verabredet. Wir gehen zu den Filmnächten.« Leo versuchte sein Bestes.

»Ach Mandy, Herzchen, ich war in einem Tal irgendwo hinter Pirna und hatte keinen Empfang. Aber ich würde mich so freuen, dich zu sehen. Ich kann es, ehrlich, kaum erwarten. Bitte, Süße!«

»Zu spät«, hallte es schnippisch zurück. »Ich melde mich wieder.« Leo stand noch eine Weile mit dem Handy am Ohr, doch Mandy hatte schon aufgelegt.

Enttäuscht ließ er sich auf das Sofa sinken. Die letzte Nacht mit Mandy war der Hammer gewesen. Mit dieser Frau würde er noch eine Menge Spaß haben. Nachdem er eine Weile seinen Fernseher angestarrt hatte, spürte er, wie müde er war. Wahrscheinlich war es besser, wenn er heute mal zu einer Mütze Schlaf kam. Außerdem war es nie schlecht, ihr das Gefühl zu geben, dass sie die Regeln diktierte. Er holte sich ein Bier aus dem Kühlschrank und zappte sich lustlos durch das Fernsehprogramm. Um halb zehn Uhr schreckte ihn das Telefon aus einem leichten Schlummer. Er war auf seinem Sofa eingenickt, die halb volle Bierflasche vor sich. Noch benommen griff er zu seinem Smartphone.

»Reisinger«.

»Du, Leo, ich wollte dich an den Geburtstag von Onkel Josef erinnern. Denkst du dran, ihn anzurufen?« Onkel Josef war eigentlich sein Großonkel, inzwischen längst pensionierter Polizist in Fürstenfeldbruck.

»Ist gut, Mama«, sagte er versöhnlich. »Ich rufe ihn an. Wie geht es dir und Oma?«

»Ach, wie immer, Bub. Passt schon. Unkraut vergeht nicht. Du weißt ja.«

Sie berichtete ihm vom neuesten Dorfklatsch, von der Hochzeit vom Faschinger Toni, bei der sie zwar nicht eingeladen gewesen war, von der aber jeder, der dabei gewesen war, berichtet hatte.

»Das Bürgerhaus war voll, bis auf den letzten Platz, mindestens dreihundert Leute waren da. Das hat den alten Faschinger eine Stange Geld gekostet!« Leo nahm einen

Schluck von seinem Bier, aber es schmeckte ihm nicht. Er trug die Flasche hinüber in die Küche und schüttete den Rest in den Ausguss. »Und sonst so?«, wollte er wissen.

Seine Mutter erzählte von Omas Rheumaschüben und dass Mimi, die schwarz-weiße Katze, ihr schon wieder eine halbtote Maus vor die Schlafzimmertüre gelegt hatte. »Die lernt es einfach nimmer!«, sagte seine Mutter mit hörbarem Seufzen. »Und sonst so?«, fragte Leo nochmals.

Seine Mutter zögerte einen Augenblick. »Veronika hat sich ein neues Auto gekauft. Einen blauen Golf.«

Leo hatte gewusst, dass es ihm einen Stich versetzen würde. Aber er war es inzwischen gewohnt. »Geht es ihr gut?«, fragte er.

»Meine Güte, Leo, ich versteh dich nicht! Warum ...?« Sie brach ab. Leo sagte nichts.

»Wann kommst denn mal wieder heim?« fragte seine Mutter schließlich.

»Ende September, Mama, das weißt du doch«.

»Ist gut, Bub. Vergiss den Onkel Josef nicht!« Sie legte auf.

Im Bett versuchte er sich noch mal die Nacht mit Mandy ins Gedächtnis zu rufen, aber immer wieder schob sich das Bild von Veronika in ihrem neuen blauen Golf in seine Gedanken. War der Wagen jetzt hellblau oder dunkelblau? Bevor er einschlief, nahm er sich vor, seine Mutter beim nächsten Mal unbedingt nach der genauen Farbe zu fragen.

Als Cindy am nächsten Morgen aufwachte, war es noch früh am Tag. Die Sonne kam noch nicht herunter bis ins Tal, und über der Kirnitzsch hing ein dunstiges Band. Die Schlafstelle neben ihr war leer. Jetzt bekam sie es wirklich mit der Angst zu tun. Cindy konnte einfach nicht glauben, dass Herbert die ganze Nacht wegbleiben würde, obwohl sie doch am letzten Wochenende fest vereinbart hatten, dass sie sich sehen würden. Er hätte angerufen, ganz bestimmt!

Sie zog sich an und ging zur Rezeption des Campingplatzes.

»Der Herr Lauscher?«, fragte die Dame am Fenster. »Moment mal, der hat Platz Nummer wie viel?« Sie sah auf. »Platz Nummer 43«, sagte Cindy. »Das Auto steht ja noch da.« Die Dame blätterte in ihren Unterlagen.

»Ja, der Platz ist bis Ende September gebucht, der muss noch da sein.« Sie strahlte Cindy an.

»Das weiß ich doch! Ich muss wissen, ob ihn jemand gestern gesehen hat. Er ist die ganze Nacht nicht hier gewesen. Ich mach mir Sorgen!«

»Ach so«, die Dame am Tresen schaute hilflos drein. »Wissen Sie, ich mach hier Urlaubsvertretung. Ich kenne die Leute nicht alle. Aber wenn Sie sich Sorgen machen, dann rufen Sie doch die Polizei an. Vielleicht wissen die was.« Cindy drehte sich um und ging zurück zum Wohnmobil.

Die Nachbarn links und rechts von Herberts Wohnmobil waren erst gestern Morgen angekommen und hatten niemanden gesehen. Das half nicht weiter. Cindy war unschlüssig.

Sollte sie, oder sollte sie nicht? Sie musste sich ja nicht mit ihrem richtigen Namen vorstellen. Aber es war die einzige Möglichkeit, herauszubekommen, ob Herbert nach Hause gefahren war. Cindy holte Kleingeld, schnappte sich das Büchlein mit den Telefonnummern und rief von der Telefonzelle am Campingplatz Herberts Festnetznummer an. Die hatte sie sich heimlich aus dem Telefonbuch holen müssen, Herbert hatte ihr diese nicht geben wollen.

Cindy war aufgeregt und zögerte. Eigentlich hatte sie versprochen, dass sie das nie, nie tun würde. Herbert konnte ziemlich garstig werden, wenn ihm etwas gegen den Strich ging. Aber ihre Sorge war größer als ihre Bedenken.

Nach langem Klingeln meldete sich eine Frauenstimme.

»Lauscher.«

»Guten Tag, Frau Lauscher, ich bin eine ehemalige Kollegin Ihres Mannes und möchte ihn gerne zu einem Ehemaligentreffen einladen, könnte ich ihn wohl sprechen?«

Sie hatte sehr schnell gesprochen und war nervös. Es folgte eine lange Pause. Cindy hielt die Luft an.

»Wer ist am Apparat?«

Sie stockte kurz. »Andrea Milster.«

»Oh, diesen Namen hat mein Mann nie erwähnt.« Cindy umklammerte den Telefonhörer und schwitzte vor Nervosität. Was für eine blöde Idee, aber etwas Besseres war ihr auf die Schnelle nicht eingefallen.

»Äh, ich bin von der Personalabteilung. Wir ... haben nicht ... direkt zusammengearbeitet«, stammelte sie. »Kann ich Ihren Mann denn nun sprechen?«

Wieder eine lange Pause am anderen Ende.

»Da rufen Sie am Samstagvormittag an?«, fragte es aus dem Hörer. Cindy biss sich auf die Lippen.

»Warum nicht?«, versuchte sie leichthin zu sagen.

Wieder langes Schweigen.

»Mein Mann ist nicht hier. Er ist auf einem Campingplatz im Kirnitzschtal. Haben Sie seine Handynummer?«

»Nu, die hab ich!«, sagte sie und fühlte sich im gleichen Moment ertappt. Das hätte sie wohl besser nicht tun sollen. Herberts Frau hatte wohl nichts anderes erwartet.

»Dann ist's ja gut«, sagte sie und legte auf.

Cindy stand ratlos in der Telefonzelle. Sie war genauso weit wie zuvor, nur hatte sie eben noch Herberts Ehefrau auf den Plan gerufen.

Inzwischen war es nach acht Uhr. Sie bekam Hunger. Der Kühlschrank in Herberts Wohnmobil war gut gefüllt, aber als sie die Wurst auspackte, sah die alt und grau aus. Die beiden Brötchen in der Tüte waren mindestens drei Tage alt. Die Milch war sauer, also kochte sie Tee.

»Und wenn ihm was zugestoßen ist?« Cindy kaute auf der alten Semmel herum und ihr wurde mit jedem Bissen deutlicher, dass sie die Einzige war, die Herbert helfen konnte. Sie musste etwas unternehmen.

Nach dem unerfreulichen Frühstück holte sie den Lederkoffer aus dem Campingwagen und wuchtete ihn in den kleinen Kofferraum ihres Autos. Dann fuhr Cindy nach Pirna zur Polizei, um eine Vermisstenanzeige aufzugeben.

»Seit wann vermissen Sie denn Ihren Mann?«, fragte der junge Beamte.

»Ich weiß nicht genau, aber gestern Abend war er jedenfalls nicht da, und bis heute Morgen ist er nicht aufgetaucht.«

Der junge Mann sah sie erstaunt an. »Aber vielleicht hat er einfach bei einem Freund übernachtet. Haben Sie seine Bekannten alle angerufen?«

»Nee.«

Der junge Mann legte den Stift beiseite und sah sie an. »Wenn ein erwachsener Mann eine Nacht nicht nach Hause kommt, kann man doch nicht gleich eine Vermisstenanzeige aufgeben. Da gibt es tausend Möglichkeiten, wo er sein könnte.« Cindy hatte das Gefühl, dass der Polizist sie gleich unverrichteter Dinge wieder rausschicken würde. Eigentlich wollte sie nicht die ganze Geschichte erzählen, aber nun musste sie doch mit der ganzen Wahrheit herausrücken.

»Aber wir waren verabredet. Zu Hause ist er nicht. Und das Wohnmobil sieht aus, als wäre er schon ein paar Tage nicht mehr drin gewesen!«

»Welches Wohnmobil?«, fragte der Polizist. Cindy war es nun egal. Das Versteckspiel hatte ohnehin keinen Zweck.

Der junge Polizist hörte ihr geduldig zu, bis sie in Tränen aufgelöst ihre ganze Geschichte erzählt hatte.

»Sie haben also seine Frau angerufen, und da ist er nicht?«, fragte er. Cindy nickte.

»Und der Wohnwagen, wo Sie beide sich immer treffen, steht im Kirnitzschtal?«

»Ja, Dauercamper an der Ostrauer Mühle«, schluchzte Cindy.

Der junge Polizist führte Cindy weg vom Tresen in ein Büro mit einem Schreibtisch und ließ sie sich hinsetzen. »Bitte beschreiben Sie mir Herbert Lauscher«, sagte er.

»Also, Herbert ist so groß wie ich, ziemlich dünn, hat dunkelblonde, na, eher graue, glatte Haare, ein schmales Gesicht.«

»Wie alt?«

»61 Jahre.«

»Kleidung?«

Cindy sah ihn erstaunt an. »Woher soll ich wissen, was er anhat? Ich hab ihn das letzte Mal letzten Sonntag gesehen. Die Sachen vom Sonntag wird er doch heute nicht mehr anhaben.«

Der junge Polizist versuchte es anders. »Sicher. Ich meine, wenn er wandern ging, gab es da bestimmte Dinge, die er immer trug, einen Rucksack, eine Jacke?«

Cindy überlegte kurz. »Nu, seinen Rucksack, so 'nen grauen alten Stoffrucksack, und die neuen blauen Schuhe! Die haben wir im Mai zusammen gekauft, müssen Sie wissen. Waren ordentlich teuer, aber Herbert sagt, so bequeme Schuhe hat er noch nie gehabt. Die sind leuchtend blau mit grauen Streifen. Den Rucksack hat er von seinem Vater geerbt, der ist schon ziemlich alt.«

»Einen kleinen Moment, Frau Hecht. Ich bin gleich wieder bei Ihnen.« Er ließ sie kurz sitzen, verschwand im Nebenzimmer und kam mit einem älteren Kollegen und einem Kuvert unter dem Arm wieder.

»Ich fürchte, wir wissen, wo Ihr äh ... Freund ist.« Polizeihauptwachtmeister Biesold zog ein Foto aus dem Umschlag und zeigte es ihr. »Ist er das?«

»Herbert!«, rief Cindy. »Aber wieso hat er die Augen zu? Er sieht merkwürdig aus. Ist er krank? Wo ist er?« Cindy sprang erleichtert auf und kramte nach ihren Autoschlüsseln. Wolfram Biesold drückte sie wieder auf den Stuhl.

»Frau Hecht, ich muss Ihnen leider sagen, dass dieser Mann tot ist.«

Cindy sah ihn entgeistert an. »Was?«

Die Beamten brauchten eine Weile, bis sie sie beruhigt hatten.

Der Anruf kam, als Leo gerade unter der Dusche stand. Schimpfend tappte er, nasse Flecken auf dem Parkett hinterlassend, durch sein Wohnzimmer und suchte nach dem Diensttelefon.

»Sie hat den Toten identifiziert?«, fragte er nach einer Weile. »Halten Sie sie fest. Ich bin so schnell es geht bei Ihnen.« Er nahm sich kaum Zeit zum Abtrocknen, schnappte sich Hose, Hemd und einen Knusperriegel und war zehn Minuten später schon auf dem Weg über Pillnitz nach Pirna.

Der Verkehr war auch auf dieser Elbseite enorm. Was wollen die Leute bloß alle in dieser öden Ecke?, fragte sich Reisinger. Er informierte Sandra über die Neuigkeit und bat sie, Lauschers Frau ausfindig zu machen und vorbeizufahren. »Versuch' rauszukriegen, ob sie über mögliche Gründe für den gewaltsamen Tod was weiß!« Dann rief er in der Dienststelle an und bat um ein Spurensicherungsteam für den Wohnwagen.

Auf der Polizeiwache in Pirna nahm ihn gleich ein Hauptwachtmeister beiseite und deutete auf die halb offen stehende Bürotür.

»Sie sagt, sie ist seine Freundin und wollte ihn gestern Abend auf dem Campingplatz treffen. Da hat er den ganzen Sommer über sein Wohnmobil stehen.«

Leo Reisinger nickte. Was um Himmels willen hatte Sandra die drei Stunden, die sie im Tal unterwegs war, getrieben? Warum war sie nicht auf dem Campingplatz gewesen? Er trat ein und traf auf eine aufgelöste dralle Vierzigjährige mit verweintem Gesicht.

Er stellte sich vor und ließ sich von dem aufnehmenden jungen Polizisten noch einmal genau schildern, was Cindy Hecht berichtet hatte.

»Sie haben ihn also in den letzten Wochen immer zum Freitagabend besucht und sind Montag früh wieder gefahren?«, fragte er. Cindy nickte.

»Woher kennen Sie Herbert Lauscher?«

»Nu vom Wandern. Er hat mich gerettet. Ach Herbert!« Sie schluchzte ein paar Mal laut und fasste sich wieder. »Ich war dieses Jahr zu Ostern alleine in den Schrammsteinen und hab mich verlaufen, und es wurde so schnell dunkel, und ich konnte keinen Weg nach unten finden und dachte schon, ich muss die Nacht im Gebirge verbringen. Scheußlich! Wissen Sie, wie dunkel es nachts im Wald ist? Da hab ich den Herbert getroffen, der war da auch noch unterwegs und kannte sich so gut aus. Er hat mich dann zum Campingplatz geführt und auf 'ne Soljanka eingeladen. Na ja, dann, dann bin ich eben geblieben, und wir haben uns jedes Wochenende getroffen.« Sie schaute auf den Boden. »Ich weiß schon, dass er verheiratet ist. Hat er mir gleich am ersten Wochenende gesagt. Aber das war mir egal.«

»Das geht mich gar nichts an, Frau Hecht, das ist Ihr Privatleben. Ich versuche lediglich rauszubekommen, was passiert ist. Sie wissen, dass Herbert Lauscher tot in der Straßenbahn gefunden wurde?«

»Ja, ich kann das gar nicht glauben. Der Herbert ist immer zu Fuß gegangen. Er hat ständig gesagt, die von der Straßenbahn sind Halsabschneider, da kostet die Fahrt 5 Euro! Und dass es das in der DDR nie gegeben hätte, dass die einem so viel Geld für eine Straßenbahnfahrt abknöpfen!«

»Hatte Herr Lauscher irgendwelche Feinde, ich meine Leute, mit denen er im Streit lag?«

Cindy presste kurz die Lippen aufeinander.

»Nu, ich meine, nicht direkt Feinde. Aber der Herbert, wie soll ich sagen, der war sehr korrekt in allem, und das wollten viele nicht hören, da ist er schon manchmal in Streit geraten.«

»Mit wem, zum Beispiel?«

»Mit den wilden Boofern, zum Beispiel. Die meinen, sie könn' überall übernachten, aber das ist verboten, und der Herbert hat ihnen das auch gesagt!«

Reisinger ließ sich genau von den Streitigkeiten berichten. Offenbar war Herbert Lauscher gerne im Wandergebiet unterwegs gewesen und hatte den Sheriff gespielt.

»Uns ging es doch um den Golm«, sagte Cindy Hecht. »Wir waren immer auf der Suche nach der scheuen Beutelratte, und wenn die Boofer sich einfach überall breitmachen, vertreiben die doch die Tiere!«

»Um was für Tiere haben Sie sich da gekümmert?« Leo Reisinger hatte sein Lebtag noch nichts von einem Golm gehört.

»Das ist eine extrem seltene Art von Beutelratte. Herbert war überzeugt davon, dass sie im hinteren Zschand zu finden ist. Deshalb sind wir auch immer so abgelegene Wege und ins Gelände gegangen. Und dann hat er sich eben aufgeregt, wenn da wieder Boofer ihre Hüttchen gebaut und Feuer gemacht hatten und so.« Cindy Hecht starrte auf ihr zerknülltes Taschentuch, als sie das sagte.

Leo Reisinger beschloss, der Spur mit den Boofern nachzugehen. Aber zuerst wollte er das Wohnmobil sehen. »Frau Hecht, bitte fahren Sie mit mir noch einmal zum Campingplatz und zeigen Sie mir den Wagen. Ich habe auch ein Team von der Spurensicherung angefordert.«

Cindy sah ihn erstaunt an. »Warum das denn?« Sie überlegte kurz. »Woran ist der Herbert eigentlich gestorben? Das haben Sie mir noch gar nicht gesagt. Der war doch kerngesund!«

Reisinger, Biesold und der junge Kollege schauten sich eine Weile an. Leo Reisinger sagte schließlich: »Wir wissen es noch nicht genau, Herr Lauscher ist in der Gerichtsmedizin.«

Cindy schluchzte wieder in ihr Taschentuch. »Mei armer Berti!«

Das einzig Interessante in Lauschers Wohnwagen waren ein Notizbuch mit Eintragungen zu jeder einzelnen Wanderung, die Lauscher gemacht hatte, und sein Laptop. Auf dem fanden sich einige Texte zu einem weitgehend unbekannten Tier namens Golm, das angeblich in Brehms erstem »Tierleben« erwähnt worden war, in den folgenden Ausgaben aber nicht mehr. Dazu einige Artikel von privaten Naturforschern aus dem 19. Jahrhundert, in denen von einer seltenen Spezies namens Golm die Rede war. Es gab auch eine Zeichnung von einem putzigen Tierchen, das einer Mischung aus Siebenschläfer und Feldhase ähnelte.

»Danach haben Sie und Herbert Lauscher also gesucht?«, fragte Reisinger, als ihm Cindy die Datei geöffnet hatte.

»Nu!«

Während er den Eintrag überflog, klopfte es an der offenen Tür.

Das Spurensicherungsteam in Person von Karl Richter und Manni Tannhauser stand im Eingang. Dahinter ein kleingewachsener aufgeregter Mann, der sich mit »Meise, Besitzer des Campingplatzes« vorstellte. »Was ist denn hier bitte los?«, fragte er. »Wo ist der Lauscher und was machen Sie hier eigentlich?«

»Sie kennen den Lauscher?«, fragte Reisinger. Er zeigte ihm das Foto des Toten. »Klar kenn' ich den«, sagte der Campingplatzbetreiber. »Den kennt hier doch jeder.« Reisinger fragte sich zum wiederholten Male, was Sandra eigentlich am gestrigen Tag im Tal getrieben hatte.

Er ließ die Kollegen von der Spurensicherung in den Wagen und stellte sich zu Meise nach draußen.

»Kriminalpolizei«, Reisinger zeigte ihm seinen Dienstausweis. »Wir ermitteln hier, weil Herbert Lauscher am Donnerstagmorgen tot in der Straßenbahn gefunden worden ist.«

Meise nickte. Davon habe er gehört. »Das war also der Lauscher!«

»Es gibt ein paar Ungereimtheiten beim Tod des Herrn Lauscher, deshalb versuchen wir herauszubekommen, wie und wo er die letzten Stunden vor seinem Tod verbracht hat«, erklärte Reisinger.

»Das kann ich Ihnen nicht sagen, meine Frau und ich, wir waren letzte Woche in Österreich, mal paar Tage Urlaub machen. Wir sind erst gestern Abend wieder heimgekommen. Aber der Lauscher ist ja immer alleine oder am Wochenende mit dieser Dame da«, er deutete auf Cindy Hecht, »im Wald rumgelaufen.«

Er wandte sich an Cindy.

»Fahren Sie das Wohnmobil dann weg, wenn der Herr Lauscher nicht mehr ist? Ich könnte den Platz gut gebrauchen. Ist alles voll hier.« Der Campingplatzbesitzer machte eine Handbewegung über den ausgebuchten Platz.

Cindy war empört. »Der Herbert ist noch nicht unter der Erde, und Sie denken nur an Ihr Geld! Der Platz ist bezahlt für den ganzen August, das weiß ich sicher. Die drei Tage kann er also noch stehen bleiben.«

Reisinger nahm sich Meise zur Seite und begann mit ihm über den Platz zu wandern. Cindy wartete am Eingang des Wagens und überwachte mit Argusaugen, was die beiden vom Spurensicherungsteam trieben. Um sie herum standen inzwischen einige Camper und diskutierten, was hier los sei.

»Erzählen Sie mir, was Sie über diesen Herrn Lauscher wissen«, forderte Reisinger seinen Begleiter auf.

»Muss das sein?«, antwortete Meise.

»Ja. Der Lauscher wurde, so wie es aussieht, umgebracht. Das weiß aber fast niemand bisher. Deshalb sind wir hier.« Reisinger beobachtete Meise genau.

Der setzte sich wortlos seine Mütze mit Sonnenblende auf und lotste Reisinger in das Wirtschaftsgebäude hinter der alten Mühle. Dort war es schattig und ruhig.

»Dieser Lauscher war 'n echter Blockwart. Den konnte keiner hier leiden. Der war so ein Hilfssheriff vom Nationalpark und hat seine Nase überall reingesteckt. Der wusste immer alles besser und hat sich ständig mit den Leuten angelegt. Ich bin froh, dass der jetzt weg ist, aber mir hätte's auch gereicht, wenn der einfach woandershin gefahren wäre.«

Reisinger sah ihn erstaunt an. »Hat er Ihnen auch Ärger gemacht?«

»Guter Mann«, sagte Meise. »Sie können das nicht wissen. Aber wir Anwohner hier leben in einem ständigen Streit mit dem Nationalpark. Die wollen die Menschen rausdrängen aus dem Tal, aber unsere Familien leben und arbeiten seit Generationen hier. Und dann kommt dieser Lauscher, mietet sich einen Dauerplatz für 'n ganzen Sommer, und hinterher sagt er, dass er für den Nationalpark arbeitet. Ich hab alles versucht, um den wieder loszuwerden, aber das hat den nicht gestört.«

»Was haben Sie letzten Mittwoch gemacht, und wer kann das bezeugen?«, fragte Reisinger.

Meise schaute ihn empört an. »Ich hab doch gesagt, ich war mit meiner Frau in Österreich. Sie glauben doch nicht im Ernst, ich hätte was mit dem Tod von diesem Ekel zu tun?«

»Ich gehe jeder Spur nach, das ist mein Job als Kriminalkommissar.«

Er übergab Meise Polizeihauptwachtmeister Biesold aus Pirna, um dessen Aussage aufzunehmen. Die Spurensicherung hatte nichts Interessantes gefunden, die Fingerabdrücke und die Lebensmittel mussten noch überprüft werden. Cindy durfte wieder in das Wohnmobil und saß wie ein Häuflein Elend auf dem Bett, ein senffarbenes Sofakissen im Arm.

Reisinger beschlagnahmte das Tagebuch und den Computer, wogegen Cindy Hecht matt protestierte.

»Da sind unsere ganzen gemeinsamen Wanderungen drin. Das können Sie doch nicht einfach mitnehmen!«

»Wenn seine Frau einverstanden ist, können Sie das Buch nach der Auswertung wiederhaben«, informierte er sie. »Sie fahren jetzt am besten nach Hause.« Cindy nickte mutlos. Er brachte sie zu ihrem Kleinwagen und bat sie, sich in den nächsten Tagen zur Verfügung zu halten.

Der letzte Eintrag in Lauschers Tagebuch bezog sich auf einen Hinweis in der Idagrotte. »Wie komme ich da am besten hin?«, fragte Reisinger den Polizeihauptwachtmeister. Der riet ihm, sich einen der Mitarbeiter vom Nationalpark zu organisieren, die böten ständig Wanderungen durch das Gebiet an. Das passte Reisinger sehr gut, denn so konnte er sich gleich noch über die Arbeit Lauschers für den Nationalpark erkundigen. Er fuhr zum Nationalparkbüro in Bad Schandau, wo er tatsächlich einen Mitarbeiter vorfand, obwohl es Samstag war.

Ronny Eichhorn war gerade von einer geführten Wanderung über die Stiegen zurückgekehrt und hatte jetzt eigentlich frei. Aber als Reisinger ihm erklärte, dass es um die Aufklärung eines Verbrechens ging, war er Feuer und Flamme.

Er musterte Reisingers Schuhe und befand, damit müsste es gehen. »Haben Sie was zu trinken?« Reisinger verneinte und merkte, wie durstig er in der Hitze geworden war. Außerdem knurrte sein Magen. Es war schon Mittag, und er hatte bis auf den kleinen Knusperriegel den ganzen Tag noch nichts gegessen. »Also erst mal einkaufen!«, entschied Ronny Eichhorn und drückte Reisinger einen Werberucksack des Nationalparks in die Hand.

»Da drüben gibt's Getränke und was zu essen. Sie müssen sich schon was mitnehmen bei der Hitze, sonst machen Sie mir am Ende schlapp!«

Reisinger fügte sich nur zu gerne. Gerüstet mit zwei Knackern, diesen sächsischen geräucherten Würsten, vier Brötchen und zwei Litern Wasser im Rucksack, fuhren sie zurück ins Tal. Am Stadtpark schon nötigte ihn Eichhorn, das Auto stehen zu lassen und in die Straßenbahn umzusteigen.

»Wieso das denn?«, knurrte Leo. »Das dauert doch ewig.«

»Weil Sie um diese Zeit am Beuthenfall keinen Parkplatz mehr kriegen. Hoffnungslos bei dem Wetter!«

Tatsächlich war es wieder ein strahlend schöner Tag. Reisinger versuchte von Bad Schandau aus noch Sandra zu erreichen, aber die ging nicht an ihr Handy.

Adele Schuster war gerade beim Verkauf der Fahrscheine, als sie die Straßenbahn betraten. Sie erschrak zu Tode, als sie Reisinger sah. Er bemerkte, wie ihre Hände zitterten, als sie ihm den Fahrschein gab.

Reisinger hielt ihre Hand fest und sah ihr in die Augen. »Frau Schuster, Sie haben ihn doch nicht umgebracht, oder?«, flüsterte er ihr ins Ohr.

»O Gott bewahre, nee!«, stöhnte sie.

»Warum sind Sie dann so nervös, Frau Schuster?« Ihre Augen füllten sich mit Tränen.

»Ich hab' so ein schlechtes Gewissen, Herr Kommissar. Wenn ich besser nachgeguckt hätte, würde der Mann vielleicht noch leben. Dann hätte ich ein' Arzt rufen können.«

»Sie glauben inzwischen also auch, dass er am Abend schon drinlag?«

»Ich weiß es nicht!«, rief sie. »Das ist ja das Schlimme, ich kann es nicht hundertprozentig sagen, weil ich nicht genau nachgeguckt hab. Verliere ich jetze meine Arbeit?« Sie sah ihn mit großen, blauen Augen flehentlich an.

Nein, Adele Schuster hatte garantiert nichts mit dem Mord zu tun. Leo Reisinger war sich da ganz sicher. Er drückte ihr leicht die Hand und meinte: »Das würde ihn ja wohl auch nicht mehr lebendig machen. Beruhigen Sie sich. Es war nicht Ihre Schuld. Und jetzt fahren Sie mal schön Ihre Straßenbahn, ich muss heute noch zur Idagrotte.«

Sie nickte und eilte nach vorne zum Fahrerplatz. Eine Minute später setzte sich die Bahn in Bewegung, und Reisinger zuckelte neben Ronny Eichhorn ins Kirnitzschtal.

Leo Reisinger packte seine Brotzeit aus und genoss die würzige Wurst aus der Hand, während die wildromantische Landschaft an ihm vorbeizog. Nachdem sie das Straßenbahndepot passiert hatten, ragten rechter und linker Hand bald senkrechte Felswände empor, zwischen denen sich gerade noch der Bach, die Straße und die Schienen der Straßenbahn durchzwängten. Alle Plätze in der Bahn waren besetzt. Die meisten Fahrgäste waren unüberhörbar Sachsen, aber es mischten sich auch fremde Dialekte und sogar italienische Wortfetzen in das Stimmengewirr. Als die Bahn am Campingplatz vorbeifuhr, sah Reisinger, dass der Wagen von Cindy Hecht immer noch auf dem Parkplatz gleich beim Eingang stand. »Interessant!«, sagte er laut.

»Was?«, fragte Ronny Eichhorn.

»Ach, nichts.« Reisinger biss noch einmal ab und nahm sich vor, Frau Hecht danach zu fragen, was sie noch Wichtiges zu tun hatte auf dem Campingplatz.

»Welche Art von Mitarbeiter war Herr Lauscher eigentlich beim Nationalpark?«, wollte er wissen.

»Wer?«, fragte der Nationalpark-Ranger.

»Na, dieser Herbert Lauscher. Er war doch wohl ein Mitarbeiter des Nationalparks. Das hat mir jedenfalls Harald Meise erzählt.«

»Was erzählt der Meise denn da für 'nen Mist!«, schimpfte Eichhorn. »Diesen Herbert Lauscher haben wir nie als Mitarbeiter gehabt. Das wüsste ich, ich kenne alle Kollegen. Der hat uns ab und an genervt, weil er immer wissen wollte, wo die geheimen Boofen sind. Angeblich war er auf der Suche nach einer seltenen Art von Nagetier, aber wenn Sie mich fragen, hatte der vor allem einen Riesenspaß dabei, die Boofer anzumachen.«

Reisinger nickte. Der Meise hatte doch nicht nur Mist erzählt.

»Was ist denn eine Boofe eigentlich? Eine Hütte, ein Zelt?« Eichhorn schüttelte lächelnd den Kopf. »Sie haben ja wohl gar keine Ahnung, oder?«

Reisinger zählte bis drei, um sich abzuregen. »Wissen Sie, was ein Oachkatzlschwoaf ist?«, fragte er Eichhorn. Der sah ihn an, als ob er nicht ganz dicht sei.

»Sie haben ja wohl gar keine Ahnung, oder?«, fragte Reisinger in süffisantem Ton. Eichhorn verstand und schaute kurz nach draußen. Dann erklärte er:

»Boofen sind Höhlen oder Felsüberhänge abseits von den Wegen. Da ist es trocken, und da das Gebirge aus Sandstein besteht, ist der Boden meist sandig und damit recht bequem, um mit Isomatte und einem Schlafsack zu übernachten.«

Ich höre immer Gebirge, dachte sich Reisinger. Was die hier für ein Gebirge halten, ist ja unglaublich.

»Wie viele von diesen Boofen gibt es denn hier?«, fragte er seinen Begleiter.

»Es gibt eine Handvoll offizieller Boofen als Zugeständnis an die Tradition. Die Wanderer haben hier seit dem frühen 19. Jahrhundert solche Stellen im Wald zum Übernachten benutzt. Aber wir vom Nationalpark sind natürlich alles andre als glücklich, wenn ganze Gruppen von Leuten im Wald übernachten, Feuer machen, im schlimmsten Fall ihren Müll hinterlassen und das Wild verjagen.«

Reisinger nickte. Die Bahn zuckelte gerade mit laut quietschenden Rädern durch eine nicht enden wollende Linkskurve.

»Und die wilden Boofen?«, erkundigte sich Reisinger.

»Das sind die, die die Kletterer sich weitersagen, die aber offiziell nicht genehmigt sind. Wenn wir sie finden, heben wir sie aus, also nehmen das Feuerholz oder den Windschutz etc. raus.«

»Und dabei hat Lauscher geholfen?«

»Der hat sich aufgeführt wie der Oberpolizist«, knurrte Eichhorn. Er sah aus dem Fenster. »Beuthenfall. Hier müssen wir raus. Wird ein netter Samstagnachmittags-Spaziergang.«

Die Bahn leerte sich, mindestens die Hälfte der Passagiere stieg aus. An der Station standen einige Häuserruinen und ein kleines Fachwerkhaus, entlang des Flusses und an der gegenüberliegenden Straßenseite standen die Autos dicht an dicht. Hier hätte er wirklich keinen Parkplatz gefunden. Sie überquerten die Kirnitzsch über eine steinerne Brücke, und Eichhorn führte ihn in schnellem Tempo den Wanderweg hinauf. Reisinger kam ordentlich ins Schwitzen.

»Wir gehen jetzt zur Häntzschelstiege, und von da aus ist es nicht weit zur Idagrotte. Wollen Sie sonst noch was sehen?«

»Ein Straßenbahnfahrer hat was von einem Streit Lauschers mit zwei Boofern, einem Maik und einem Kevin, erzählt. Kennen Sie die?«

»Nu, die sind ständig hier unterwegs. Vielleicht finden wir sie. Ich habe so 'ne Ahnung, wo die sein könnten.«

4

Sandra hatte Lauschers persönliche Daten schnell eruiert. Sie hatte sich dafür eine Checkliste erstellt, die sie detailliert abarbeitete. Zufrieden schaute sie auf das Ergebnis: Herbert Lauscher, geboren 1953 in Glauchau, Abitur 1972, ab da Mitarbeiter beim Rat des Kreises, Abt. Inneres, dann nach der Wende 1990 beschäftigt im Amt für Liegenschaften in Dresden. Er war verheiratet mit Hannelore Lauscher, geboren 1959, Biologie- und Chemielehrerin am Dresdner Bertolt-Brecht-Gymnasium. Gemeinsam hatten sie zwei Söhne, der erste, Peter, geboren 1978, der zweite, Michael, geboren 1982. Ende letzten Jahres war Lauscher auf eigenen Wunsch in Frühpension gegangen. Es gab weder strafrechtliche Einträge, noch hatte Lauscher im Internet Spuren hinterlassen. Von Hannelore Lauscher dagegen gab es deutlich mehr Informationen. Sie war Mitglied im Bund Naturschutz Sachsen und leitete eine Arbeitsgruppe, die sich gegen Plastiktüten und Plastikmüll einsetzte. Sie hatte mehrere Vorträge gehalten und auf die Verschmutzung der Weltmeere durch Plastikmüll aufmerksam gemacht sowie mehrere

Artikel zu diesem Thema verfasst. Außerdem gab es von ihr zwei Aufsätze in naturkundlichen Heimatheften zu einem möglicherweise ausgestorbenen Tier namens Golm.

Auch die Heimatadresse hatte Sandra über das Einwohnerregister sofort zur Hand: Siegfriedstraße in Blasewitz. »Hübsche Gegend«, murmelte sie und notierte sich die Adresse und Telefonnummer. Auf ihren Anruf hin meldete sich niemand. Sie saß in ihrem Büro in der Schießgasse und hatte die Füße auf dem Schreibtisch. So konnte sie am besten denken. Wenn sie hinfuhr, musste sie der Frau die Nachricht vom Tod ihres Mannes überbringen. Noch wusste Frau Lauscher ja nichts davon. Für solche Fälle hatte sie eine ausgearbeitete Checkliste.

»Sascha, hast du Zeit, mit mir nach Blasewitz zu fahren?«, brüllte sie über den Flur.

»Wenn es sein muss!«, kam es zurück.

Sie holte ihren Handspiegel aus der obersten Schublade ihres Schreibtisches und klappte ihn auf.

Nachdem sie einige Minuten hineingestarrt hatte, zog sie sich das schwarze T-Shirt über den Kopf und stand auf, um sich aus ihrem Garderobenschrank eine hellgrüne Hemdbluse zu holen. Die hing da für Notfälle wie heute. Sandra setzte sich wieder vor den Spiegel. Mit einem Papiertaschentuch und Spucke wischte sie sich die dicken Balken von den Lidern und Augenbrauen.

»Okay, Sandra Kruse mutiert vom Todesengel zum braven Mädchen«, kommentierte sie ihre Verwandlung. Aber eigentlich sah sie so tatsächlich besser aus, fand sie.

Sie schnappte sich ihr Notizbuch, die Fotos des Toten und den Autoschlüssel.

»Sascha, wir gehen!«, rief sie im Flur. Sascha Pröve schnaufte aus seinem Büro. Er war ein wenig übergewichtig, aber ein gutmütiger Kerl. Als er Sandra sah, stutzte er kurz.

»Hast ’nen neuen Freund, Sandra?«

Sie ignorierte ihn. »Hier, Siegfriedstraße in Blasewitz. Wenn die Frau da ist, nehmen wir sie mit zur Gerichtsmedizin, damit sie ihren toten Mann identifizieren kann.«

Die Adresse gehörte zu einem hübschen Häuschen aus der Zeit um 1900. Ein neu gedecktes Walmdach, ein gepflegter Garten, die Fensterläden neu gestrichen. Alles machte einen gediegenen, gutbürgerlichen Eindruck. Einige Fenster waren geöffnet und ließen die schwülwarme Spätsommerluft ins Haus. Auf dem Klingelschild nur ein Name: Lauscher. Sandra drückte einmal kräftig.

»Ja bitte?«, klang es nach einer Weile aus der Lautsprecheranlage am Gartentor. »Sandra Kruse und Sascha Pröve von der Kriminalpolizei Dresden. Frau Lauscher, wir müssen Sie sprechen. Es geht um Ihren Mann, Herbert Lauscher.« Mit einem Summen sprang das Gartentor auf. Kurz darauf wurde die Haustür geöffnet.

Hannelore Lauscher war eine kleine, zierliche Frau mit stahlgrauen kurzen Haaren. »Kommen Sie herein«, forderte sie die Beamten auf. Beide zeigten ihre Ausweise vor, aber Hannelore Lauscher warf keinen Blick darauf. Sie wirkte beunruhigt, ihre Hand zitterte, als sie die Besucher hereinwinkte. Der Flur war penibel aufgeräumt, eine Reihe von alten Stichen bedeckte die Wände. Sandra erkannte verschiedene Tiere auf den Bildern. Hannelore Lauscher führte sie ins Wohnzimmer. Eine zartgelb gestreifte Tapete machte den Raum hell und freundlich, die Möbel aus Kirschholz gaben ihm etwas Museales. Nur die dezente beige Sitzecke verriet, dass hier jemand wirklich wohnte. Eine leichte Strickjacke hing über der Lehne eines Sessels, und auf dem Couchtisch lagen mehrere aufgeschlagene Zeitschriften und Bücher. Sie setzten sich an den Esstisch.

»Sie haben gesagt, es geht um meinen Mann?«, fragte Hannelore Lauscher unsicher.

»Leider, Frau Lauscher. Ich zeige ihnen jetzt ein paar Fotos, und Sie sagen mir bitte, ob Sie Ihren Mann darauf erkennen.« Sandra breitete die Fotos vor ihr aus.

»Das ist Herbert«, nickte Hannelore Lauscher. »Wie kommen Sie zu diesen Fotos?«

»Ihr Mann wurde tot in der Kirnitzschtalbahn gefunden. Es tut mir sehr leid. Ich muss Sie bitten, mit uns zu kommen und Ihren Mann zu identifizieren.«

»Er ist tot?«, fragte Hannelore Lauscher mit leiser Stimme. Niemand sagte etwas. Hannelore Lauscher faltete die Hände im Schoß und sah in ihrem gestärkten Hemdblusenkleid so zerbrechlich aus wie eine Ballerina. Nach einer Weile, in der sie auf die Fotos gestarrt hatte, fragte sie: »Woran ist er gestorben? Ein Unfall?«

»Die Umstände sind merkwürdig, deshalb muss ich auch Ihnen ein paar Fragen stellen, Frau Lauscher. Wann haben Sie Ihren Mann zum letzten Mal gesehen?«

Hannelore Lauscher saß mit versteinerter Miene am Tisch. Nur an der heftig pulsierenden Schlagader an ihrem Hals konnte man sehen, wie aufgewühlt sie war.

»Ich brauche einen Schluck Wasser«, sagte sie. »Sie auch?« Sascha nickte dankbar. Ihm stand, wie immer in diesen heißen Tagen, der Schweiß auf der Stirnglatze. Die Hausherrin verschwand für einige Minuten aus dem Zimmer und überließ die Beamten sich selbst. Sandra studierte aufmerksam die penible Ordnung im Raum, während Sascha Pröve ausgiebig seine Fingernägel musterte.

Hannelore Lauscher stellte drei Gläser und eine Flasche Wasser auf den Tisch. An dem kalten Glas schlug sich sofort Feuchtigkeit nieder.

»Ich habe meinen Mann zuletzt vor zehn Tagen gesehen. Meine Mutter hatte Geburtstag, und wir waren zum Kaffee eingeladen. Danach ist er wieder raus auf diesen Campingplatz im Kirnitzschtal gefahren.« Sandra machte sich Notizen. »Hatte Ihr Mann akute oder chronische Krankheiten?«

Hannelore Lauscher schüttelte den Kopf. »Nein, nicht dass ich wüsste.« Ihre Hände lagen auf der Tischplatte und zitterten leicht.

Sascha hob die Hand und fragte: »Wann haben Sie mit Ihrem Mann zuletzt Kontakt gehabt, per Telefon zum Beispiel?«

Sandra warf ihm einen bösen Blick zu, schließlich war das hier ihre Ermittlung.

Frau Lauscher wandte sich ihm zu. Aber sie ließ sich viel Zeit für die Antwort. »Am letzten Montag. Da hat er angerufen. Er wollte wissen, ob die Malerrechnung schon da sei.«

»Da ging es ihm noch gut, und alles war in Ordnung?«, erkundigte sich Sandra.

»Sicher.« Hannelore Lauscher wurde hektisch. »Er sagte, das Wetter sei wunderbar, und es gehe ihm gut und ob Post für ihn da sei. Was man halt so sagt, wenn man sich nicht viel zu sagen hat.«

»Möchten Sie damit andeuten, dass Ihre Ehe nicht mehr die allerbeste war?«, fragte Sandra vorsichtig.

»Ha! Nicht mehr die allerbeste!« Sie war aufgestanden und lief nun mit ihren flachen Sandalen im Wohnzimmer auf und ab. »Sie wissen nicht, wie es ist, wenn man über 30 Jahre lang verheiratet ist mit so einem, so einem ...«

Sie verstummte und lief weitere Runden im Zimmer auf und ab. Jedes Mal, wenn sie an der Glasvitrine vorbeikam, klirrten die ordentlich in Reih und Glied stehenden Sekt- und Weingläser leise.

»Ach, es ist furchtbar, dass er tot ist. Ich muss unsere Söhne anrufen, meine Mutter und alle Verwandten. Oh Gott, es gibt so viel zu organisieren!«

Den beiden Kriminalkommissaren war es vertraut, dass Menschen bei Todesnachrichten konfus reagierten. Sie ließen ihr ein wenig Zeit, dann sagte Sandra:

»Frau Lauscher, wir müssen Sie bitten, Ihren Mann zu identifizieren. Außerdem möchte ich wissen, wo Sie sich von Mittwochnachmittag bis Donnerstag früh aufgehalten haben.«

»Muss das jetzt gleich sein?«, fragte Hannelore Lauscher und schaute auf die beiden Kommissare herunter. Sie hatte sich wieder im Griff, war nun ganz Lehrerin.

Sandra Kruse bestand darauf: »Es wird nicht leichter, wenn Sie das hinauszögern. Wir bringen Sie in die Gerichtsmedizin, dann haben Sie es hinter sich. Was haben Sie am Mittwoch gemacht?« Frau Lauscher stand immer noch am Tisch, den beiden Kriminalpolizisten gegenüber. Als sie antwortete, sah sie aus dem Fenster.

»Am Donnerstag war doch der erste Schultag. Ich habe mich am Mittwoch auf den Unterricht vorbereitet und war in der Schule, um mich über den Stundenplan zu informieren. Danach habe ich in der Stadt noch ein paar Materialien besorgt, habe eingekauft und hier mit einer Freundin zu Abend gegessen. Dann habe ich mir ›Wer wird Millionär?‹ angesehen und bin gegen halb elf ins Bett.«

»Können Sie mir die Telefonnummer und den Namen dieser Freundin geben?«, fragte Sandra.

Hannelore Lauscher sah sie mit großen Augen an. »Bin ich verdächtig, irgendwas getan zu haben? Ich denke, Herbert hatte einen Unfall?«

»Nein, hatte er nicht«, sagte Sandra. »Wir glauben, dass er umgebracht worden ist.«

Hannelore Lauscher zuckte zusammen. »Oh Gott!«

In der Gerichtsmedizin bestätigte Hannelore Lauscher, dass der Tote eindeutig ihr Mann Herbert sei. Ein Anruf beim Direktor des Bertolt-Brecht-Gymnasiums ergab, dass Hannelore Lauscher bis etwa nachmittags um vier Uhr in der Schule gewesen sei, dann nach einem Anruf die Schule verlassen habe.

Nach zwanzig Minuten strammen Gehens auf einem breiten, ansteigenden Wanderweg erreichte Kommissar Reisinger mit seinem Führer den Bloßstock. Dieses Felsmassiv war beeindruckend, das musste Leo zugeben. »Na, zu Hause in Bayern haben Sie ja auch Berge, aber die sehen ein bissel anders aus, nicht wahr?«, fragte Ronny Eichhorn.

Leo sagte nichts. Er war es leid, als Bayer immer wie ein Alien behandelt zu werden. Eichhorn führte ihn über die Absperrung für Wanderer rechts am Bloßstock vorbei und den Kletterpfad hoch. Der Boden war sandig wie an einem Meeresstrand. Über ihnen hingen zwei Kletterer in der Westwand des Bloßstocks. Eichhorn deutete hinauf. »Sehen Sie, dass die ohne Eisen klettern? Das ist die sächsische Methode, ohne Hilfsmittel. Erlaubt sind nur Knotenschlingen, keine Haken, nichts, was in die Wand geschlagen wird. Sonst könnte ja jeder da hochrammeln!«

Leo legte den Kopf in den Nacken und bekam feuchte Hände. Die Wand stieg senkrecht gegen den Himmel und war sicher einhundert Meter hoch. Mittendrin klebten die beiden Männer. Einer hatte einen guten Stand auf einem Felsvorsprung, der andere kletterte ohne Sicherung von oben an einem schmalen Felsriss entlang die senkrechte Felswand nach oben.

»Das sind die echten Könner!«, sagte Eichhorn stolz. »Das ist 'ne bayerische Acht, bei uns aber nur eine Sieben.«

Leo sah ihn verständnislos an.

»Schwierigkeitsgrad. Aber wir Sachsen haben nun mal das Klettern erfunden. Oder, wenn man es genau nimmt, die Engländer haben bei uns das Klettern erfunden. Wir haben hier Hunderte von Klettergipfeln.«

»Aha.« Reisinger war wirklich beeindruckt von den jäh aufragenden Felswänden. »Wo gehen wir hin?«

Eichhorn deutete steil nach oben. »Da rauf. Ist ein netter Samstagsspaziergang.«

Leo Reisinger wurde es nun doch etwas mulmig. »Da hoch?«

»Kein Problem, ist 'ne Stiege. Die geht meine Oma noch zweimal im Jahr hoch«, beruhigte ihn Ronny Eichhorn.

»Na dann.« Reisinger stieg Eichhorn den steilen Weg entlang des Massivs hinterher bis zu einem Felsvorsprung, an dem zehn Leute warteten. Acht von ihnen sahen aus wie Riesenkraken mit Fangarmen. Die hingen an ihren bunten Klettergurten und hatten an den Enden Karabiner zum Einhaken. Zwei trugen sogar Helme. Direkt vor ihnen waren Eisenklammern wie überdimensionale Heftklammern in die senkrechte Felswand geschlagen.

»Das ist die Stiege?«, fragte Reisinger beklommen. Unter einer Stiege hatte er sich eher eine Treppe vorgestellt, nicht ein paar lumpige Eisenstangen in einer senkrechten Felswand.

Eichhorn trieb die Gruppe vor ihnen zur Eile an. »Nu macht mal hin mit eurem Klettersteigkram. Ist doch hier nicht die Eiger-Nordwand!« Einer nach dem anderen stieg in die Felswand, aber das Ein- und Aushaken der Karabiner dauerte natürlich. An den unterschiedlichen Dialekten waren unschwer ein Paar aus Stuttgart und drei Männer aus Franken zu identifizieren. Die beiden bis an die Zähne ausgerüsteten Wanderer, die sogar Helme trugen, kamen aus Japan oder Korea. Der eine hatte eine kleine Kamera auf dem Kopf und drehte sich, solange er noch unten wartete, ständig langsam um die eigene Achse, um schöne Rundumaufnahmen zu bekommen. Während Leo Reisinger sich regelmäßig wegdrehte, wenn die Kamera auf ihn zeigte, warf sich Ronny Eichhorn so recht in Pose. Er stellte sich so hin, dass das Nationalparkwappen auf seinem rechten Ärmel gut zu sehen war, und schob sich das Cap aus dem Gesicht. Der kleine Japaner war schließlich an der Reihe und schwang sich behände auf die erste Klammer. Während er sich mit dem einen Fangarm einhakte, stieg er schon die nächste Klammer hoch und befestigte den zweiten Fangarm an der nächsten Stufe, löste dann die untere und stieg wieder eins hoch. Das Prinzip war einfach, aber effektiv, man war immer gesichert.

Reisinger wünschte sich, er hätte auch so einen Klettersteigkram, um sich in die Eisenklammern einzuhaken, denn wirklich schwindelfrei war er nicht. Aber jetzt, unter

Ronny Eichhorns kritischem Blick, zu kneifen, ging natürlich gar nicht.

Gespannt verfolgte er, wie einer nach dem anderen die Eisenklammern hochstieg und sich dann nach links auf einen Felsspalt zubewegte. Die Gruppe mit den Klettersets brauchte deutlich länger als das ältere Ehepaar, das sich danach ohne Hilfsmittel auf die Eisenklammern schwang. Reisinger fasste Mut.

»Na also, wenn die Muddi da hochkommt, kommen Sie auch rauf!« Eichhorn gab dem Kommissar einen Klaps, und er begann zu steigen. Sein Respekt vor diesen kleinen Bergen wuchs gewaltig. Er zwang sich, nicht nach unten zu sehen, und konzentrierte sich starr auf die nächste Klammer. Er war nach kürzester Zeit klitschnass geschwitzt, obwohl die Felswand im Schatten lag. Er versuchte das Zittern in seinen Knien und das flaue Gefühl im Magen zu ignorieren. Nach der senkrechten Wand kamen ein paar Engstellen und ein kurzer Weg durch einen engen Kamin, dann wurde es erstaunlicherweise wieder flach. Selten war er so froh gewesen, wieder festen, ebenen Boden unter den Füßen zu haben. Ronny Eichhorn kam grinsend hinter ihm her. »Na, war doch ein Kinderspiel, oder?«

»Kein Vergleich mit der Eiger-Nordwand«, sagte Reisinger so cool wie möglich.

Als sie endlich oben waren, piepste sein Smartphone. Er holte es aus der Tasche und sah, dass er einen Willkommensgruß von einem tschechischen Provider erhalten hatte. Kurz darauf prasselten die Nachrichten herein.

»Oh, das wird teuer!«, kommentierte Eichhorn.

Mandy hatte sich gemeldet und für den Abend sturmfreie Bude in ihrem Atelier angekündigt. Reisinger grinste, na endlich. Er tippte sofort zurück, dass er um acht Uhr bei ihr wäre.

Sandra simste: »Toter von Ehefrau identifiziert. Melde dich.« Er bat Eichhorn um eine kurze Pause und rief seine Kollegin zurück.

»Du bist im Tal und hast Empfang?«, fragte sie verwundert.

»Bin nicht mehr im Tal, sondern oben. Geht alles über einen tschechischen Provider. Was gibt es?«

Sandra erklärte ihm, dass der Tote eindeutig von seiner Ehefrau identifiziert worden sei und dass sie ausgesagt habe, seit über einer Woche nichts mehr von ihm gehört zu haben. »Die waren nicht gerade ein Herz und eine Seele, die zwei.«

»Na, immerhin hatte er ja auch schon seit Ostern sein gschlampertes Verhältnis mit dieser Cindy Hecht«, sagte Reisinger. »Sein was?«, fragte Sandra. »Na, eine Affäre. Die Dame, die die Vermisstenanzeige aufgegeben hat, war seine Wochenendgeliebte. Apropos: Überprüfe bitte, wo diese Cindy Hecht den Mittwochnachmittag und -abend verbracht hat. Wenn der Lauscher tatsächlich am Lichtenhainer Wasserfall in die Bahn gesetzt wurde, tot oder lebendig, dann muss wahrscheinlich noch jemand bei ihm gewesen sein. Und frag bitte seine Frau, ob Lauscher ein Handy hatte. Wir haben im Wohnwagen keins gefunden.«

»In Ordnung. Ich kümmere mich drum.« Sandra legte auf.

Eichhorn führte Reisinger zunächst auf einem ebenen Weg zwischen Felsen hindurch, dann zu einem ausgesetzten, schmalen Pfad an der Felskante entlang zur Idagrotte. Der Weg war nichts als ein etwa fünfzig Zentimeter breiter Felsvorsprung an einer ansonsten senkrecht abfallenden Felswand. Reisinger schluckte. Vor ihm ging es gefühlte hundert Meter in die gähnende Tiefe. Er versuchte sich auf die großartige Aussicht hinunter ins Tal und auf den gegenüberliegenden Höhenrücken zu konzentrieren, aber er spürte seinen Puls ansteigen und die Hände feucht werden.

»Sind nur vier Meter!«, sagte Ronny Eichhorn und marschierte lässig das Felsenband entlang, die rechte Hand locker am Geländer, als würde er spazieren gehen. Leo

Reisinger wartete, bis Eichhorn drüben war, und begann sich langsam, mit dem Bauch zur Felswand, am Eisengeländer entlangzuhangeln. Das Blut rauschte in seinen Ohren, aber er zwang sich ruhig zu bleiben und nur auf die Felswand vor ihm zu schauen. Eichhorn guckte natürlich trotzdem zu, aber er sagte kein Wort. Auf halbem Weg sah Leo nach unten und spürte sofort einen heftigen Schwindel. Er klammerte sich an das Geländer und schloss die Augen. Vor seinem inneren Auge sah er aber nicht sich selbst zerschmettert am Boden liegen, sondern merkwürdigerweise seinen Großvater. Die Irrationalität des Bildes half ihm wieder in die Gegenwart. Sein Großvater war überfahren worden, als er stockbetrunken nach Hause geradelt war. Er dagegen schwebte gerade zig Meter über einem Abgrund und war stocknüchtern. Er atmete tief durch und zwang sich, die letzten zwei Meter zügig weiterzugehen.

Eichhorn wartete schon ungeduldig auf ihn.

Die Grotte selbst war eine recht geräumige Höhle, die offensichtlich öfter von Boofern genutzt wurde. Jetzt allerdings saßen nur ein paar Wanderer drinnen und machten Rast. Reisinger schaute sich um. Was mochten das für Hinweise sein, die Lauscher hier angeblich gefunden und in seinem Tagebuch vermerkt hatte? Weiter hinten in der Grotte kletterte jemand an der Felswand entlang, und bei genauerem Hinsehen erkannte Reisinger Cindy Hechts auffällige Blümchenleggings wieder. Inzwischen hatte sie die goldenen Sandalen allerdings gegen stabile Wanderschuhe getauscht. Sie hatte ihn offensichtlich noch nicht gesehen, so aufmerksam vertieft war sie in das Absuchen der Felswand.

»Frau Hecht, was für ein Zufall. Haben Sie gefunden, was Sie suchen?«

Sie schrak zusammen. »Herr Kommissar!«

»Ich wollte gucken, ob ich finde, was Herbert da ins Tagebuch reingeschrieben hat«, stammelte sie.

»Und, haben Sie?« Reisinger stand ganz dicht vor ihr.

»Nee, nüscht, rein gar nüscht.« Sie breitete die Arme aus und wedelte nervös herum.

»Nach was für einer Art von Hinweis suchen Sie überhaupt?«, wollte Reisinger wissen.

»Na, nach Spuren von dem Golm«, sagte Cindy Hecht. Eichhorn kam hinzu. »Spuren von was?«

Cindy wandte sich um. »Ich muss jetzt gehen. Auf Wiedersehn, Herr Kommissar.« Reisinger hielt sie am Arm fest. »Was haben Sie am Mittwochnachmittag und -abend gemacht, Frau Hecht?« Sie sah ihn wütend an. »Gearbeitet bis acht Uhr abends im Kaufmarkt in Neustadt. Können Sie jederzeit nachprüfen. Danach war ich allerdings alleine zu Hause.«

Sie stapfte davon.

»Jetzt sagen Sie doch endlich, was Sie hier eigentlich suchen«, forderte Eichhorn. Reisinger sah der Hecht noch eine Weile nach. Dieser Auftritt hier wollte nicht recht zu einer in Trauer aufgelösten Geliebten passen. Sehr merkwürdig.

Er wandte sich Eichhorn zu. »Der Lauscher hat doch nach dieser seltenen Beutelratte, oder was immer das für ein Vieh ist, geforscht. In seinem Tagebuch steht als letzter Eintrag, dass er hier in der Idagrotte was gefunden hätte, einen Hinweis.«

Eichhorn sah ihn entgeistert an. »Hier soll was von einer extrem scheuen Beutelratte zu finden sein? Guter Mann, schauen Sie sich doch um. Das ist ja komplett idiotisch! An einem Tag wie heute rennen hier fünfzig Leute durch!«

Reisinger sah ein, dass Eichhorn recht hatte. Die Höhle wurde gerade von einer neuen Gruppe Wanderer heimgesucht. Ein Ort für ein scheues Tier war das sicher nicht.

»Dann gibt es vielleicht irgendwelche anderen Hinweise. Helfen Sie mir einfach suchen, Ronny. Egal was, wenn es auffällig ist, melden Sie sich.«

Eine halbe Stunde lang nahmen sie die Idagrotte unter die Lupe. Reisinger fand eine ganze Reihe Inschriften an den Wänden, aber die erschöpften sich in der Regel in den Worten »Dennis war hier« – oder eben Carlo oder Susanne – und dem dazugehörigen Datum. Wirklich aufschlussreich war das nicht. Falls tatsächlich ein System dahinterstecken sollte, würde er das Rätsel ganz sicher nicht auf die Schnelle lösen. Reisinger machte für alle Fälle ein paar Fotos, aber er war überzeugt davon, dass das keine heiße Spur war.

Ronny Eichhorn winkte ihn nach einer Weile in den hinteren Teil. Da war der Boden relativ flach, und ein schwarzer Fleck auf dem Felsboden zeigte an, wo sich die Feuerstelle befand. Daneben war der Boden sandig, und auch hier gab es schwarze Aschespuren im Sand. »Der Boden sieht aus, als hätt' jemand die alte Feuerstelle umgegraben«, sagte Ronny Eichhorn. »Die auf dem Felsen ist neu. Das machen die Boofer normalerweise nicht auf dem Felsen.«

Sie begannen Sand und Asche mit den Händen wegzuschieben. Zwei Wanderer sahen ihnen interessiert zu.

»Ich hab was!«, rief Eichhorn.

»Eine Bananenschale?« Enttäuscht hielt er die schlappen, braunen Überreste hoch. Darunter kamen noch Eierschalen und eine trockene Filtertüte mit Kaffeepulver zum Vorschein.

»Nu, ist doch besser, die Boofer vergraben ihren Müll, als ihn in die Gegend zu werfen«, sagte einer der beiden Zuschauer und wandte sich wieder dem Ausgang zu.

»Das ist streng verboten!«, rief ihm Ronny Eichhorn nach. »Wo kämen wir denn hin, wenn jeder hier seinen Müll im Sand vergraben würde? Der muss wieder mitgenommen werden!« Missmutig packte er die Überreste in eine Plastiktüte, die er aus seinem Rucksack holte. »Sauerei, so was!«, schimpfte er.

Reisinger hatte genug gesehen.

»Ich glaube, das hat hier keinen Sinn mehr. Lassen Sie uns Kevin und Maik suchen. Vielleicht bringt uns das ein Stück weiter.«

Eichhorn nickte und schob das Loch im Sand wieder zu. Dann wandte er sich zum Ausgang, und Reisinger folgte ihm vorsichtig.

Der Nationalpark-Ranger führte ihn einen bequemen Wanderweg entlang und zeigte ihm die verschiedenen Gipfel der Sächsischen Schweiz. »Da drüben ist die Barbarine, ein loser, fast runder Felsklotz auf einer Felssäule. Ist schon seit Jahrzehnten gesperrt für die Kletterer, weil sich der Felskopf obendrauf bewegt. Aber mein Vater ist da noch oben gewesen!« Sein Blick bekam etwas Schwärmerisches. Nach einer Weile wandte er sich wieder an Reisinger.

»Bei uns wird nach sächsischen Regeln geklettert. Die Leute dürfen nur an frei stehenden Felsen und nur bei trockenem Wetter rauf. Die Massive sind für die Falken und andere Tiere reserviert.«

Reisinger genoss das großartige Panorama von aufragenden Felswänden. »Ist ja wie im Monument Valley in Amerika, bloß kleiner und näher beieinander«, sagte er anerkennend.

»Es gibt Leute, die haben Hunderte von Gipfeln bestiegen, die kommen bei jeder Gelegenheit her und machen einen Weg nach dem andern.«

Ja, das leuchtete Reisinger ein. Die Sachsen mochten praktische Dinge. Anstatt erst mal fünf Stunden aufzusteigen, um dann noch eine Stunde zu klettern, bis man oben war, wie in den Alpen, konnten die sächsischen Kletterer hier praktisch bis an den Fuß der Felswände ebenerdig laufen, dann hochsteigen und sich wieder abseilen. So konnte man wahrscheinlich locker zwei oder sogar drei Gipfel pro Tag besteigen, wenn man fit war.

Reisinger entdeckte schwarze Blechkästchen auf den Gipfeln. »Was sind das da für Dinger?«, wollte er wissen.

»Das sind die Gipfelbücher. Jeder, der es raufschafft, trägt sich mit Datum und Namen ein. Von manchen Gipfeln gibt es schon stapelweise Gipfelbücher, weil so viele raufklettern. Das Schlimmste, was einem Bergsteiger passieren kann, ist, dass er oben sitzt und ihm der Bleistift aus der Kassette runterfällt. Dann muss er runter, den Bleistift suchen und noch mal rauf, denn die Nächsten wollen sich ja auch eintragen.«

Eichhorn führte den Kommissar über einen gemütlichen Wanderweg und zahlreiche Stufen nach unten. Obwohl es inzwischen schon später Nachmittag war, trafen sie noch jede Menge anderer Wanderer.

Nach gut einer halben Stunde waren sie wieder am Fuß des Bloßstocks, Reisinger erkannte ihn an seiner markanten Form. Er stutzte. Dann wandte er sich zu Eichhorn um: »Warum haben Sie mich die senkrechte Wand hochgejagt, wenn man auch über die Stufen hochlaufen kann?«

Eichhorn machte ein unschuldiges Gesicht: »Nu, ich dachte, als gebirgserprobter Bayer ist das doch ein Spaziergang für Sie. Hat es Ihnen nicht gefallen?« Seine dunklen Locken fielen ihm ins Gesicht, und er konnte seine Schadenfreude nicht ganz verbergen. Leo Reisinger seufzte. »Es war wirklich ganz toll, Eichhorn. Vielen Dank für den schönen Spaziergang. Können wir jetzt diese Boofer suchen? Oder muss ich da auch wieder wie Spiderman die senkrechte Wand hochsteigen?«

Eichhorn schüttelte den Kopf und zeigte nach vorne.

»Da unten beim Heidematz gibt's eine Boofe. Vielleicht haben wir Glück, und sie sind dort.« Kurz bevor sie unten am Fluss in der Talsohle waren, zweigte nach rechts ein Weg ab.

»Hier«, Eichhorn deutete steil nach oben. Reisinger konnte keinen Weg erkennen, nur einen verdammt steilen Hang, an den sich die Fichten mit ihren Wurzeln klammerten, und dazwischen jede Menge Heidekraut. Eichhorn achtete darauf, dass sie erst losstiegen, als keine anderen Wanderer mehr zu sehen waren. Dann allerdings jagte er den Kommissar unerbittlich und in straffem Tempo hinauf. Reisinger suchte nach Tritten und Stellen zum Festhalten in dem steilen Hang und erkannte, dass manche der Wurzeln abgegriffen, fast blank waren. Hier gingen also des Öfteren Leute hoch. Keuchend und schwitzend stand er nach wenigen Minuten oben. Vor ihm stieg der Hang nur noch sanft an, die Fichten standen ruhig im Nachmittagslicht, und die Sonne malte goldene Flecken auf den Waldboden. Irgendwo schlug ein Eichelhäher an.

»Das ist seltsam«, sagte Reisinger, »kaum ist man ein paar Meter vom Wanderweg entfernt, weg von den vielen Leuten, fühlt man sich hier, als wäre man allein in diesem eigenartigen Wald.«

Eichhorn nickte. »Das ist auch das Schöne am Boofen. Nur ein paar Meter abseits der Wege ist man mittendrin in der Natur.« Er führte den Kommissar zu einigen riesigen Felsblöcken, die hier herumlagen, als ob eine Schar Riesenkinder mit Bauklötzchen gespielt hätte.

Obwohl es Samstag war, erreichte Sandra Kruse den Marktleiter des Kaufmarktes in Neustadt. Sie erfuhr nach einigem Warten, dass Cindy Hecht letzten Mittwoch bereits um 18 Uhr 30 nach Hause gegangen sei, weil sie über heftige Kopfschmerzen geklagt hätte. Am Donnerstagmittag sei sie aber wieder, wie immer pünktlich, zur Arbeit erschienen. Frau Hecht sei eine langjährige Mitarbeiterin, die das Vertrauen aller Kollegen und ihres Chefs genieße.

Sandra tippte alle Daten in ihren Computer ein. Dann rief sie Hannelore Lauscher an, um sie nach dem Handy ihres Mannes zu fragen.

»Natürlich hat er ein Handy«, sagte diese, »er hatte es immer dabei, wenn er unterwegs war. Aber im Kirnitzschtal funktioniert es nicht, da musste er nach Bad Schandau fahren, um zu telefonieren. Ansonsten hätte er über Tschechien telefonieren müssen, das war ihm zu teuer.«

»Welche Marke?«, erkundigte sich Sandra.

»Sie fragen Sachen!«, kam es zurück. »So ein kleines schwarzes mit einem silbernen Rahmen. Das hatte er, glaub ich, von der Telekom.«

»Wir suchen dringend nach seinem Handy, Frau Lauscher. Aber das können wir nicht, wenn wir nicht mal genau wissen, was für eine Marke es hat und wie seine Nummer lautet. Da muss es doch Verträge geben, in denen der Typ beschrieben ist.«

»Hören Sie, ich weiß nicht, wo mein Mann diese Unterlagen hat, und ich habe auch keine Zeit, danach zu suchen. Ich habe heute Abend eine Versammlung meiner Arbeitsgruppe gegen Plastikmüll zu leiten und außerdem muss ich, wie Sie wissen, eine Beerdigung organisieren!«

Sie war so laut geworden, dass Sandra den Telefonhörer mit ausgestrecktem Arm so weit weg wie möglich hielt.

Sie wartete, bis Frau Lauscher fertig war. »Ich kann auch mit meinem Kollegen noch einmal bei Ihnen vorbeikommen und die Unterlagen selbst suchen, Frau Lauscher. Immerhin geht es hier um einen ungeklärten Todesfall.«

Sandra fand, dass sie das ziemlich cool gesagt hatte. Sie grinste in ihren Handspiegel, der auf dem Schreibtisch lag, und lehnte sich zurück.

»Dann suchen Sie gefälligst seinen Mörder und nicht sein verdammtes Telefon!«, schnappte es zurück. Sandra setzte sich wieder aufrecht hin.

»Das tun wir. Und ob es Ihnen passt oder nicht: Ich brauche die Marke und die Nummer und die Telefongesellschaft seines Handys!«

Hannelore Lauscher seufzte hörbar.

»Dann warten Sie einen Moment.« Nach endlosen fünf Minuten, in denen Sandra vor dem Spiegel mehrere Frisuren durchprobierte, meldete sich Hannelore Lauscher wieder. »Ich habe einen Ordner gefunden, in dem Unterlagen zu einem Handy abgeheftet sind. Die Rede ist von einem Samsung Rex, angemeldet über Blau.« Sandra notierte die Telefonnummer und Typenbezeichnung. Dann rief sie den Provider an und bat um einen Suchauftrag für das Gerät und eine Überprüfung der geführten Gespräche in den letzten sechs Tagen. Der Ansprechpartner am Telefon meinte, dass das schwierig werden würde in dem bergigen Gebiet, aber er würde es versuchen. Außerdem empfahl er ihr, den Auftrag auch an die tschechischen Provider herauszugeben, da die meisten Geräte schon in den tschechischen Telefonraum reinrutschen würden.

»Dann vielen Dank!«, verabschiedete sich Sandra. Sie nahm ihre Unterlagen und ging hinüber zu Saschas Büro.

»Sascha, du kennst dich doch mit diesen Auslandsermittlungen aus. Ich brauche eine Anfrage an tschechische Telefonprovider wegen der Suche und Auswertung von Lauschers Handy. Der war doch im Kirnitzschtal gleich neben der Grenze, und da springen die meisten Telefone auf die tschechischen Telefonnetze um. Bei Reisinger war das heute auch so. Vielleicht finden wir ja damit raus, was er am Mittwoch gemacht hat.«

Sascha war nicht begeistert. »Kannst du nicht jemand anderen bitten?«, versuchte er es. »Das ist so ein aufwendiger Papierkram. Dafür müssen wir mindestens fünf Formulare ausfüllen.«

»Ach, Saschilein, du kannst das, ich weiß es ganz genau. Bitte hilf mir!« Sandra lächelte ihn süß an und setzte sich auf seine Schreibtischkante.

»Wenn du nicht mehr mit diesem Kurt zusammen bist, kannste ja mal mit mir ins Kino gehen.« Sascha sah sie erwartungsvoll an.

»Warum nicht?«, meinte Sandra. Dann legte sie ihm das Blatt mit den Angaben zu Lauschers Handy auf den Tisch. Sascha seufzte und machte sich an die Arbeit.

Bevor sie nach Hause ging, versuchte Sandra noch einmal Reisinger anzurufen, aber sein Smartphone meldete nur, dass er derzeit nicht erreichbar sei.

Eichhorn führte Reisinger den Hügel hinauf zu ein paar mächtigen Felsblöcken. Unter einem Felsüberhang lagerte eine Gruppe Menschen, drei Männer und zwei Frauen. Alle waren so um die vierzig Jahre alt. Eine der beiden Frauen war ganz in Rottönen gekleidet und hatte rote, kurze Haare. Die andere war dunkelhaarig. Die graumelierten Haarsträhnen fielen ihr stumpf und glanzlos über die Schultern. Sie trug eine von diesen merkwürdigen Hosen, die den Zwickel irgendwo auf Kniehöhe haben. Ihr T-Shirt war olivgrün. Die ganze Gruppe machte auf Reisinger einen ziemlich wilden Eindruck. Die Männer hatten lange Bartstoppeln im Gesicht und sahen aus, als hätten sie sich seit Tagen nicht gekämmt. Ihre Jeans waren schmutzig. Sie hatten ihre Isomatten und Schlafsäcke auf einem Haufen an die Felswand gestapelt und saßen nun mit dem Rücken zu ihnen um einen kleinen Campingkocher mit einem Topf drauf. Es roch nach Eintopf, und Reisinger hörte seinen Magen knurren. Außer dem kleinen Riegel, zwei Brötchen und den beiden Knackern hatte er heute noch nichts gegessen, und das bei diesem anstrengenden Bergprogramm.

»Grüß Gott, die Herrschaften«, sprach er die Gruppe an und wollte sich im selben Moment auf die Zunge beißen. Hier sagte man nicht »Grüß Gott« wie daheim in Bayern. Fünf Köpfe hatten sich nach ihnen umgedreht und starrten sie an.

Ronny Eichhorn meinte: »Guten Tag allerseits.« Alle fünf blieben stumm. Reisinger zückte seine Dienstmarke und stellte sich vor.

»Wisst ihr, wo Maik und Kevin sind?«, fragte Eichhorn die Gruppe.

»Kann schon sein«, antwortete einer der Männer und schielte auf Eichhorns Abzeichen am Hemd.

»Lassen Sie bitte mich fragen«, sagte Reisinger zu Eichhorn. Der zuckte mit den Schultern und stellte sich ein wenig abseits, nicht ohne das Lager der Boofer genauestens zu inspizieren. Das hier war zwar eine legale Boofe, die Benutzung war erlaubt, aber offenes Feuer war im Sommer wegen der Waldbrandgefahr natürlich verboten.

Reisinger erklärte kurz, dass es einen Toten gegeben habe und man herausfinden wolle, wie dessen letzte Stunden abgelaufen seien. Man habe Grund zu der Annahme, dass Kevin und Maik den Toten kannten.

»Ah, da geht's um den Toten aus der Kirnitzschtalbahn«, sagte die Rothaarige. »Wer war das denn nu?«

Reisinger packte die Fotos von Lauscher aus seinem Rucksack und breitete sie vor der Gruppe aus.

»Der Scheißkerl!«, murmelte die andere Frau. »Sie kennen den Mann?«, fragte Reisinger nach.

»Den Arsch kennt jeder, der hier booft«, knurrte einer der Männer. Mit Blick auf Eichhorn sagte er: »Der läuft hier doch wie der leibhaftige Sankt Nationalpark durch den Wald und jagt die Boofer aus ihren Schlupfwinkeln.«

»Der hat mit dem Nationalpark überhaupt nichts zu tun! Er gehört nicht zu uns. Wir bemühen uns immer um ein gutes Einvernehmen mit den Leuten!«, ereiferte sich Eichhorn.

»Na, das sehen hier aber viele etwas anders«, bemerkte einer der Männer trocken.

Reisinger machte Eichhorn ein Zeichen, sich zurückzuziehen, was der nur widerwillig tat. Er hockte sich zu der Gruppe um den Campingkocher und stellte fest, dass es mächtig nach ungewaschenen Menschen roch.

»Wann haben Sie den Mann hier zum letzten Mal gesehen?«, fragte er und schaute in die Runde. Die beiden Frauen legten die Arme um die Knie, die drei Männer starrten in den Wald hinter Reisinger.

Schweigen.

Reisinger schüttelte genervt den Kopf. »Ich kann Sie auch alle aufs Revier vorladen lassen, damit Sie Ihre Aussage da machen können, wenn Ihnen das lieber ist!«, schnauzte er die Gruppe an.

»Vor ein paar Tagen«, erklärte schließlich die Rothaarige.

»Wann genau?«, hakte Reisinger nach.

Sie zuckte mit den Schultern und sah auf den Mann neben ihr. »Sag du's ihm, Ingo!«

»Letzten Mittwoch«, antwortete der schließlich.

»Und, wie lief diese Begegnung ab?«, bohrte Reisinger nach.

»Der war hier und wollte wissen, wo die Boofe hinter dem Zeughaus ist. Davon hatte er Wind bekommen und meinte tatsächlich, dass wir ausgerechnet ihm verraten würden, wo die liegt«, sagte Ingo widerwillig.

Eichhorn spitzte auch die Ohren: »Die ist nicht genehmigt, die würde mich auch interessieren.«

Der älteste der Männer mit einem schmutzigen gelben T-Shirt und grauem Vollbart sah Reisinger mit einem schiefen Lächeln an. »Sehen Sie, die sind doch alle gleich vom Nationalpark.«

Reisinger sah ein, dass er so nicht weiterkommen würde.

»Einen Moment«, bat er und nahm Eichhorn auf die Seite.

»Herr Eichhorn, ich verstehe Ihr Interesse, aber jetzt geht es erst mal um den Toten. Die erzählen mir gar nichts, solange Sie dabeistehen. Ich würde sagen, Sie machen sich jetzt auf den verdienten Heimweg. Runter zur Bahn finde ich dann schon alleine.« Er drückte ihm eine Visitenkarte in die Hand. »Wenn Ihnen noch was zu der Sache einfällt, rufen Sie bitte an. Das Telefon ist immer besetzt.«

»Aber ...«, Eichhorn wollte partout nicht gehen und nicht verpassen, was die Boofer zu berichten hatten. Reisinger schob ihn sanft, aber unmissverständlich in Richtung Tal.

»Vielen Dank für Ihre Hilfe – und einen schönen Feierabend, Herr Eichhorn.« Er sah zu, wie Eichhorn erst zögerlich, dann missmutig nach unten stapfte und sich immer wieder umdrehte. Als er außer Hörweite war, setzte sich Reisinger wieder zu der Gruppe.

»Der Kripo sind die Boofen völlig egal. Sie können hier von mir aus tun und lassen, was Sie wollen, solange es nichts Illegales ist. Wie war das also mit dem Lauscher am Mittwoch?«

»Na, der kam hier am Nachmittag in die Boofe drüben beim Kuhstall und wollte von Kevin wissen, wo diese Höhle hinter dem Zeughaus ist. Kevin hat es ihm natürlich nicht gesagt, und dann hat der Kerl rumgeschrien von wegen er wäre schließlich im Auftrag des Nationalparks unterwegs und müsse die Lage von allen Boofen vermerken und die Boofen vermessen und all so 'n Mist.«

»Und dann?«, Reisinger spürte, dass die Anspannung in der Gruppe enorm war.

»Dann haben sie sich ein bisschen gekloppt.«

»Gekloppt?«, wiederholte Reisinger, »Sie meinen, sich geprügelt?«

»Nee, nur so hin und her geschubst«, sagte die dunkelhaarige Frau. Alle blickten starr auf den Kocher.

»Der Knülch könnte sich doch nicht mit Kevin prügeln. Das wäre ja lächerlich«, bemerkte der Mann namens Ingo.

Der Wortführer der Gruppe nahm einen trockenen Ast und zerbrach ihn über seinem Oberschenkel. Dem Zustand der Hose nach war er schon einige Tage im Wald. Er atmete tief ein, dann sagte er:

»Jedenfalls haben die ihm nicht wirklich was getan. Das können wir hier alle bezeugen. Der Lauscher oder wie der heißt, ist zwar einmal in die Knie gegangen, aber er ist sofort wieder aufgestanden. Dabei hat er geschimpft wie ein Irrer und ist dann aufrecht gehend abgezogen nach unten.«

Reisinger schaute allen nacheinander in die Augen.

»Der Lauscher ist also definitiv hier am Mittwochnachmittag unverletzt wieder weggegangen nach diesem Streit mit Kevin und Maik?«

Alle nickten.

Die eine Frau wollte noch was sagen, ließ es aber dann doch.

»Was?«, sprach Reisinger sie direkt an.

»Ob er ganz unverletzt war, kann man ja nicht genau sagen, nicht wahr? Er hielt sich den Arm so komisch an die Seite gedrückt. Aber er ist aufrecht davonmarschiert. Kann also nicht so schlimm gewesen sein.«

»Einer von Ihnen hat ihn nicht zufällig zur Straßenbahn hinunter begleitet?« Reisinger fixierte jeden ganz genau.

Ingo richtete sich auf. »Das wäre ja noch schöner! Wieso sollte einer von uns diesen Arsch begleiten? Der sollte mal schön selber sehen, wie er nach Hause kommt.«

Reisinger nickte. »Ist diese Höhle, wo das passiert ist, in der Nähe?«

»Nu.« Alle nickten.

»Auf dann, bitte bringen Sie mich hin.«

Alle bis auf die Rothaarige erhoben sich. »Ich bleib hier bei unserm Abendessen, wenn es gestattet ist.«

Der Boden war von einer dicken Schicht Moos bedeckt, und Reisinger war erstaunt, wie lautlos sich die Gruppe durch den Wald bewegte. Er folgte den drei Männern und der Frau, die sich Angie nannte, durch den Wald. Schon nach wenigen Minuten erreichten sie einen Wanderweg, der sich zwischen steilen Hängen durchschlängelte. Nach einigen Minuten allerdings öffnete sich der Blick über die Bäume, und Reisinger blieb erstaunt stehen. Obwohl die Berge hier keine echten Berge waren, fand er diese abrupt aufragenden Felswände sehr beeindruckend. Er legte den Kopf in den Nacken und sah nach oben. Vor ihm schob sich ein neues Felsungetüm wie ein Wolkenkratzer aus dem Wald.

Einer der Männer deutete nach oben. »Da oben ist der Kuhstall.« Reisinger überlegte, ob er nachfragen sollte, aber er hatte keine Lust, dauernd als Ignorant dazustehen. Wenn die Leute hier tatsächlich auf den Felsen ihre Kühe hatten, dann bitte sehr. Konnte ihm ja eigentlich auch egal sein. Sie folgten dem Weg noch ein paar hundert Meter am Felsmassiv entlang. Dann hob Ingo die Hand. Alle blieben stehen. Nachdem die vier sich versichert hatten, dass keine Wanderer in der Nähe waren, schlug Ingo einen Haken und führte die Gruppe weg vom Weg nach links quer durch den Wald auf das Massiv zu. Reisinger ging als Letzter in der Reihe. Die Sandsteinfelswände ragten gefühlte hundert Meter nach oben. Manche Stellen sahen wie rostiges Eisen aus, andere waren wie von schwefelgelbem Puder überzogen. Eine merkwürdige Landschaft war das, befand der Kommissar.

Sie stiegen einen steilen Trampelpfad hoch, bis sie direkt am Felsen angekommen waren, und wandten sich dann nach links, immer hart an der Felswand entlang. Nach einigen hundert Metern im Gänsemarsch hielt Ingo an und deutete nach rechts. Hier öffnete sich ein Felsüberhang, als hätte jemand mit einem Messer einen waagerechten Keil aus der Wand geschnitten. Bestimmt zehn Leute konnten hier bequem ihre Schlafsäcke ausrollen, so tief reichte die Höhle nach hinten. An einer Seite lag fein säuberlich aufgeschichtetes Feuerholz, vorne zeigte ein schwarzer Fleck auf dem Sandboden an, wo hier Feuer gemacht wurde. Der Boden war mit feinem gelbem Sand bedeckt. Die Boofe war leer.

»Warum waren Sie eigentlich alle am Mittwoch hier?«, fragte Reisinger.

»Wir haben Kevins Geburtstag gefeiert.«

»Wissen Sie, wo Kevin und Maik jetzt sind?«

Ingo schüttelte den Kopf. Auch die anderen drei verneinten. »Die sind mal hier und mal da. Die kennen sich vorzüglich aus hier in der Gegend. Keiner weiß so viel über Boofen wie die zwei.« Das war das erste Mal, dass der schlaksige Blonde etwas sagte, und Reisinger war erstaunt, wie gewählt er sich ausdrückte. Er musste aufpassen, dass er die Boofer nicht unterschätzte. Die Tatsache, dass die Leute nach ein paar Tagen im Wald allesamt wie Rübezahl aussahen, hieß noch lange nicht, dass sie unterbelichtet waren.

Erst nach langen Protesten bekam Reisinger die vollen Namen und Anschriften von Maik Richter und Kevin Rogatzky sowie die Namen und Adressen der vier Boofer.

»Jetzt stellen Sie sich doch nicht so an«, maulte Reisinger. »Ich will doch nicht Ihre Kontonummer, nur Namen und Adresse, damit ich Sie später erreichen kann, wenn noch Fragen auftauchen.«

Der Blonde schüttelte genervt den Kopf. »Sie verstehen das nicht. Wir sind hier draußen, weil wir frei sein wollen von gesellschaftlichen Zwängen, Konsumterror und staatlicher Kontrolle, und dann kommen Sie daher und wollen so mir nichts, dir nichts unsere Personalien.«

Reisinger versprach, ihre Daten zu löschen, sobald der Fall aufgeklärt sei.

Dann forderte er die Gruppe auf, die Situation mit Lauscher, Maik und Kevin nachzuspielen. Keiner wollte Lauscher sein, aber Reisinger zwang schließlich Ingo, dessen Part zu übernehmen. Vor seinen Augen entstand das Szenario, das ihm die fünf vorhin beschrieben hatten.

Lauscher kam allein in die Boofe, machte einen auf großen Nationalpark-Ranger und wollte von Kevin die genauen GPS-Daten und eine Wegbeschreibung zur Boofe am Zeughaus haben.

»Verpiss dich, Mann!«, brüllte der blonde Feingeist, der Kevins Rolle innehatte, den falschen Lauscher an. Der begann an Kevins T-Shirt zu zerren, und Kevin schubste ihn kräftig von sich. »Ich will wissen, wo diese Höhle am Zeughaus ist!«, insistierte der falsche Lauscher. Der Grauhaarige, der Maik spielte, stach mit ausgestrecktem Zeigefinger auf den falschen Lauscher ein und sagte, jedes Wort betonend: »Das geht dich nichts an!« Der falsche Lauscher wehrte sich gegen den Zeigefinger und schubste Maik von sich weg. Daraufhin trat Kevin in Aktion und drängte den falschen Lauscher mit beiden Armen nach hinten.

»Dann ist der«, Ingo, der vermeintliche Lauscher, bewegte sich jetzt in Zeitlupe rückwärts, »hier von der Felskante gerutscht und den Meter weiter unten erst wieder auf die Beine gekommen.« Er deutete nach unten auf die mit spärlichem Gras bewachsene Stelle zwischen den Fichten.

Reisinger kletterte die Felswand vorsichtig runter und sah sich das an. Wenn Lauscher da oben mit dem Brustkorb auf die Felskante gefallen war, bevor er abrutschte, dann konnte er sich dabei leicht die Rippe gebrochen haben. Aber wie ging es weiter?

»Jetzt bin ich der Lauscher«, rief er zu den anderen nach oben. »Lotsen Sie mich genau so, wie der Lauscher von hier weggegangen ist.« Er bekam die Anweisung, im rechten Winkel von der Höhle wegzugehen und sich dann nach rechts zu wenden. Nach einigen Metern stand er wieder an einer Felskante und sah unter sich einen Wanderweg. Die anderen waren ihm gefolgt.

»Bis dahin konnten wir ihn sehen und hören. Danach dann nicht mehr«, sagte die Frau namens Angie. Reisinger sah sich um. »Wohin geht dieser Weg?«, wollte er wissen.

»Zum Lichtenhainer Wasserfall und zur Endhaltestelle der Straßenbahn.«

»Hier kommt man aber nicht so einfach runter«, stellte Reisinger fest. Bis zum Wanderweg waren es nur etwa zwei bis drei Meter, aber das Gelände war verdammt steil und abschüssig.

»Da drüben geht's«, der Chef der Gruppe deutete auf eine Stelle zwischen den Bäumen, die etwas weniger steil aussah. Er ging voran und hangelte sich mit dem Bauch zur Felswand an den Wurzeln und Ästen der Bäume nach unten. Reisinger folgte mit den anderen. Angie kam nach ihm. Als sie beim letzten halben Meter nach unten einfach sprang, rutschte sie aus und landete fluchend auf dem Boden. Alle reichten ihr die Hand, um ihr aufzuhelfen, aber sie ging auf die Knie und wühlte im alten Vorjahreslaub.

»Da war was Glattes! Ich bin nicht einfach so ausgerutscht!«

Reisinger begann sofort mit zu suchen, während die anderen noch verständnislos herumstanden.

»Nu gucke mal an!« Schon nach wenigen Sekunden hielt sie etwas in der Hand.

»Welcher Idiot verliert denn sein Telefon im Wald?«

»Wow!«, strahlte Reisinger, »ich könnte mir vorstellen, dass das dem Lauscher gehört. Der musste ja auch irgendwie hier runter.« Er nahm eine Plastiktüte aus seinem Rucksack und bat Angie, das Handy reinfallen zu lassen, ohne noch weitere Fingerabdrücke darauf zu hinterlassen.

Sie ließ das Handy los, als hätte sie eine glühende Kohle in der Hand gehabt. »Oh nee, jetzt sind da meine Abdrücke drauf!«

»Macht nichts, die können wir ja identifizieren. Sie müssen nur mal eben in der nächsten Polizeidienststelle Ihre Fingerabdrücke abgeben.«

»Na toll!«, stöhnte Angie und schaute bedrückt auf ihre Hände.

Reisinger drehte das Handy in der Tüte hin und her. Es hatte einen Sprung quer über das Display, sah aber ansonsten noch ganz ordentlich aus.

»Das geht jetzt sofort in die Technische Abteilung. Da bin ich mal gespannt, ob es wirklich das vom Lauscher ist und wen er in den letzten Tagen angerufen hat.«

»Was hatte der Lauscher eigentlich für einen Rucksack?«, wollte er beiläufig wissen.

Ingo sagte: »Der hatte immer so ein altmodisches graues Vorkriegsmodell als Rucksack dabei. Der muss schon mindestens fünfzig Jahre alt gewesen sein.«

»Hatte er den auch letzten Mittwoch in der Boofe da oben dabei?«

Alle nickten. »Den haben wir eigentlich nie ohne das graue Stoffungetüm gesehen«, meinte Angie.

»Einer von Ihnen oder Maik und Kevin haben ihm den nicht abgenommen?«

»Was soll das?«, fragte Ingo ärgerlich. »Sehen wir aus wie Diebe? Sie glauben doch nicht allen Ernstes, dass einer von uns scharf auf seinen altertümlichen Stoffsack war!«

»Lauscher hatte nichts bei sich, als er gefunden wurde«, erklärte Reisinger. »Der Rucksack muss irgendwo sein.«

»Wir wollen in diese Geschichte auf keinen Fall reingezogen werden!«, sagte Ingo zu Reisinger.

»Sie sind doch alle schon mittendrin!«, entgegnete Leo Reisinger. Dann setzte er versöhnlich hinzu: »Keiner wirft Ihnen was vor. Ich verstehe, dass Sie den Lauscher nicht leiden konnten, aber der Fall muss untersucht werden!«

»Was passierte eigentlich nach dieser Auseinandersetzung?« fragte er die Gruppe zum Abschluss.

Angie sagte: »Wir haben uns getrennt. Kevin hat dieser Streit fertiggemacht, er wollte laufen. Er und Maik sind hinüber in den Großen Zschand gewandert. Und wir sind rüber in unsere Stammboofe, wo Sie uns vorhin gefunden haben.«

»Sie wissen also nicht, was Kevin und Maik danach gemacht haben?«

»Nu, die haben ihr Zeug gepackt und sind losgelaufen«, knurrte Ingo. Mehr war nicht von den vieren zu erfahren.

Sie trennten sich an der Weggabelung, die hinunter zum Wasserfall führte.

Reisinger fühlte sich großartig. Es war Viertel nach sechs, er hatte einen wichtigen Fund gemacht, und um acht Uhr würde er Mandy sehen.

5

Der Sonntag dämmerte bereits, als Leo Reisinger von Mandys Atelier nach Hause kam. Im Treppenhaus zog er die Schuhe aus, um auf den alten Holztreppen nicht so viel Lärm zu machen, dass Frau Fleischhauer im ersten Stock ihn wieder mit Sensationslust in den Augen ansprechen könnte, ob er die ganze Nacht Verbrecher gejagt habe. Mit einem seligen Grinsen im Gesicht machte er sich in seiner kleinen Küche ein Bier auf.

Dann ließ er sich in der Unterhose auf sein Bett plumpsen und schlief augenblicklich ein.

Penetrantes Klingeln weckte ihn einige Stunden später. Es dauerte eine Weile, bis Reisinger realisierte, dass der nervige Ton nicht zu seinem Traum gehörte, sondern von seinem Diensttelefon auf dem Nachttisch kam.

Seine Rechte tastete sich durch diverse Zeitschriften, Comics, Taschentuchpäckchen, Notizblock und Stifte, warf dabei die halb volle Bierflasche und den Wecker um, bekam endlich das Handy zu fassen. Ohne schon die Augen öffnen zu können, grunzte Leo heiser seinen Namen.

»Kriminalhauptkommissar Richter hier«, fuhr ihm die aufgeräumte Stimme seines Chefs direkt in das noch abgeschaltete Hirn. »Reisinger, ich weiß, heute ist Ihr freier Tag, aber ich habe hier einen guten Freund von mir sitzen, Dr. Hartenberg, den Leiter des Nationalparks Sächsisch-Böhmische Schweiz. Er hat mich gebeten, ihn darüber zu informieren, was es mit diesem Toten und insbesondre mit dem seltenen Tier, das dieser Tote offenbar in seinem Auftrag, aber nur vermeintlich in seinem Auftrag, suchte, auf sich hat. Können Sie mir folgen?«

Reisinger öffnete die Augen und sah auf die Uhr. Es war Viertel nach zehn. Durch die Jalousien seines Schlafzimmerfensters drangen ein paar gleißend helle Lichtstreifen.

Sein Vorgesetzter baute immer so verdammt komplizierte Sätze.

»Guten Morgen, Chef«, sagte er matt. »Ehrlich gesagt habe ich nicht ganz verstanden, was Sie von mir wollen. Ich muss erst mal richtig wach werden.«

»Reisinger!«, kam es vorwurfsvoll aus dem Hörer. »Die Sonne lacht vom blauen Himmel, wir haben fast 27 Grad, und Sie schlafen noch? Morgenstund' hat Gold im Mund!«

Leo Reisinger beschloss, das zu ignorieren. Er hatte eher einen schalen Geschmack im Mund. Das verschüttete Bier auf seinem Nachttisch roch ekelhaft. Er rappelte sich auf und ging in die Küche, während Richter über das Wetter schwadronierte.

Den Telefonhörer am Ohr, goss er Wasser in die Kaffeemaschine und zählte löffelweise Kaffeepulver in den Filter.

»Können Sie mir jetzt bitte noch einmal erklären, wieso Sie mich an meinem freien Sonntag anrufen?«, unterbrach ihn Reisinger, als er die Maschine einschaltete.

»Ach ja, natürlich. Also, der Leiter des Nationalparks, Dr. Hartenberg, hat von einem seiner Mitarbeiter erfahren, dass es einen Toten in der Kirnitzschtalbahn gegeben hat und dass Sie mit der Untersuchung beauftragt wurden.«

»Ja, das ist richtig. Der Mitarbeiter kann nur Ronny Eichhorn sein. Der hat mich gestern für die Ermittlungen in den Wald begleitet.«

»Genau, genau!«, sagte Reinhard Richter. »Von diesem Mitarbeiter hat Dr. Hartenberg auch die Information, dass der Tote nach einem extrem seltenen Tier, einem sogenannten Kolm oder Golm, gesucht habe. Das interessiert ihn als Leiter des Nationalparks natürlich brennend, wie Sie sich vorstellen können.«

Leo Reisinger tappte ins Bad und pinkelte ausgiebig.

»Duschen Sie jetzt?«, fragte Richter irritiert.

Reisinger ging nicht darauf ein. »Diese Golm-Geschichte hat, soweit ich das überblicke, nichts mit dem Todesfall zu tun. Es ist wohl eher unerheblich, wonach dieser Herbert Lauscher gesucht hat. Ich kann da ohnehin nicht weiterhelfen.«

»Reisinger, ich bitte Sie. Sie sind der Einzige, der bisher davon gehört hat. Bitte tun Sie mir und Dr. Hartenberg den Gefallen und berichten Sie ihm, was Sie darüber wissen.«

»Bei allem Respekt, Herr Hauptkommissar«, blaffte Reisinger, »ich bin doch kein Naturforscher. Dieser Dr. Hartenberg hat sicher weit bessere Möglichkeiten als ich herauszufinden, was das für ein Tier ist. Mich interessiert es auch nicht.«

»Aber vielleicht ist es doch wichtig, Reisinger! Wenn dieses Tier tatsächlich so selten ist, dann wäre es auch ein guter Grund, jemanden umzubringen, meint jedenfalls

Dr. Hartenberg.« Sein Ton wurde drängender, »Bitte setzen Sie sich eine halbe Stunde mit Dr. Hartenberg zusammen.«

»Ich bin morgen wieder in Bad Schandau, um weitere Ermittlungen zu führen. Da kann ich gerne auch noch kurz im Nationalparkbüro vorbeischauen«, sagte Reisinger ergeben. Er setzte sich an seinen Küchentisch und goss sich eine Tasse Kaffee ein.

»Leider ist Dr. Hartenberg ab nächster Woche auf einer Tagung in Österreich. Es müsste schon heute sein«, verlangte Richter.

»Heute? Heute ist Sonntag!« Leo Reisinger knallte die Tasse so heftig auf die Tischplatte, dass sich ein Schwapp Kaffee selbstständig machte.

»Ich weiß, ich weiß. Es tut mir ja auch leid, aber es ist dringend, und Sie würden mir einen großen Gefallen erweisen. Ihre nächste Beurteilung steht ja auch bald an, Reisinger.« Richter flötete geradezu.

Wütend hielt Reisinger den Hörer mit ausgestecktem Arm von sich und starrte ihn an. Er atmete zweimal tief durch.

»Wie treffend argumentiert, Herr Hauptkommissar! Ich stehe Ihnen und Dr. Hartenberg dann um 13 Uhr im Büro zur Verfügung!«, sagte er knapp und legte auf. Wäre ja noch schöner, wenn er jetzt noch in die Wildnis fahren sollte, um diesen Nationalparktypen zu treffen. Dann schon lieber im Büro. Er schenkte sich Kaffee nach, machte sich ein Wurstbrot zum Frühstück und schaute hinaus. Gleißendes Sonnenlicht über der Stadt. Schade, dass es um Dresden anscheinend keine Badeseen gab. Daheim in Mammendorf hätte er einen Tag wie diesen an einem der vielen umliegenden Seen verbracht. So wie früher mit Veronika. Bei einer derartigen Hitze wäre sogar sie ins Wasser gegangen. Er ging duschen.

Viertel vor elf Uhr rief Sandra bei ihm an, um sich zu erkundigen, wie es am Samstag gelaufen war.

Reisinger erzählte ihr von den Boofern und dass es eine Auseinandersetzung mit einem gewissen Kevin gegeben habe.

»Mit Kevin Rogatzky von Kevin und Maik?«, fragte Sandra. Reisinger war platt.

»Du kennst die beiden?«

»Logisch kenne ich die, weil die Bekannte von Olli sind. Mensch, das ist ja wie ein Wink des Schicksals«, sagte Sandra nachdenklich. »Ich glaube, ich sollte mich mal wieder mit Olli treffen. Findest du nicht auch?« Ihre Stimme bekam etwas Träumerisches.

»Tu das!«, empfahl Reisinger. »Aber erklär mir vorher noch, was du bei Hannelore Lauscher rausgekriegt hast.«

Sandra war wieder ganz offiziell. »Die ist Biologie- und Chemielehrerin am Bertolt-Brecht-Gymnasium in Dresden. Eine richtige Lehrerin, so zackig und korrekt wie ein preußischer General. Nebenbei engagiert sie sich beim Bund Naturschutz, leitet eine Arbeitsgruppe gegen Plastikmüll und hat zwei Artikel über eine seltene Maus verfasst. Gerade in Verzweiflung hat sie die Nachricht vom Tod ihres Mannes nicht gestürzt, und bei der Identifizierung im Leichenschauhaus war sie auch ziemlich cool. Irgendwas stimmt mit der nicht, da wette ich drauf, aber ich weiß noch nicht, was.«

Reisinger war erstaunt »Die Frau vom Lauscher hat auch nach diesem komischen Kolm geforscht?«

»Ja, genau so hieß das Vieh!«, bestätigte Sandra. »Wieso interessiert dich das?«

»Hauptkommissar Richter hat mich eben dazu verdonnert, dem Leiter des Nationalparks darüber zu erzählen. Ausgerechnet – als ob ich irgendeinen Schimmer von diesem Kolm hätte. Wir treffen uns um 13 Uhr im Büro.«

»Nimm die Lauscher doch mit!«, schlug Sandra vor.

»Gibt es irgendeinen Grund, warum ich eine trauernde Witwe in die Räume der Kripo zitieren sollte, um den Chef des Nationalparks über eine Ratte zu informieren?«

Reisinger sagte das so sarkastisch wie möglich. Sandra war einfach unverbesserlich. Dieser Grufti-Gothic-Freund schien ihr echt aufs Gehirn geschlagen zu sein. Aber sie ließ sich nicht beeindrucken.

»So, wie ich die Lauscher einschätze, freut sie sich, wenn sie etwas über ihre Forschungen berichten kann. Weißt du was? Ich rufe sie an und überrede sie, hinzukommen. Ich treffe dich in der Schießgasse! Es interessiert mich jetzt schon, was da dahinter steckt.« Sandra legte auf, und Reisinger staunte zum zweiten Mal an diesem Tag sein Telefon an.

»Bye-bye, Kurt«, stand auf einem Fetzen Papier, der oben auf dem Haufen schwarzer Klamotten lag. Sandra hatte den Sonntagvormittag dazu benutzt, ihren Kleiderschrank durchzugehen und die schwarzen Gothic-Elemente Stück für Stück einem strengen Steht-mir-steht-mir-nicht-Test zu unterziehen. Mitten im Wohnzimmer lagen zwei große DIN-A2-Bögen. Der eine war überschrieben mit »Olli«, der andere mit »Kurt«, darunter zwei Spalten mit »Pro« und »Kontra«. Kurts Bilanz sah nach dem Durcharbeiten dieser Liste nicht gut aus, und Sandra hatte eine Entscheidung getroffen.

Von den schwarzen Teilen blieben nur zwei Hosen, ein Cocktailkleid und die Basic-T-Shirts im Schrank. »Das Schwarz steht mir einfach nicht!«, stellte sie vor dem Spiegel im Flur fest. »Und dem Kurt steht gar nichts. Der ist mir zu destruktiv. Kann ja wohl nicht sein, dass mich nun schon Pathologen anbaggern. Das ist irgendwie krank! Ich muss mein Leben ändern.« Nach mehrfachem Probieren zog sie schließlich ein luftiges gelbes Blümchenkleid über und kannte sich selbst kaum wieder.

Kurz vor zwölf Uhr rief sie Hannelore Lauscher an: »Frau Lauscher, hier ist noch einmal Kriminalkommissarin Kruse. Wie geht es Ihnen?«

Hannelore Lauscher war zurückhaltend: »Was gibt es? Neue Ermittlungsergebnisse?«

Sandra stand mit dem Telefon vor ihrem Spiegel im Flur und drehte sich langsam um die eigene Achse.

»Mein Kollege Reisinger ist auf ein paar Boofer gestoßen, die am Mittwoch eine Auseinandersetzung mit Ihrem Mann hatten. Er ist also dran. Nun hat sich folgende Situation ergeben. Ihr Mann hat überall im Wald erzählt, er forsche nach einer seltenen Beutelratte, die ...«

»Was hat er?!« Hannelore Lauscher schrie so laut ins Telefon, dass Sandra den Hörer erschrocken vom Ohr riss.

»Nun beruhigen Sie sich doch, Frau Lauscher. Den Artikel über diesen Golm, das habe ich im Internet gesehen, den haben Sie geschrieben, nicht wahr?«

»Aber sicher. Wenn sich jemand in dieser Materie auskennt, dann bin ich das!«, sagte Hannelore Lauscher, immer noch lauter als nötig.

»Das dachte ich mir, Frau Lauscher.« Sandra zupfte vor dem Spiegel ihre kohlrabenschwarzen Haare zurecht. »Der Leiter des Nationalparks hat von diesem Golm erfahren und möchte gerne mehr wissen. Ich dachte mir, das wäre eine gute Gelegenheit für Sie, Ihre Forschungsergebnisse zu präsentieren. Was meinen Sie?«

Hannelore Lauscher fühlte sich sichtlich geschmeichelt. »Also das wäre ja wirklich eine gute Gelegenheit. Der Leiter des Nationalparks, sagen Sie; meinen Sie etwa Doktor Hartenberg höchstpersönlich?«

»Genau den, Frau Lauscher. Das Problem ist nur, er trifft sich schon in einer Stunde mit meinem Kollegen in unserem Büro in der Schießgasse. Könnten Sie dahin kommen, Frau Lauscher?«

»In einer Stunde! Himmel, in der Zeit habe ich alle meine Materialien nie beisammen. Ich versuche es. Geben Sie mir die genaue Adresse.«

Sandra gab ihr die Anschrift durch und versprach, sie am Eingang abzuholen. Lächelnd drehte sie sich noch einmal.

»Jetzt bin ich aber gespannt!« Sie warf ihrem Spiegelbild ein Kusshändchen zu. Dann packte sie die schwarzen Sachen in einen Müllsack und verließ ihre Wohnung. Der Sack schaffte es nur bis zu den Mülltonnen im Hinterhof.

Leo Reisinger war froh, nach dem Weg durch die glühend heiße Innenstadt das kühle Foyer des altehrwürdigen Hauptgebäudes zu erreichen. Er fuhr mit dem Lift hoch in seine Etage und grüßte die beiden Kollegen, die heute Bereitschaftsdienst hatten und in der Kaffeeküche standen.

»Richter ist im Anmarsch!« warnte er sie, woraufhin sie das Herrenmagazin, dessen Fotos sie gerade ausgiebig kommentiert hatten, sofort verschwinden ließen. Reisinger ging in den Besprechungsraum, der glücklicherweise auf der Nordseite des Gebäudes lag, und riss die Fenster auf. Er kurbelte die Außenmarkisen herunter und schaute auf die Uhr: noch zehn Minuten. Das Zimmer sah ordentlich aus, der Tisch in der Mitte war leer, die zehn Stühle rundherum aufgestellt. An der einen Wand eine Projektionsfläche für den Beamer, an der Seite der Computer, mehr brauchte es hier nicht.

Leo Reisinger ging in sein Büro, fuhr den Computer hoch und druckte sich die Zusammenfassung seiner bisherigen Ermittlungen aus. Als der Drucker das letzte Blatt ausspuckte, hörte er Abteilungsleiter Richter auf dem Flur.

»... wir als Kriminalpolizei sind immer im Dienst, Arno, das macht gar nichts«, hörte er seinen Chef gerade sagen. Leo Reisinger zog eine Grimasse. Derjenige, der seine Wochenenden am allerwenigsten im Dienst verbrachte, war auf jeden Fall Richter. Leo trat hinaus in den Flur. Vor ihm stand Richter mit einem rundlichen älteren Herrn mit roten Wangen in einem grün-braun karierten Trachtenhemd und grüner Hose. Er sah aus wie der Oberförster aus einem dieser alten Heimatfilme.

Richter stellte sie einander vor: »Leo Reisinger, Kriminalkommissar, Dr. Arno Hartenberg, Leiter des Nationalparks Sächsische Schweiz und guter Freund von mir.« Reisinger drückte Hartenbergs schweißnasse Hand und bat die beiden in den Besprechungsraum. Richters Augen huschten durch den Raum. »Wie, keine Getränke?« Reisinger zuckte mit den Schultern. Richter streckte den Kopf hinaus auf den Flur und brüllte in Richtung seines Büros: »Frau Kerschensteiner, wir brauchen Getränke und Gläser im Besprechungsraum!«

»Heute ist Sonntag, Herr Richter«, sagte Reisinger und bereute es sofort, denn nun hatte er sich ja praktisch freiwillig gemeldet. Aber er hatte Glück. Sandra kam offenbar gerade den Flur herunter, denn Richter sprach sie an, noch ehe sie den Raum betrat: »Frau Kruse, wie schön, dass Sie da sind. Bringen Sie uns bitte kalte Getränke und Gläser! Bei der Hitze kann man es sonst kaum ertragen hier oben.«

Sandra kam kurz darauf mit ärgerlicher Miene und einem Tablett voller Gläser sowie zwei Wasserflaschen zurück. Reisinger fiel bei ihrem Anblick fast der Block aus der Hand. »Sandra, was ....?« Sie knallte das Tablett auf den Tisch und machte eine wegwerfende Bewegung zu Reisinger. »Ich muss sofort runter, die Lauscher abholen, die müsste jeden Moment da sein. Einschenken schaffen die Herren ja wohl noch selbst, oder?«, damit drehte sie sich auf dem Absatz um und rauschte hinaus.

»Äh, das war Kommissarin Kruse, die ebenfalls in diesem Fall ermittelt«, erklärte Richter dem Nationalparkchef. Zu Reisinger gewandt, fragte er: »Und wer kommt da jetzt noch?«

»Hannelore Lauscher, die Witwe des Toten. Sie ist die eigentliche Spezialistin bei dem Thema, das Dr. Hartenberg interessiert.«

»Oh, wie schön!«, rief Dr. Hartenberg und ließ sich auf einen Stuhl sinken. »Mein Eichhorn hat mir berichtet, dass dieser Tote aus der Kirnitzschtalbahn sich überall als Mitarbeiter des Nationalparks ausgegeben habe, der auf der Suche nach einer seltenen Beutelratte sei. Stimmt das?«

Reisinger nickte. »Soweit wir wissen, hat er diesen Grund genannt. Haben Sie Herbert Lauscher je als freien Mitarbeiter beschäftigt?«

Dr. Hartenberg schüttelte den roten Kopf. »Nein, ganz sicher nicht. Aber erzählen Sie mir mehr von diesem seltenen Tier. Wissen Sie, für einen Nationalpark ist es ein großer Schatz, wenn eine seltene Spezies entdeckt wird. Wir könnten ganze Bezirke sperren lassen, um das Tier zu schützen. Wir könnten Forschungsaufträge und Doktorarbeiten vergeben! Erzählen Sie mir mehr!« Er kam regelrecht ins Schwärmen.

»Herr Dr. Hartenberg, ich arbeite an einem ungeklärten Mordfall. Dieser Golm, oder wie das Tier heißt, interessiert mich nicht die Bohne, und ich glaube auch nicht, dass er uns in den Ermittlungen weiterbringt.«

»Aber für meinen Nationalpark ist es eminent wichtig. Verstehen Sie denn nicht? Womöglich eine längst ausgestorben geglaubte Spezies! Eine echte Rarität! Wir könnten Geschichte schreiben!« Seine Augen glänzten, als er das sagte.

Reisinger fand diesen Zirkus wegen einer kleinen Ratte reichlich übertrieben. Glücklicherweise näherte sich Sandra mit Hannelore Lauscher dem Besprechungsraum.

Während Sandra in ihrem gelb geblümten Sommerkleid sehr lässig aussah, wirkte Hannelore Lauscher in ihrem Hemdblusenkleid wie auf einem Kreuzzug. Das Kleid war aschgrau, wohl wegen der Trauer um ihren Gatten. Es stand wie eine Rüstung um die zierliche Frau und war offenbar so perfekt gebügelt und gestärkt, dass es so gut wie keine Falte warf. Trotzdem sah Hannelore Lauscher fast mädchenhaft glücklich aus. Ihre Wangen waren leicht gerötet, wahrscheinlich vor Aufregung, und sie hatte sogar etwas rosa Lippenstift aufgelegt.

Die Herren erhoben sich und begrüßten Frau Lauscher, Reisinger murmelte sogar etwas wie »Mein Beileid«, aber Hannelore Lauscher zuckte mit keiner Wimper. Bei Dr.

Hartenberg lächelte sie sogar freundlich und wollte seine Hand gar nicht mehr loslassen. Wie Sandra es vorausgesehen hatte, war die Witwe des Opfers keineswegs verschreckt oder schüchtern, ganz im Gegenteil. Sie schien lange auf die Gelegenheit gewartet zu haben, ihr Hobby einem so kompetenten Zuhörer wie dem Nationalparkleiter vorzustellen.

Sandra zeigte Frau Lauscher den Computer und schaltete den Beamer ein.

»Was wird das denn?«, zischte Reisinger Sandra ins Ohr, als sie neben ihm stand. »Wart's ab, Leo. Ich hab's so im Gefühl, dass das heute noch eine ordentliche Überraschung gibt.«

»Und dein Outfit? Ich vermisse das morbide Schwarz. Oder gibt es ein Sonderangebot für die Reinigung schwarzer Klamotten?«

Sandra schaffte es, ihn anzulächeln und gleichzeitig »Hör auf zu sabbeln und verpiss dich!« zu zischen. Reisinger setzte sich an die Fensterseite.

Hannelore Lauscher holte einen USB-Stick aus ihrer Aktentasche und steckte ihn in den Computer. Sandra Kruse half ihr durch das Menü, bis auf der Projektionsfläche an der Wand in großen Lettern »Der Golm. Vortrag von Hannelore Lauscher« prangte. Dann holte sie einen Teleskop-Zeigestab aus ihrer Aktentasche, stellte sich zwischen Tisch und Beamer und blickte jeden der vier Zuhörer einen Moment lang an. Es war komplett ruhig im Raum, nur das Surren des Beamers war zu hören.

»Wie mir Frau Kruse mitteilte, hat mein verstorbener Mann offenbar behauptet, er sei auf der Suche nach dem Golm. Das ist eine bodenlose Frechheit, denn ich bin diejenige, die seit Jahren den Spuren dieses seltenen Tieres folgt. Ich werde Ihnen, Herr Dr. Hartenberg, sehr gerne die Ergebnisse meiner Arbeit präsentieren. Bisher hat sich außer meiner Wenigkeit noch niemand in der Naturwissenschaft ernsthaft mit dem Golm befasst.«

Hannelore Lauscher drückte auf die Fernbedienung des Beamers. Offenbar hatte sie schon öfter einen Vortrag über den Golm gehalten, denn nun strahlte auf der weißen Wand die Zeichnung eines putzigen kleinen Tieres, das etwa wie eine Maus aussah. Reisinger erkannte es wieder, es war das gleiche Bild, das er auf Herbert Lauschers Laptop im Wohnmobil gefunden hatte. »Der Golm«, Hannelore Lauscher betonte jeden Buchstaben. »Wir haben nur sehr wenige Spuren dieses ungewöhnlichen Tieres, und es gibt Forscher, die ihn für ausgestorben halten. Er hat lediglich in die allererste Ausgabe von ›Brehms Tierleben‹, also 1864, und auch hier nur in eine Teilausgabe, Eingang gefunden.«

»Tatsächlich?«, sprudelte Dr. Hartenberg hervor.

»Unterbrechen Sie mich nicht, fragen können Sie später«, wies ihn Hannelore Lauscher streng zurecht. Sie war ganz in ihrem Element.

»Hier sehen Sie die einzige uns bekannte Darstellung des Golms. Sie stammt allerdings nicht aus ›Brehms Tierleben‹, sondern aus einer kleinen naturkundlichen Fibel. Sie wurde 1874 von einem Hobby-Naturforscher, dem Hinterhermsdorfer Schulmeister Anasthasius Gottlieb Birkenweiler, gezeichnet. Er hat das Tier damals ganz offensichtlich zu Gesicht bekommen und war in der Lage, ein naturgetreues Bild desselben zu zeichnen. Auch der Name Golm stammt von ihm. Man kann davon ausgehen, dass es der gängige populäre Name für diese Spezies war. Und wenn es einen populären Namen gab, muss es damals auch genügend von diesen Tieren gegeben haben.«

Sie machte eine bedeutungsschwere Pause und stützte sich mit den Händen auf den Tisch. »Dass mein Mann ein völliger Ignorant der Materie ist, können Sie bereits daran erkennen, dass er den Golm, wie mir zu Ohren kam, eine Beutelratte nannte.« Sie deutete auf die altertümliche Zeichnung an der Wand und drehte sich dann mit einem Ruck um zu ihrem Auditorium.

»Warum ist das Unsinn?« Sie sah fragend in die Runde. Alle duckten sich unter ihrem Blick.

Schließlich hob Dr. Hartenberg zögerlich die rechte Hand.

»Ja bitte, Herr Doktor Hartenberg?«, forderte Hannelore Lauscher ihn freundlich auf.

»Weil Beutelratten nach meinem Wissen nur in Amerika und Australien endemisch sind?«, fragte er unsicher. Hannelore Lauscher strahlte ihn an. »Ganz genau richtig!« Sie begann wieder hin- und herzulaufen. »Es gibt in Europa keine Beutelratten, und wir können sicher davon ausgehen, dass zu jener Zeit, also etwa 1870, noch keine Tiere aus Amerika oder Australien bei uns heimisch geworden waren, schon gar nicht in einem so abgelegenen Gebiet wie der Sächsischen Schweiz.«

Dr. Hartenberg hob wieder vorsichtig die Hand.

»Ja?«

»Aber was ist es dann, verehrte Frau Lauscher? Womit haben wir es hier zu tun?«

Hannelore Lauscher lächelte ihn siegessicher an: »Mit einem Calomyscus mystax!«

Leo Reisinger brauchte nur eine Zehntelsekunde, um zu sehen, dass die anderen genauso wenig verstanden wie er. Entspannt lehnte er sich zurück. Das war der Part des Nationalparkchefs. Aber auch der rührte sich nicht.

Hannelore Lauscher genoss noch ein wenig ihren Triumph, dann klärte sie auf: »Der Golm ist ein Maushamster. Ich bin überzeugt, dass es neben den sechs offiziellen Maushamsterarten eine siebente Art gibt, und zwar den der Sächsischen Schweiz. Ich habe ihm den Namen Calomyscus Saxo-Helveticus gegeben.«

»Großartig, Frau Lauscher, großartig!« Dr. Hartenberg war vor Begeisterung aufgesprungen. »Unsere Marketingabteilung wird mir die Füße küssen, wenn ich ihr den Sächsischen Maushamster serviere!«

Hannelore Lauscher bedeutete ihm mit unmissverständlichen Handbewegungen, sich wieder zu setzen.

Sandra, die an der Tür saß, während Reisinger den Außenplatz am Fenster hatte, versuchte, ihm mit Gesten etwas mitzuteilen. Reisinger hatte keine Ahnung, was sie wollte. Sie hielt ihre Hand ans Ohr und zog die Augenbrauen hoch. Hannelore Lauscher verstummte in ihrem Vortrag und sah Sandra vorwurfsvoll an. »Also bitte!«

Sandra zuckte zusammen und rührte sich nicht mehr.

»Die Zeichnung von Anasthasius Gottlieb Birkenweiler zeigt ein paar Besonderheiten, die eindeutig auf eine eigenständige Art hinweisen«, fuhr Hannelore Lauscher fort. »Zum Beispiel gibt er die Größe des Tieres mit einer halben Elle an. Das sind rund 15 Zentimeter! Damit wäre unser Calomyscus Saxo-Helveticus der größte seiner Rasse. Außerdem ist sein Fell nicht graubraun wie bei den anderen Maushamstern, sondern gelblich-grau, also optimal dem Umfeld der Sandsteinfelsen angepasst.«

Leo Reisinger fühlte sich immer mehr an seine eigene Schulzeit erinnert. Hannelore Lauscher hatte etwas von seiner früheren Lateinlehrerin, Frau Geier. Neben ihm saßen brav sein Chef und der Leiter des Nationalparks und ließen sich von dieser Lehrerin wie die Schulbuben behandeln. Selbst Sandra, die zunächst noch recht lässig auf ihrem Stuhl gehangen hatte, saß jetzt kerzengerade und sah aufmerksam nach vorne.

»Calomyscus mystax stammt aus Turkmenistan und ist ein reiner Bergbewohner. Er findet im Elbsandsteingebirge also ideale Lebensbedingungen. Ich habe in mühevoller Forschungsarbeit zahllose Berichte von Wanderern überprüft und entdeckt, dass der Sächsische Maushamster in einigen wenigen Beschreibungen eindeutig auftaucht. Wir können diese Erwähnungen bis ins Jahr 2008 verfolgen, als ein gewisser Uwe Krulich in einem Blog für Wanderer und Boofer in der Sächsischen Schweiz berichtete, er habe an den Thorwalder Wänden einige Tiere beobachtet, die er zunächst für Siebenschläfer gehalten habe, die aber weder von der Fellfarbe noch von der Schwanzbehaarung her zur Gattung der Sieben- oder Gartenschläfer gehören können.« Hannelore Lauscher machte eine kleine Kunstpause.

»Sie wissen alle, wie der Schwanz eines Siebenschläfers aussieht?«

Keiner antwortete.

»Nun, er ist, ähnlich dem eines Eichhörnchens, stark behaart«, erläuterte Hannelore Lauscher, »während er bei einem Golm«, sie klickte sich per Fernbedienung in ihrer PowerPoint-Präsentation weiter, »in einer pinselförmigen Quaste endet.«

Auf der weißen Wand erschien das Bild eines langen, dünnen Schwanzes mit einem haarigen Knubbel am Ende.

Reisinger spürte ein Kitzeln im Hals. Die beiden Herren neben ihm starrten gebannt nach vorne, Dr. Hartenberg machte sich eifrig Notizen. Gegenüber kämpfte Sandra ebenfalls mit einem Lachkrampf. Reisinger zwang sich, nicht hinzusehen, tief durchzuatmen und voller Aufmerksamkeit seine Fingernägel zu studieren.

»Der Schwanz ist bei den übrigen Arten oben sandfarben oder dunkelbraun, auf der Unterseite weißlich. Wie genau die Färbung bei unserem Calomyscus Saxo-Helveticus aussieht, wissen wir aber leider nicht bestimmt, denn wir haben einfach keine wissenschaftliche Untersuchung zu den äußerlichen Merkmalen. Trotzdem bin ich fest davon überzeugt, dass es ihn gibt. Irgendwo da draußen in den wildesten und einsamsten Ecken der Sächsischen Schweiz lebt dieser Maushamster und pflanzt sich fort.«

»Entschuldigung!« Sandra presste es gerade noch heraus und verschwand mit rotem Kopf aus der Tür. Sie flüchtete in die Damentoilette am anderen Ende des Flurs, aber selbst von dort her hörte Reisinger noch ihr wieherndes Gelächter. Er selbst beschloss durchzuhalten. Er dachte an die letzte Nacht mit Mandy, dann an seine Steuererklärung, und schließlich fiel ihm sein gestriger Ausflug in die Sächsische Schweiz ein.

»Maushamster sind Nagetiere«, dozierte Frau Lauscher weiter. »Sie gehören zur Familie der Wühler und finden sich, wie gesagt, nur in felsigen Regionen, wo sie in Felsspalten und Geröllhaufen leben. Sie haben also ideale Lebensbedingungen im Sandsteingebirge, außerdem kaum Fressfeinde, abgesehen von Füchsen und Raubvögeln. Es gibt für mich überhaupt keinen triftigen Grund, warum nicht immer noch Exemplare dieser seltenen Spezies fortleben sollten.«

In Reisingers Gehirn machte es ›klick‹. Abrupt sprang er auf: »Frau Lauscher, wonach hat Ihr Mann im Wald gesucht, wenn es nicht dieser Golm war?«, fragte er unvermittelt.

Hannelore Lauscher sah ihn irritiert an. »Ich bin doch noch gar nicht fertig ...«

»Wonach hat er gesucht?« Reisinger stand ihr gegenüber, und da er deutlich größer war als sie, sah er zu ihr herunter. Frau Lauscher rückte ihre Brille zurecht.

»Nun ja, er hat nach verborgenen Kriegsschätzen gesucht. Der Golm war nur ein Vorwand. Er wollte an alle Boofen ran, denn die Höhlen sind natürlich am vielversprechendsten.«

»Na, das ist ja 'n Ding!«, sagte Hauptkommissar Richter.

Reisinger ging zur Tür und rief: »Sandra!«

Sie kam mit rotem Kopf und Tränen in den Augen aus der Damentoilette.

»Du hattest recht. Hier gibt es einen Knaller.«

Kurz vor zwölf Uhr war Cindy mit ihrem kleinen Fiat wieder im Kirnitzschtal. Sie ließ sich Zeit und trödelte zum Ärger der Autofahrer hinter ihr. Von zwölf bis 15 Uhr war Mittagsruhe und die Anmeldung auf dem Campingplatz deshalb nicht besetzt. Die Besitzer zogen sich während der Pause in ihr Wohnhaus im hinteren Teil des Platzes zurück. Die meisten Camper waren ohnehin unterwegs, und alles war ruhig. Das war also die perfekte Zeit, um möglichst nicht gesehen zu werden. Nachdem die Kripo Herberts Wohnmobil verschlossen und versiegelt hatte, konnte Cindy nicht mehr im Tal übernachten. Sie war also am Samstagabend nach Hause gefahren und hatte den Lederkoffer aus ihrem Auto in die Wohnung hinaufgetragen.

Cindy war unruhig. Die Eintragung in Herberts Tagebuch war klar und deutlich. Irgendetwas musste Herbert gefunden haben, die Frage war nur, wo hatte er es versteckt? Den Koffer mit den bisherigen Funden hatte sie gestern ausgepackt und festgestellt, dass nichts Neues dabei war. Aber da musste noch mehr sein. Cindy hatte das ganz klar im Gefühl. Sie parkte ihr Auto gleich bei der Einfahrt zum Campingplatz. Ihre Haare hatte sie zu einem Pferdeschwanz zusammengebunden, sie trug ein weites, graues T-Shirt und eine knielange Schlabberhose. Jetzt, wo Herbert nicht mehr war, gab es keinen Grund für Cindy, sich hübsch zu machen. Außerdem hatte sie jetzt wirklich Wichtigeres zu tun. Sie ärgerte sich über sich selbst, schließlich hätte sie das alles schon am Freitag erledigen können. Aber in ihrer Naivität war sie gar nicht auf die Idee gekommen, dass Herbert ernstlich etwas zugestoßen sein könnte. Wie dumm von ihr!

Bevor Cindy das Auto verließ, schaute sie sich genau um, ob Leute unterwegs waren. Keinesfalls wollte sie von Meise, dem Chef des Platzes, erkannt werden.

Sie schlenderte so entspannt wie möglich zum Wohnwagen hinüber. Ihren Autoschlüssel hatte sie bei der Polizei abgeben müssen, und der Innenraum des Wohnmobils war versiegelt. Da konnte sie nicht mehr hinein. Aber die Türen zur Fahrerkabine hatten keinen amtlichen Aufkleber. Cindy erinnerte sich, dass der Fahrerraum zwar kurz untersucht worden war, aber sie hatte genau gesehen, dass die Beamten von der Spurensuche dabei nicht einmal die Motorhaube geöffnet hatten. Diese Tatsache ließ Cindys Herz höher schlagen, denn sie war sicher, dass sich Herberts Versteck genau dort befand und dass das, was

Herbert versteckt hatte, ebenfalls noch genau dort auf sie wartete.

Ihr Geliebter hatte den Autoschlüssel nie bei sich gehabt, er deponierte ihn immer in der Stoßstange vorne rechts. Falls der Schlüssel weg war, müsste sie noch mal zur Polizei und die ganze Geschichte aufdecken, alles erzählen, von der Schatzsuche, von den Funden und davon, dass Herbert immer Angst hatte, jemand könnte den ganz großen Wurf vor ihm machen. Wenn sie beide nicht bestohlen worden waren, dann würde der Schlüssel noch da sein. Cindys Herz klopfte heftig. Sie vergewisserte sich, dass niemand sie beobachtete, bückte sich kurz und holte den Schlüssel aus seinem Versteck. Erleichtert küsste sie das warme Metall. Wenigstens deswegen war er nicht umgebracht worden! Noch war also alles da, hoffte sie.

Cindy setzte sich auf den Fahrersitz und zog den Hebel für die Motorhaube. Mit einem blechernen Knacken lupfte sich der Deckel etwas. Sie kletterte wieder heraus, schob die Motorhaube hoch und spreizte die Metallstange ein. Herbert hatte ihr nur einmal ganz nebenbei und wohl unabsichtlich beschrieben, wo er noch ein Versteck im Auto hatte.

»Im Motorraum suchen die bei so einem Campingmobil nie«, hatte er gefeixt, »weil überall so viele Möglichkeiten sind, etwas zu verstecken. Aber der beste Platz für kleine Dinge ist der Wischwasserbehälter.« Erst gestern Abend, als sie im Bett lag und sich den Kopf zerbrach, war ihr das wieder eingefallen. Jetzt musste sie nur noch herauskriegen, wo der Wischwasserbehälter war. Cindy schaute ratlos in den Motorraum. Bei ihrem kleinen Fiat sah das alles völlig anders aus.

Ein junger Mann kam vorbei, bekleidet nur mit Boxershort und Handtuch über der Schulter. In der Hand hielt er ein Duschgel und eine Zahnbürste.

»Kann ich Ihnen helfen?«, fragte er freundlich.

Cindy wollte eigentlich keine Zeugen, aber hier brauchte sie Hilfe.

»Ach, das wäre furchtbar nett«, sagte sie. »Ich soll den Wischwasserbehälter auffüllen, aber ich weiß gar nicht, wo der ist. Kennen Sie sich aus?«

Er trat näher und warf einen fachmännischen Blick in den Motorraum.

»Der Deckel da, junge Frau«, sagte er und deutete auf einen großen blauen Plastikverschluss. Die Öffnung schien recht groß zu sein.

»Nu, da bedanke ich mich schön!« Cindy hoffte, dass er gleich weitergehen würde.

»Schönes Auto«, sagte der halbnackte Camper indessen und klopfte anerkennend auf den Kotflügel.

»Ja, mein Mann ist auch sehr stolz auf den Wagen!«, antwortete Cindy.

»Wo haben Sie denn das Wasser?«, ließ der Camper seine Hilfsbereitschaft vielleicht nicht ganz uneigennützig weiter gedeihen und schaute sich um.

Cindy wurde nervös. »Äh, das hole ich gleich – vielen Dank für Ihre Hilfe.« Sie machte sich auf den Weg zum Sanitärblock, um den Mann endlich wegzulotsen. Doch der ging mit ihr mit, also stoppte sie und sagte: »Ach, ich muss ja noch die Flasche holen. Tschüssi!«

Cindy ließ ihn einfach stehen und ging zurück zum Wagen.

Der Mann tat, als würde er eine Mütze ziehen, und trollte sich endlich in Richtung Duschen.

Cindy schraubte den Behälterdeckel vorsichtig ab und hob ihn hoch. Für einen Plastikdeckel war er viel zu schwer, das merkte sie sofort. Mit beiden Händen zog sie den Faden heraus und hatte gleich darauf ein längliches Plastikding in der Hand. Es war schwer und sah aus wie eine lange Gummiwurst. Als es ganz draußen war, konnte Cindy erkennen, dass es ein gefülltes Kondom war. Ein erleichtertes Lächeln machte sich auf ihrem Gesicht breit. Ihr Gefühl hatte sie also nicht getäuscht. Herbert hatte etwas gefunden.

Die Wurst war etwa ein halbes Kilo schwer. Eigentlich konnten da nur Münzen drin sein. Schnell steckte Cindy das Gummiteil in ihren Rucksack und sah dabei aus dem Augenwinkel, dass der alte Meise über den Campingplatz ging. Vorsichtig ließ sie die Motorhaube herunter, ohne sie einrasten zu lassen, und versteckte sich hinter dem Wohnmobil, bis Meise vorbeigestiefelt war. Dann schulterte sie ihren Rucksack und verließ eilig den Campingplatz.

Während sich ihr Chef Richter um Dr. Hartenberg kümmerte, führten Reisinger und Sandra Kruse Hannelore Lauscher ins Vernehmungszimmer. Die Selbstsicherheit, die die Lehrerin eben noch bei ihrem Vortrag im Konferenzraum gezeigt hatte, war weg. Hinter dem kahlen Tisch sah sie verletzlich und nervös aus. Unruhig huschten ihre Augen durch den Raum. »Bitte erzählen Sie uns alles über diese Schatzsuche, Frau Lauscher.« Die Kripobeamten nahmen ihr gegenüber am Tisch Platz, Sandra führte das Protokoll.

Zunächst stockend, bald aber mit wohlgesetzten Worten schilderte Hannelore Lauscher die Versuche ihres Mannes, es den Schatzsuchern von 1996 im Moritzburger Wald nachzutun. Sie berichtete von seinen vergeblichen Grabungsversuchen im Moritzburger Wald, von Streitigkeiten mit anderen Schatzsuchern, die ebenfalls noch ein Stück des Wettiner Schatzes finden wollten, sowie von den akribischen Karten, die ihr Mann zeichnete, um jeden Winkel des Waldes zu durchsuchen. »Gefunden hat er aber nichts, was sich deutlich auf seine Laune auswirkte.« Hannelore Lauscher sagte das in resigniertem Ton. Trotzdem straffte sich ihr Rücken und sie saß wieder kerzengerade da.

»Dann kam er vor zwei Jahren auf die Idee, woanders zu suchen, und verbrachte von da an jedes freie Wochenende in der Sächsischen Schweiz. Er war so besessen von dieser Schatzsuche, dass er letztes Jahr vorzeitig in Ruhestand ging und seine Zeit von da an fast nur noch im Kirnitzschtal verbrachte. Er stellte unser Wohnmobil da draußen auf den Campingplatz, und ab Ostern war er nur noch selten in Dresden. Höchstens zu Familienfeiern, wegen der Handwerker oder wenn er mal zum Arzt musste.«

»Hatte Ihr Mann gesundheitliche Probleme?«, fragte Reisinger.

Sie schüttelte den Kopf. »Nein, er war kerngesund. Zwar ein wenig hypochondrisch, aber das sind ja wohl alle Männer, nicht wahr?« Hannelore Lauscher sah ihn mit einem spöttischen Lächeln an. Sie war jetzt wieder die souveräne Lehrerin, die selbst im Sitzen Autorität versprühte.

»Wussten Sie, dass Ihr Mann eine Geliebte hatte?«

Hannelore Lauschers Augenbraue machte eine kleine Bewegung nach oben, ansonsten blieb sie unbeeindruckt: »Mein lieber Herr ..., wie heißen Sie noch mal, Reisinger? Sie sind doch wohl alt genug, um zu verstehen, dass Treue das geringste meiner Probleme mit diesem Mann war. Er hat mich kontrolliert, von morgens bis abends.«

Sie ahmte seine etwas näselnde Stimme nach und leierte in vorwurfsvollem Ton herunter: »Hannelore, die Wäsche ist nicht ordentlich aufgehängt. Hannelore, die Bücher im Regal sind nicht nach Alphabet einsortiert. Hannelore, du hast eine Falte in mein Hemd gebügelt. Hannelore, der Teppich liegt schief. Wie oft habe ich dir gesagt, dass du nicht so viel Geld für Lebensmittel ausgeben darfst. Warum reicht das Haushaltsgeld nicht? Hannelore, das Kissen liegt schräg, das stört mich!«

Sie schluckte und versuchte, ihre Emotionen wieder unter Kontrolle zu bekommen. Keiner im Raum sagte etwas.

»Mein Leben ist sehr viel einfacher, seit er den Sommer da draußen verbringt.«

Sie sah auf. »Ich meine, verbrachte. Die Frau, von der Sie sprechen, muss ziemlich armselig leben, wenn sie sich mit Herbert ein schöneres Leben erhoffte. Meinen Segen hätte sie gehabt.« Reisinger dachte an Cindy Hecht. Hannelore Lauscher lag wohl nicht so verkehrt mit ihrer Annahme.

»Ihr Alibi für den Mittwochnachmittag ist nicht gerade überzeugend, Frau Lauscher«, sagte er.

Sie sah ihn empört an. »Wie können Sie mir unterstellen, ich hätte etwas mit dem Tod meines Mannes zu tun! Wie ich Ihrer Kollegin schon sagte: Ich war nach der Schule Materialien für den Unterricht einkaufen. Danach habe ich eine Freundin eingeladen, und wir haben zusammen gekocht und zu Abend gegessen.«

»Sie haben mir am Sonnabend nicht gesagt, wer diese Freundin ist. Wie kann ich diese Frau erreichen und wie lange waren Sie am Mittwochabend zusammen?« Sandra sah sie gespannt an.

Hannelore Lauscher blickte auf ihren Schoß und fegte ein Krümelchen vom Stoff. »Ich habe mich gegen 18 Uhr mit Manuela Hucke getroffen. Sie ist kurz nach 22 Uhr nach Hause gefahren.«

»Adresse und Telefonnummer?«, fragte Reisinger. Sie gab ihm bereitwillig die geforderten Informationen. Sandra machte sich sofort auf den Weg, um die Aussage zu überprüfen.

»Wo waren Sie einkaufen?«, fragte Reisinger inzwischen. »Vielleicht kann sich eine Verkäuferin an Sie erinnern.«

»Das Material für die Schule ...«, sie hielt kurz inne. »Warten Sie, da habe ich doch Quittungen für die Abrechnung. Ich habe das, glaube ich, noch nicht abgerechnet.« Sie suchte eine Weile in ihrer Tasche herum und legte schließlich mit einem kleinen Lächeln einen zerknitterten Kassenbon auf den Tisch. Leo Reisinger nahm ihn und las vor: »Künstlerbedarf Hebenstreit, Mittwoch, 25. August, 18:06. Diverse Aquarellkreiden, Malblöcke etc.«

»Solche Materialien brauchen Sie für den Biologie- und Chemieunterricht?«, wunderte sich Reisinger.

»Aber sicher!«, bestätigte Hannelore Lauscher. »Mit den unteren Klassen organisiere ich immer große Projekte in Zusammenarbeit mit der Kunstlehrerin. Das nennt man fächerübergreifenden Unterricht. Letztes Jahr haben wir eine komplette Ausstellung zum Thema Pantoffeltierchen mit den 6. Klassen gemacht. Hängt heute noch in der Aula, wenn Sie sich die ansehen wollen. Das sind Skulpturen, Zeichnungen, Mobiles und so weiter.«

»Alles zum Thema Pantoffeltierchen?« Leo war wirklich beeindruckt.

»Oh, Pantoffeltierchen sind ein wichtiger Bestandteil unserer Ökosysteme!« Hannelore Lauscher meinte offenbar, sie müsse sich verteidigen. Aber Reisinger war tatsächlich interessiert.

»Stimmt es, dass sich Pantoffeltierchen bis zu sieben Mal am Tag teilen?«

Jetzt war Hannelore Lauscher wieder in ihrem Element. Man konnte sehen, dass sie am liebsten aufgestanden wäre und im Stehen referiert hätte, aber sie beherrschte sich und blieb sitzen.

»Ja, das stimmt! Ein Pantoffeltierchen vermehrt sich normalerweise ungeschlechtlich durch Querteilung in zwei Tochterzellen. Es zieht sich in die Länge, und das Mundfeld teilt sich. Dabei bildet sich jeweils eine weitere pulsierende Vakuole aus. Der Mikronukleus und der Makronukleus verdoppeln sich. Dann schnürt das Pantoffeltierchen noch den Zellleib so durch, dass jedes der beiden auf diese Weise neu entstehenden Individuen einen Kleinkern, einen Großkern, zwei pulsierende Vakuolen und ein Mundfeld enthält.«

Reisinger nickte interessiert. Erst kürzlich hatte er einen Aufsatz darüber gelesen. »Gibt es nicht auch noch einen Austausch von Erbinformationen?« Hannelore Lauscher sah ihn anerkennend an.

»Sie beschäftigen sich mit diesen Phänomenen?«

»Nein«, sagte er, »ich bin nur neugierig und schaue gerne genau hin. Mein Motto ist, dass man nie genug wissen kann.«

Sie bat um ein Blatt Papier und zeichnete zwei Pantoffeltierchen, die dicht beieinander klebten. »Bei diesem

Konjugation genannten Vorgang tauschen die Pantoffeltierchen mit anderen Individuen der gleichen Art Erbinformationen aus. Zwei Pantoffeltierchen legen sich dazu an den Mundfeldern aneinander. Die Zellmembranen verschmelzen in diesem Bereich, die Wimpern verschwinden, und die Großkerne lösen sich allmählich auf. Die verbleibenden Zellkerne werden ausgetauscht, und dann trennen sich die Konjugationspartner wieder, Wimpern und Mundfelder bilden sich normal zurück. Ein interessanter Vorgang, der vor allem dann stattfindet, wenn sich die Pantoffeltierchen bedroht fühlen.«

»Und Sie, Frau Lauscher, fühlen Sie sich bedroht?«, fragte Reisinger. Sie wich erschrocken zurück und starrte ihn an. In diesem Moment kam Sandra zur Türe herein.

»Ihre Freundin hat Ihre Aussage bestätigt.« Die Kommissarin setzte sich wieder neben Reisinger an den Tisch. »Manuela Hucke hat zwar ziemlich lange überlegen müssen, meinte aber schließlich, sich zu erinnern, dass sie länger bei Ihnen geblieben sei, also mindestens bis 23 Uhr 30. Im Großen und Ganzen sind Sie damit für den Abend entlastet.«

Hannelore Lauscher machte ein sehr zufriedenes Gesicht. Reisinger spürte eine leichte Enttäuschung, denn bei aller Sympathie für die Biologie war etwas an Hannelore Lauscher, was er nicht fassen konnte und was ihn deshalb beunruhigte.

Zehn Minuten später stand er mit Sandra im Treppenhaus. Inzwischen war es 15 Uhr, eine schwüle Hitze lastete auf der Stadt. Sie machte jede Bewegung mühsam und schweißtreibend.

»Jetzt ist aber Schluss!«, hatte Sandra gerufen, als Frau Lauscher gegangen war. »Heute ist Sonntag, ich habe heute frei! Ich will raus ins Grüne!«

»Du bist doch im Gegensatz zu mir freiwillig hergekommen!«, maulte Reisinger und trottete die Stufen hinunter. Beim Gehen sagte er: »Ich glaube, Hannelore Lauscher ist ihrem Mann intellektuell haushoch überlegen. Die Ehe mit diesem pedantischen Spießer muss die Hölle für sie gewesen sein.«

Sandra nickte: »Ich habe so das Gefühl, da steckt noch mehr dahinter. Die ist so ganz und gar nicht die trauernde Witwe. Selbst wenn er ihr auf den Geist gegangen ist, sollte sie ein wenig bestürzter sein, findest du nicht?«

»Aber ihr Alibi?«

»Ist glaubwürdig. Diese Freundin hat genau das Gleiche erzählt wie die Lauscher. Sie hätten zusammen Abendessen gekocht, eine Soljanka – dann geredet und dann ferngesehen.«

Als Leo die schwere Türe des Kripogebäudes in der Schießgasse aufzog, schwappte ein Schwall feuchtheißer Luft ins Treppenhaus. Vor dem Eingang versammelte sich gerade eine Gruppe japanischer Touristen. Müde schleppte sich Leo Reisinger durch die pralle Sonne in seine Wohnung und warf die Waschmaschine an.

6

Die Sonne schien am Montag noch immer erbarmungslos vom Himmel. Leo Reisinger stellte genervt fest, dass er vergessen hatte, seine Polohemden zum Trocknen aufzuhängen. Sorgfältig und ordentlich bugsierte er nun jedes Teil auf die ausklappbare Wäschespinne über seiner Badewanne. Dann holte der Kommissar sein letztes sauberes Hemd aus dem Schrank und machte sich auf den Weg hinüber in die Altstadt. Montags ging er nie direkt in sein Büro in der Schießgasse, sondern machte vorher noch einen Abstecher über den Altmarkt zur Seestraße, um bei seinem Lieblingsfleischer eine warme Leberkäs-Semmel zu kaufen. Vor sechs Wochen hatte Reisinger zu seiner Freude festgestellt, dass die Fleischerei Sachse nicht nur die besten

Bockwürste der Stadt, sondern neuerdings auch bayerischen Leberkäse anbot.

Heute war er spät dran, schließlich hatte er das ganze Wochenende gearbeitet und gestern Abend noch den Schatzfund im Moritzburger Wald recherchiert. Da reichte es, wenn er zum gemeinsamen Frühstück ins Büro kam.

Die warme Leberkäs-Semmel war Leo Reisingers Antwort auf das sächsische Hackepeter-Brötchen.

Seine erste Begegnung mit diesem ursächsischen Lebensmittel hatte er zu seinem Dienstantritt. Er erinnerte sich mit Schaudern daran.

An seinem ersten Arbeitstag, einem Montag im Januar, hatte ihn Abteilungsleiter Richter vor einem halben Jahr durch die Räume geführt, in seinem Büro mit den Gepflogenheiten der Dresdner Dienststelle vertraut gemacht und ihn dann eingeladen, die neuen Kollegen beim Montags-Frühstück kennenzulernen.

»Alle anwesenden Beamten setzen sich am Montag halb elf zu einem gemeinsamen Frühstück zusammen und besprechen, was bei jeder Gruppe gerade in Arbeit ist. Das ist ein eher lockerer Austausch zwischen allen Mitgliedern der Abteilung. Das fördert den Zusammenhalt der Gruppe und bietet auch immer wieder willkommene Synergieeffekte. Wenn intensivere Gespräche anstehen, machen wir das natürlich auch, aber nur mit denen, die mit dem Fall zu tun haben.«

Richter hatte Reisinger damals an das Ende des Flurs in ebenjenen Besprechungsraum geführt, in dem Hannelore Lauscher gestern ihren Vortrag über den Maushamster gehalten hatte. Da saßen acht Leute um den Tisch und machten Brotzeit. In der Mitte des Tisches stand eine viereckige Blechkiste, voll mit rohem Fleisch. Es sah aus, als ob jemand einen überfahrenen Hund von der Straße gekratzt hätte. Schließlich war hier das Morddezernat, konnte das demnach tatsächlich ...?, schoss es Reisinger durch den Kopf.

Richter hatte ihn vorgestellt, als wäre nichts dabei, dass die Kriminalbeamten rohes Fleisch auf dem Tisch hatten. Leo konnte seinen Blick gar nicht abwenden von der Dose und begrüßte die neuen Kollegen eher unaufmerksam. Richter setzte sich an das freie Ende des Tisches und lud ihn ein, es ebenso zu tun. Man stellte ihm einen Teller hin, reichte ihm ein Brötchen und forderte ihn auf, zuzulangen.

Links neben ihm saß sein neuer Chef und kratzte genüsslich das rohe Fleisch aus dem Blechbehälter.

Zu seiner Rechten biss gerade ein etwas dicklicher Mann in sein Brötchen. Noch im Kauen fragte er Reisinger: »Was ist, wollen Se nüscht?«

»Nein, danke«, lehnte Reisinger ab, »so was kann man doch nicht essen.« Die Runde grinste.

»Nu, ist aber ganz frisch«, versicherte Sascha Pröve neben ihm. »Musste mir heute Morgen einen Tatort ansehen, da habe ich das gleich mitgenommen.«

»Vom Tatort?«, fragte Reisinger matt. Ihm wurde übel. Er musste Sascha damals angesehen haben wie einen Geist. Jedenfalls behauptete der das noch heute. Die Runde wieherte.

»Bisschen zart besaitet für 'nen Kriminaler, was?«, feixte Sascha und schob sich den Rest seines Brötchens in den Mund.

Sein Chef bat um Ruhe. »Also, Herr Reisinger! Das ist Hackepeter, kennen Sie das nicht? Sie sind ja ganz grün im Gesicht. Frisches Schweinehack mit Gewürzen, eine echte sächsische Spezialität vom Fleischer. Manche verfeinern das noch mit frischen, klein gehackten Zwiebeln und Gewürzgurke. Probieren Sie! Ist wirklich lecker!«

Dieses erste Montags-Frühstück war ein echter Albtraum für Reisinger gewesen. Damals hatte er sich geschworen, dieses Zeugs nie anzurühren, auch wenn ihm alle immer wieder versicherten, dass es vorzüglich schmecke. Seither hatte er zu den Montags-Frühstücken stets ein Wurstbrötchen mitgebracht, und seit dem Sommer war auch für ihn diese Brotzeit endlich perfekt, denn er hatte jetzt seine warme Leberkäs-Semmel mit süßem Senf dabei, und die legte er demonstrativ auf seine weiß-blau gerautete Serviette.

Zunächst war er ja skeptisch gewesen, als er das Schild »Ab sofort echt bayerischer Leberkäse« auf der Metzgertheke gesehen hatte.

»Kommt der Leberkäse wirklich aus Bayern?« hatte er die niedliche kleine Verkäuferin mit den blauen Strähnchen im Haar gefragt.

»Nu, den macht unser Josef, der ist aus Hof. Unser Chef meint, so wie der Josef kriegt das 'n sächsischer Fleischer nicht hin.«

Leo war beruhigt. Zwar kam nur der Metzger aus Bayern und nicht der Leberkäse, aber es war ja gut, zu wissen, dass er nicht der einzige Bayer hier war.

»Eine Leberkäs-Semmel mit einer extra dicken Scheibe drauf, bitte!«, hatte er damals bestellt.

»Echt jetzt?«

Reisinger hatte genickt. Die Verkäuferin schnitt ihm daraufhin ein Stück ab, das ungefähr zehn Zentimeter dick war. Sie packte die Riesenscheibe zwischen zwei Semmelhälften und hatte Mühe, das Ungetüm anschließend in die Papiertüte zu stopfen. Er hätte es wissen müssen, schalt sich Reisinger. Unter einer extra dicken Scheibe verstanden die Sachsen etwas ganz anderes als die Bayern. Wenn er hier 100 Gramm Kochschinken bestellte, bekam er in der Regel zwei, maximal drei Scheiben. Der Sachse an und für sich liebt die Wurst auf dem Brot, und deshalb sind die Scheiben immer ordentlich dick. Damals hatte er vergeblich versucht, von dieser Megasemmel abzubeißen, schließlich aufgegeben und den Leberkäse in zwei »Scheiben« geschnitten, für jede Semmelhälfte eine. Inzwischen wusste die Verkäuferin, dass Reisinger ungefähr zwei Zentimeter haben wollte, das war die ideale Leberkäs-Stärke, fand er.

Dass die Kollegen selbst an so heißen Tagen wie heute nicht auf den rohen, gehackten Peter verzichteten, machte Reisinger regelmäßig unruhig. Er sah sich dann immer allein in der Abteilung sitzen, während der Rest der Mannschaft mit einer Fleischvergiftung im Krankenhaus liegen würde.

Mit seiner in Alufolie eingewickelten Brotzeit in der Hand guckte er zunächst in der Technischen Abteilung vorbei, doch die hatten das gefundene Handy noch nicht ausgewertet. »Bis Mittag haben wir alles zusammen«, sagte Marianne Kern und schickte ihn weiter.

Im Treppenhaus traf der Kommissar auf Sandra. Sie trug eine helle Hose und ein apfelgrünes T-Shirt. »Mensch, Sandra, du siehst so viel besser aus als mit diesem schwarzen Grufti-Zeugs«, stellte Reisinger zur Begrüßung fest. Nur die schwarz gefärbten Haare störten noch, aber das würde er tunlichst für sich behalten.

»Du hattest total recht mit Kurt«, sagte Sandra, »der ist so destruktiv.«

Reisinger konnte sich nicht erinnern, dass er je so was über diesen Kurt gesagt hätte. Er widersprach jedoch lieber nicht.

»Hast du dich von ihm getrennt?«, wollte er wissen, während sie hintereinander die Treppe hinaufstiegen.

»Ich mich schon. Aber er weiß es noch nicht.« Sandra blieb stehen. »Männer, die sind ja immer gleich so emotional, weißt du, und der Kurt besonders. Der hatte eine harte Kindheit und flippt wahrscheinlich aus, wenn ich ihn so mir nichts, dir nichts verlasse. Das verkrafte ich momentan noch nicht; ich muss mir da erst noch ein bisschen Rückenstärkung holen.«

Reisinger guckte sie interessiert an. »Und das bedeutet?«

Sandra setzte sich wieder in Bewegung. Sie lächelte. »Ich treff mich heute Abend mit Olli, dem Bergsteiger, du weißt schon.«

»Super Idee!«, sagte Reisinger. »Kannst du ihn bei der Gelegenheit auch noch nach Lauscher, Kevin und Maik fragen? Ich habe die Personalien von den beiden und muss sie dringend sprechen.«

»Um die kümmere ich mich gern«, sagte Sandra zu Reisingers Erstaunen. »Die beiden sind richtig süß.«

Er hielt ihr die Tür in die Abteilung auf.

»Was, bitte, ist an den beiden süß?«, wollte er wissen.

»Na alles!«, meinte Sandra. »Ich hole mir gleich mal die Telefonnummern.«

Sie verschwand in ihrem Büro, und Reisinger betrat seines. Er fuhr den Computer hoch und las Sandras Protokoll vom Samstag durch. Die Ermittlungen bei der tschechischen Telefongesellschaft konnten sie eventuell abblasen, wenn die Technische Abteilung das Handy ausgewertet hatte. Der Handytyp passte auf das gefundene Gerät, und Reisinger war sich sicher, dass es Lauschers Telefon war. Zufrieden streckte er sich in seinem Bürostuhl. »Das war wirklich ein genialer Fund!«, lobte er sich selbst.

»Was hast du denn gefunden?«, fragte Sandra. Sie stand in seiner offenen Tür.

»Lauschers Handy. Ich bin sicher, dass es seines ist. Die Beschreibung passt perfekt. Aber es ist noch unten in der Technischen. Der Akku war natürlich tot, und außerdem ist eine von den – wie sagt ihr gleich, Booferinnen? – draufgesprungen. Wie sehr es dabei kaputtgegangen ist, weiß ich noch nicht. Aber wir bekommen garantiert raus, mit wem er zuletzt telefoniert hat.«

»Wieso sollte uns das weiterhelfen?«, entgegnete Sandra. »Du hast selbst gemerkt, dass man in dem Tal da hinten keinen Empfang hat. Warum sollte er also herumtelefonieren?«

»Er hatte sich immerhin eine Rippe gebrochen, und zwar so übel, dass die auch noch die Lunge verletzt hat. Da holt man sich doch Hilfe, oder? Mein Handy ging da jedenfalls, auch wenn es über das tschechische Netz lief.«

Ihm fiel ein, dass er das mit Gräber besprechen musste.

»Wir müssen Dr. Gräber fragen, ob man mit so einer Verletzung noch durch die Gegend laufen kann und wie lange das geht. Willst du das machen?«, fragte er.

Sandra schaute grimmig drein. »Nein, ich habe am Wochenende mein Leben geändert. Dr. Gräber soll sich ein anderes Objekt der Begierde suchen. Ich kümmere mich um Kevin und Maik, o.k.?«

»Wie du willst.«

Reisinger erfuhr von Dr. Gräber, dass Lauscher durchaus noch mit einer gebrochenen Rippe herumgelaufen sein könnte. Da die Rippe aber eben die Lunge durchbohrt hatte und diese sich infolgedessen mit Blut füllte, sei ein Durchatmen nicht mehr möglich und Lauscher extrem kurzatmig gewesen.

»Lange Strecken ist der Mann garantiert nicht mehr gelaufen. Er hatte Schmerzen bei jedem Atemzug und bekam gleichzeitig nicht genug Luft«, resümierte Dr. Gräber.

Reisinger dachte an den Weg, den er am Samstag von der Höhle unter dem Kuhstall hinunter zur Straßenbahnhaltestelle gegangen war.

»Könnte er einen oder zwei Kilometer auf holprigen Wanderwegen geschafft haben?«, fragte er Dr. Gräber.

»Schwer zu sagen. Aber durchaus möglich. Er hatte ja auch ordentlich Schmerzmittel im Blut. Damit kann man das schon eine Weile aushalten. Jedenfalls muss er, weil sich diese zahlreichen, auch großen Hämatome entwickelt haben, mindestens ein bis zwei Stunden nach dem Sturz noch gelebt haben.«

»Vielen Dank, Dr. Gräber.« Leo wollte sich verabschieden.

»Herr Kommissar«, fragte Dr. Gräber zögernd und machte eine kurze Pause, »wie heißt noch mal Ihre entzückende neue Kollegin, mit der Sie am Freitag bei mir waren?«

Reisinger glaubte sich verhört zu haben. Das war ja wohl nicht zu fassen!

»Ach, Herr Dr. Gräber, es tut mir leid, aber die war nur letzten Monat hier und hat uns verlassen. Seit gestern arbeitet Sandra Kruse wieder bei uns.«

»Oh, wie schade!«, hörte er Dr. Gräber antworten. »Na dann, viel Erfolg bei den Ermittlungen.«

Reisinger legte auf. Es war Zeit für das Montags-Frühstück. Er holte seine in Alufolie verpackte Leberkäs-Semmel aus der Schublade und ging hinüber zum Konferenzraum. Sein Chef trat eben aus seinem Büro, ebenfalls auf dem Weg zum Frühstück.

»Also, Reisinger, dieser Vortrag gestern war wirklich top!« Er klopfte ihm auf den Rücken.

»Wir Kriminalbeamte müssen uns immer ein tragfähiges Netzwerk von Kontakten knüpfen, und wer weiß, wo Ihnen diese hervorragende Präsentation noch hilfreich sein wird. Dr. Hartenberg jedenfalls war begeistert!« Reisinger nickte ein wenig hilflos. Hatte Richter nicht mitbekommen, dass Sandra Kruse diesen Vortrag von Hannelore Lauscher organisiert hatte? Sollte er das erwähnen? Aber Richter ließ ihm auf dem Weg ins Besprechungszimmer keine Zeit.

»Und diese Schatzsuche ist ja hochinteressant. Wir sollten uns überlegen, ob wir das nicht der Presse vorstellen: Toter Schatzsucher im Kirnitzschtal«, schwärmte Richter.

Reisinger blieb alarmiert stehen.

»Könnten wir damit warten, bis wir wissen, ob der Lauscher wirklich umgebracht worden ist und wer es war? Sonst stehen wir von der Kripo wieder als die Idioten da.«

»Aber natürlich, Reisinger. Ich hoffe, Sie sind bald so weit?!« Das war mehr ein Befehl als eine Frage. Richter ließ ungeduldig seine Seidenkrawatte durch die Finger gleiten.

»Dann geben Sie mir noch mindestens einen Kollegen zusätzlich. Bisher arbeite ich allein mit Kommissarin Kruse an dem Fall. Wir müssen dringend noch mal vor Ort ermitteln, gleichzeitig muss diese Frau Hecht vernommen werden, und wir sollten schnell die zwei Personen, die sich mit Herbert Lauscher gestritten haben, auftreiben.«

Richter nickte, sagte aber nichts mehr.

»Kevin und Maik sind noch im Wald«, informierte Sandra und setzte sich neben Reisinger. »Es ist ihre letzte Urlaubswoche. Eigentlich wollte Kevin ab morgen die Wohnung seiner Mutter vorrichten, aber sie haben das verschoben, weil das Wetter so schön ist. Jedenfalls sagt das Kevins Mutter.«

»Das hört sich so an, als hätte jemand die beiden gewarnt. Wahrscheinlich haben sie doch den Lauscher noch begleitet und ihm die Luft abgedreht.« Dass erwachsene Menschen sich tagelang im Wald herumtrieben und in Felshöhlen schliefen, kam Reisinger immer noch verdächtig vor.

»Nein, ganz bestimmt nicht!« Sandra holte sich ein Brötchen und wartete, bis die Hackepeter-Dose bei ihr vorbeikam. »Der Kevin tut keiner Fliege was zuleide. Das glaube ich nie im Leben!«

»Ich habe den Boofern am Samstag gesagt, dass ich Kevin und Maik unbedingt sprechen muss. Sie haben mir auch die Adressen und Nachnamen gegeben. Wenn die beiden immer noch im Wald sind, müssen wir sie suchen.«

Sandra schmierte sich dick rohes Fleisch auf das aufgeschnittene Brötchen. Reisinger hatte sich mittlerweile an den Anblick gewöhnt, fand es jedoch nach wie vor supereklig, rohes Fleisch zu essen.

»Ihr seid alle potenzielle Opfer für die Yersinia enterocolitica!«, warnte er seine Kollegen.

»Klingt nett«, erwiderte Pröve, genüsslich kauend. »Was ist das denn?«

»Ein mit der Pest verwandter Darmerreger, der in rohem Fleisch vorkommt. Verursacht Durchfall, Bauchschmerzen, geschwollene Gelenke und im schlimmsten Fall auch bleibende Schäden.« Angewidert reichte Leo die Hackepeter-Dose weiter an Kai Nolde.

Pröve winkte lächelnd ab. »Bei meinem Hackepeter muss man sich wirklich keine Gedanken machen. Der kommt vom besten Fleischer in ganz Dresden.«

Reisinger hielt dagegen, indem er einfach zufrieden lächelnd seine immer noch lauwarme Leberkäs-Semmel auspackte. Die dunkelbraune Kruste glänzte an manchen Stellen. Im Anschnitt war der Leberkäse herrlich fleischfarben und feinporig. Er biss mit geschlossenen Augen hinein, schmeckte die knusprige Semmel, den süßen Senf und den salzigen, lockeren Leberkäse. Wunderbar! Er fühlte sich fast wie zu Hause in Mammendorf.

Uwe Kröger berichtete von den Ermittlungen im Rentner-Mordfall in Blasewitz. So wie es aussah, hatte sich die polnische Putzfrau Verstärkung aus der Heimat geholt und den alten Herrn erschlagen lassen. Nur die handfesten Beweise fehlten noch. Kai Nolde war in Meißen auf der Suche nach einem verschwundenen 10-jährigen Mädchen, da hatten sich noch keine neuen Hinweise ergeben.

Als es an ihm war, zu berichten, hatte er seine Semmel genüsslich verzehrt. »Wir haben einen toten Frührentner, der laut dem Pathologen eine gebrochene Rippe mit Verletzung der Lunge, eine hohe Dosis Schmerzmittel sowie Valium mit allergischer Reaktion aufweist und dazu als Todesursache Ersticken«, begann er seinen Bericht.

»Was?«, fragte Uwe Kröger, »das ist ein bisschen viel auf einmal. Womit wurde der denn erstickt?«

»Das wissen wir nicht. Dr. Gräber konnte keine Gewalteinwirkung feststellen, jedenfalls kein Erwürgen oder Erdrosseln. Er muss in einer Kiste, einer Plastiktonne oder etwas Ähnlichem erstickt sein. Jedenfalls ist ihm die Luft ausgegangen. Unsere Ermittlungen haben bisher ergeben, dass der Mann sowohl an der Endhaltestelle der Kirnitzschtalbahn in Bad Schandau als auch am anderen Ende der Bahnlinie zugestiegen oder hineingeschafft worden sein könnte.«

»War er da schon tot?« Solche Fragen kamen immer von Kai Nolde.

Reisinger schenkte ihm ein ironisches Lächeln. Hinter seinem Kollegen konnte er durch die hohen Fenster den strahlend blauen Himmel über der Stadt sehen.

»Wir wissen inzwischen, dass der Tote am Abend vor seinem Ableben in der Kirnitzschtalbahn eine Auseinandersetzung mit mehreren Wanderern hatte. Dabei ist er wohl ausgerutscht und hat sich die Rippe gebrochen. Die Wanderer, die ich bisher vernehmen konnte, beschwören, dass er danach allein weitergegangen sei. Die Stelle des Streits ist nicht weit weg von der Straßenbahn-Endhaltestelle, es wäre also durchaus möglich, dass er bis dahin gelaufen ist und sich in die Bahn gesetzt hat. Bleibt zu klären, warum er das getan haben soll, anstatt einen Krankenwagen zu rufen, und warum die Straßenbahnfahrerin Stein und Bein schwört, dass der Wagen, in dem er am Donnerstagmorgen gefunden wurde, am Mittwochabend beim Abstellen leer gewesen sei. Inzwischen hat sich auch herausgestellt, dass es gute Gründe für den Streit mit den Wanderern gab, denn der Tote täuschte vor, im Auftrag des Nationalparks die sogenannten Boofen, ...« Hier unterbrach ihn Uwe Kröger.

»Wieso sogenannte Boofen? Die heißen einfach Boofen.«

»Weil, äh«, sagte Reisinger. »... also gut, dass der versucht hat, über die Boofer an die geheimen Höhlen in der Sächsischen Schweiz ranzukommen und die Leute wohl auch des Öfteren da rausgeschmissen hat. Das Opfer hat behauptet, es wäre auf der Suche nach einem seltenen Tier, einer – was war das noch gleich? – einer Hamstermaus.«

»Maushamster!«, korrigierte ihn sein Chef. »Calomyscus Saxo-Helveticus!« Richter hatte wie immer als Einziger ein weißes Hemd nebst Krawatte an.

»Einem Maushamster ...«, wiederholte Reisinger und fuhr fort: »Aber tatsächlich war er nach der Aussage seiner Frau auf der Suche nach vergrabenen Schätzen. Seit dem

Schatzfund im Moritzburger Wald war er besessen von der Idee, alte Wertgegenstände zu finden.«

»Na, das ist ja mal ein Ding«, meinte Kai Nolde. »Wonach hat er denn gesucht, nach den sieben Zwergen hinter den sieben Bergen und den Edelsteinen?«

Reisinger ließ sich nicht aus dem Konzept bringen.

»Ich hab das mal nachgesehen. 1996 wurden von einem Schatzsucherpärchen drei der 43 Schatzkisten, die Ernst Heinrich Prinz von Sachsen 1945 mit seinen Söhnen vergraben hatte, gefunden. Der Inhalt dieser drei Kisten war immerhin an die zwei Millionen Mark wert, da war ein berühmter Mohrenkopf-Pokal drin, eine Münzsammlung, Tafelsilber von August dem Starken, solche Dinge eben. Der Prinz von Sachsen hatte damals mit seinen beiden Söhnen und dem Revierförster versucht, den Schatz der Wettiner, also der sächsischen Königsfamilie, vor den anrückenden Sowjets zu schützen. Der Schatz war schon zu Beginn des Krieges aus Dresden heraus in das nahe gelegene Jagdschloss Moritzburg gebracht worden. Die einrückenden Rotarmisten bemerkten aber offenbar schnell, dass im Schloss so einiges fehlte, und knöpften sich den Förster vor, bis er das Versteck der Kisten verriet. 40 Kisten mit Schätzen wanderten daraufhin als Kriegsbeute in die Eremitage nach St. Petersburg, wo man viele Gegenstände heute besichtigen kann. Die drei Kisten, die die beiden Schatzsucher ausgruben, lagen wohl etwas abseits, jedenfalls wurden sie erst 1996 gefunden. Das Pärchen hat eine Weile überlegt, was es mit den Preziosen machen soll, und entschied sich dann, den Fund der Polizei zu melden. Die beiden bekamen zwar eine Geldstrafe aufgebrummt, weil sie den Fund erst nach zwei Tagen gemeldet hatten, aber das Haus Wettin, das den Schatz zurückbekam, zahlte einen hohen Finderlohn. Lauscher muss damals völlig fasziniert gewesen sein und war nach Angaben seiner Frau mehrmals in der Ausstellung dieses gefundenen Schatzes im Dresdner Schloss.«

Mit vollen Backen kauend, nuschelte Richter: »Die Presse wird uns diese Geschichte aus den Händen reißen! Was für eine Story: Schatzsucher wird tot aufgefunden.«

Sandra unterbrach ihn: »Laut Vorschrift gibt die Polizei keinerlei Informationen an die Presse, die nicht gesichert sind, und nicht, bevor der Fall geklärt ist, um die Ermittlungen nicht zu behindern. Das gilt ja wohl auch in diesem Fall, oder?«

Sie sah ihren Chef fragend an. In ihrem apfelgrünen T-Shirt und mit den immer noch rabenschwarzen Haaren sah sie merkwürdig halb und halb aus. Vorher war sie wenigstens konsequent durchgestylt gewesen, jetzt passte nichts mehr so recht zusammen. Richter beschwichtigte sie mit einer Handbewegung und wandte sich an Reisinger: »Fahren Sie fort.«

»Herbert Lauscher kaufte sich 1999 ein Metallsuchgerät und war dann einige Jahre ebenfalls in der Gegend um Moritzburg aktiv. Wahrscheinlich hoffte er, noch weitere Kisten des vergrabenen Schatzes zu finden, so wie die damaligen Schatzsucher. Seit er letztes Jahr in Rente gegangen ist, hat er seine Suche aber in die Sächsische Schweiz verlegt. Das Gebiet, so berichtete uns gestern seine Frau, sei allen Dresdnern bekannt, und viele hätten damals aus Furcht vor den Nazis oder später vor den Russen und insbesondere nach der Bombardierung Dresdens ihr wertvollstes Hab und Gut aus der Stadt gebracht und versteckt. Das Elbsandsteingebirge bietet sich aufgrund der Unzugänglichkeit und der vielen Höhlen geradezu an, dort etwas zu verstecken. Lauscher stand seit Ostern mit seinem Wohnmobil auf dem Campingplatz im Kirnitzschtal und hat seine Suche von da aus betrieben.«

Reisinger hielt einen Moment inne. Alle hörten gespannt zu.

»Weil Herbert Lauscher vor allem an die geheimen Boofen wollte, hat er behauptet, er sei Mitarbeiter des Nationalparks, und sich damit mehrfach Ärger mit den Leuten im Tal eingehandelt. Die wirklich geheimen Boofen, das hat mir ein Mitarbeiter des Nationalparks bestätigt, werden nur mündlich und nur im engsten Vertrauenskreis weitergegeben. Es gibt ein paar offiziell genehmigte Höhlen zum Übernachten, im Kerngebiet des Nationalparks, jedoch verbietet die Nationalparkleitung grundsätzlich alle Boofen, um die Natur zu schützen. Natürlich gibt es sie trotzdem. Aber es ist tatsächlich schwierig, an die vielen interessanten Höhlen ranzukommen, die als Verstecke dienen könnten. Jedenfalls hatte Lauscher auch am Abend vor seinem Tod eine Auseinandersetzung mit Boofern, weil er sie zwingen wollte, ihm die Position einer angeblich neu entdeckten Boofe zu geben. Bei diesem Streit hat er sich höchstwahrscheinlich besagte Rippe gebrochen, weil er rückwärts einen Felsabhang heruntergerutscht ist. Laut Zeugenaussagen ist er von dort aber selbstständig weitergelaufen. Was danach passiert ist, wissen wir nicht – bis zum Donnerstagmorgen, als seine Leiche in der Straßenbahn in Bad Schandau entdeckt wurde. Möglicherweise haben wir sein Handy unweit des Orts, an dem er zuletzt lebend gesehen wurde, gefunden. Das ist noch in der Technischen Abteilung; die Ergebnisse stehen noch aus. Von seinem Rucksack und auch von dem Metallsuchgerät fehlt bis jetzt jede Spur.«

»Der Straßenbahnfahrer erinnert sich nicht daran, ob er am Wasserfall eingestiegen ist?«, fragte Kai Nolde.

»Die Straßenbahnfahrerin erinnert sich daran, dass ein Mann, der definitiv nicht Lauscher war, zwei Fahrscheine gekauft hat und mit einem Begleiter, den sie aber nicht gesehen hat, an der Station Beuthenfall ausgestiegen ist. Dieser ominöse Begleiter ist die einzige Person, die sie nicht beschreiben kann. Alle anderen Fahrgäste konnte sie relativ genau beschreiben.«

»Wo sind die Unterlagen von der Schatzsuche?« Wieder fragte Kai Nolde.

»Wir haben im Wohnmobil nichts gefunden, auch eine oberflächliche Untersuchung des Laptops gab da keine Hinweise auf die Schatzsuche. Die muss seine Wochenendfreundin, Cindy Hecht, alle weggeräumt haben. Die hat auch die Vermisstenanzeige aufgegeben. Wir haben nur in einem kleinen Büchlein den Vermerk »Endlich Fund an der Idagrotte« entdeckt.«

»Hat sie ein Alibi, ist sie tatverdächtig?« Kai Nolde hakte wieder nach.

Reisinger schaute zu Sandra.

»Sie hat kein Alibi, denn sie ist an diesem fraglichen Mittwochabend schon früher von der Arbeit nach Hause, weil sie angeblich Kopfschmerzen hatte. Trotzdem erscheint es mir unwahrscheinlich, dass sie ihren Geliebten umbringt, um ihn dann am Samstag bei der Polizei als vermisst zu melden«, gab Sandra zu bedenken.

»Sieh mal an«, sagte Reisinger, »mir hat Cindy Hecht am Samstag erzählt, sie wäre bis acht Uhr abends bei der Arbeit gewesen.«

»Dieser Cindy solltet ihr dringend noch mal auf den Zahn fühlen«, meinte Uwe Kröger.

»Denkst du, da sind sich zwei Schatzsucher in die Quere gekommen? Immerhin fehlen ja nicht nur alle Details zur Schatzsuche, sondern auch sein Rucksack und das Metallsuchgerät.«

»Tja, die Menschen tun die schlimmsten Dinge aus Geldgier«, philosophierte Sascha Pröve. Er war inzwischen bei seinem dritten Hackepeter-Brötchen angelangt.

»Jedenfalls wirft diese Schatzsuch-Nummer ein völlig neues Licht auf die Sache. Wenn Lauscher tatsächlich an einem konkreten, wertvollen Schatz dran war, könnte das ein Motiv sein, ihn zu töten. Dann müssen wir dringend einerseits mit Cindy Hecht reden und andererseits diese Boofer finden, mit denen er Ärger hatte, und auch die Gruppe noch mal aufs Revier holen, die den Streit beobachtet hat. Wenn diese Leute auch alle hinter Schätzen her sind, sind auch sie tatverdächtig. Die Frage ist nur, wie das Opfer erstickt wurde.«

»Kevin und Maik haben den garantiert nicht umgebracht«, sagte Sandra. »Der Kevin ist ein ganz Lieber. Der würde so was nie tun! Und Maik auch nicht.« Sandra schaute trotzig in die Männerrunde.

Es herrschte betretenes Schweigen am Tisch.

»Wie meinen Sie das jetzt, Frau Kruse?«, fragte Reinhard Richter.

»Ich kenne die beiden Boofer, die Streit mit dem Lauscher hatten«, sagte Sandra. »Die suchen weder Schätze im Wald noch bringen die jemanden um!« Sie lehnte sich zurück und verschränkte die Arme vor der Brust.

Uwe Kröger kräuselte seine Oberlippe: »Gibt es außer deinem untrüglichen Spürsinn für Männer einen weiteren Beweis für diese Behauptung?«

»Nein«, Sandra sank in sich zusammen. »Aber ihr werdet schon sehen, dass ich recht habe«, grummelte sie.

»Dann würde ich an deiner Stelle diesen beiden Männern genau auf den Zahn fühlen, zur Not mit einem Haftbefehl«, meinte Kröger.

Reisinger nickte. Richter sah auf die Uhr und erhob sich. »Ich schlage vor, dass Herr Pröve Sie beide bei den Ermittlungen unterstützt. Am besten nehmen Sie Pröve mit zu dieser Frau Hecht und kümmern sich um die Boofer im Wald. Da sollten Sie eventuell noch ein paar Polizeibeamte mitnehmen. Frau Kruse kann sich mit den Leuten befassen, die Sie am Samstag als Zeugen vernommen haben.«

Reisinger nickte erfreut. Mit Sascha als Verstärkung war er sehr einverstanden. Die Runde löste sich auf. Sascha und Sandra blieben mit Reisinger im Frühstücksraum zurück.

»Bitte, Sandra, ruf noch mal Kevins Mutter an und frage, in welcher Ecke des Nationalparks sich die beiden Männer herumtreiben. Die Adressen und Namen der fünf Leute, die den Streit beobachtet haben, findest du in meinem

Protokoll. Und, bitte, erkundige dich bei der Technischen Abteilung, ob die inzwischen endlich die Daten aus dem Handy haben.«

Sandra nickte und machte sich auf den Weg in ihr Büro. Bevor sie zur Türe hinaus war, fiel ihm noch etwas ein.

»Sandra, bitte hab ein Auge auf Hannelore Lauscher. Wir sollten wissen, was sie macht und wen sie trifft.«

Nunmehr zu Sascha gewandt, sagte Reisinger:

»Diese Frau Hecht habe ich am Samstag in einer Höhle getroffen, wo sie augenscheinlich etwas gesucht hat. Das war damals schon merkwürdig, aber ich hatte keinen Grund, die Frau festzuhalten. Sie hat die Vermisstenanzeige aufgegeben und den Lauscher als Erste identifiziert. Auf der Polizeistation war Cindy Hecht völlig aufgelöst. Wenn sie diese ganze Trauer nur gespielt haben sollte, ist die ein ganz eiskalter Fisch. Wir fahren am besten zu ihr hin und quetschen sie aus. Als seine Geliebte muss sie gewusst haben, dass der Lauscher nicht nach diesem Dings, diesem Golm, gesucht hat, sondern nach Schätzen.«

Sascha Pröve erhob sich ächzend. »Ich gehe und hole mir von Sandra alle Telefonnummern und die Protokolle. Bin gleich zurück.« Reisinger veranlasste, dass ihm auf Zuruf für die Suche im Wald fünf Polizeibeamte aus Neustadt zur Verfügung standen. Dann rief er im Supermarkt an, in dem Cindy arbeitete.

»Sie ist heute krank gemeldet? Wissen Sie, für wie lange?« Reisinger drehte nervös seinen weiß-blau gerauteten Kugelschreiber in der Hand. Das wurde ja immer interessanter. Sascha Pröve kam mit einem Packen Papier unter dem Arm in sein Büro. Leo beendete das Telefonat und stand auf.

»Jetzt wird es langsam heiß, Sascha. Der Vogel, oder besser gesagt: der Fisch, ist ausgeflogen«, erklärte er.

»Die Hecht?«

»Genau die.«

Leo griff die Autoschlüssel seines Dienstwagens. Beim Hinausgehen steckte er den Kopf in Sandras Büro.

»Schon was Neues von Kevins Mutter, wo die beiden sein könnten?«

Sandra schüttelte den Kopf. »Ich melde mich, sobald ich was weiß.«

Die beiden Männer machten sich auf den Weg.

Cindy hatte sich im Supermarkt krank gemeldet. Sie fühlte sich völlig am Boden zerstört nach Herberts Tod. Warum lief ihr Leben immer in schiefe Bahnen, kaum dass sie das Gefühl hatte, jetzt würde auch für sie ein Stückchen vom Kuchen abfallen? Sie lag in ihrem Bett in der kleinen Zwei-Raum-Wohnung in der Neustädter Platte und zog die Decke über den Kopf. Bald war ihr wieder zu warm.

Sie raffte sich endlich auf und holte noch einmal das Foto von Herbert und ihr, das sie im Mai oben auf den Schrammsteinen gemacht hatten. Es hatte so lange gedauert, bis der Selbstauslöser endlich losgegangen war, dass sie beide nicht mehr in die Kamera, sondern sich gegenseitig angeschaut hatten. Sie mochte dieses Foto sehr. Damals war sie so glücklich gewesen, endlich nicht mehr ganz allein zu sein. Cindy streichelte Herberts Gesicht auf dem Foto. Die Tränen kamen ihr wieder hoch.

Doch was sollte es? Sie hatte schon so viele Katastrophen in ihrem Leben gemeistert, auch diese würde sie nicht umbringen.

Im Laufe des Sommers hatten sie tatsächlich ein paar interessante Sachen gefunden. Aber der große Wurf, das Ziel, das Herbert so angetrieben hatte, das lag noch in weiter Ferne. Würde sie alleine weitersuchen? Wohl eher nicht. Die Energie dazu hatte sie nicht.

Herbert hatte in mühevoller Kleinarbeit jede noch so winzige Spur verfolgt, jeden Hinweis ausgewertet. Diese Beharrlichkeit fehlte ihr.

Sie ging in ihre kleine Küche und holte die fünf Münzen, die Herbert im Wischwasserbehälter versteckt hatte, aus der Zuckerdose. Die Markstücke wogen schwer in ihrer

Hand. Cindy nahm sie mit ins Wohnzimmer und schaltete ihren Laptop an.

Zuerst musste sie herausbekommen, was diese Münzen wert waren. Doch weil es nicht die ersten waren, die sie gefunden hatten, fiel ihr die Schätzung nicht schwer: ca. 100 Euro pro Münze. Sie suchte unter »Münzen Deutsches Reich« und wurde bald fündig.

Die Preise für die alten Goldmünzen hingen nicht vom Nennwert ab, sondern von der Seltenheit. Die üblichen 20-Mark-Münzen mit dem Bild von Kaiser Wilhelm brachten wenig. Aber es gab kleinere Serien mit anderen Herrschern, die deutlich teurer gehandelt wurden. Cindy buchstabierte den Wortlaut auf ihren Münzen: »Ernst Herzog von Sachsen, Coburg u. Gotha« Auf der Rückseite waren der Reichsadler, der Schriftzug »Deutsches Reich« und die Jahreszahl 1886 eingeprägt. Sie ging die angebotenen Münzen durch. Da!

»Heilsche Minna!« Cindy staunte nicht schlecht, als sie neben der identischen Münze im Internet den Preis stehen sah: 813 Euro wollte einer für ein solches 20-Reichsmark-Geldstück in Gold haben. Sie hatte fünf Stück davon. »Das sind ja 4.000 Euro!«, flüsterte sie aufgeregt. »So viel Geld! Ach Herbert, wenn du bloß noch da wärst!«

Cindy stand auf und lief um ihren Couchtisch herum. »Ich werde sie nach und nach bei ebay verkoofen«, überlegte sie laut, »das bringt mehr, als sie 'nem Händler zu geben. Als Sammlerstück, Familienfund und so.«

Sie legte eine der Münzen auf ein Stück weißes Papier und machte Fotos von der Vorder- und Rückseite. Dann überspielte sie sie auf ihren Computer. Das Schwierigste war, einen Text zu formulieren, der naiv genug klang, aber trotzdem die Sammler aufhorchen ließ.

Lautes Klingeln an der Wohnungstür schreckte sie auf.

Als Reisinger und Pröve gegen Mittag auf dem holprigen Parkplatz vor dem Plattenbau in Neustadt ihr Auto abstellten, war es fast unerträglich heiß. »Sieht nach Gewitter aus!«, meinte Pröve und deutete nach Westen, wo der Himmel nicht mehr blau war, sondern dunstig und leicht grau wurde.

Reisinger war wieder einmal erschüttert ob der heutigen Trostlosigkeit der DDR-Plattenbauten. Hier war noch nicht saniert worden, und entsprechend übel sahen die Häuser aus. Einige Wohnungen standen offensichtlich leer, andere gaben durch offene Fenster den Blick frei auf originale DDR-70er-Jahre-Tapeten. Die beiden Kommissare wandten sich zur Nummer 71, Cindy Hechts Adresse. Im ersten Stock lehnte ein übergewichtiger Mann in einem fleckigen Unterhemd aus dem Fenster und beobachtete sie aus seinen kleinen Schweinsaugen.

Reisinger stellte sich so vor die Klingelknöpfe, dass der Spanner nicht sehen konnte, auf welchen Knopf Pröve drückte.

»Komm' Se von der Versicherung?«, wollte der Mann im Fenster trotzdem wissen.

Reisinger schüttelte nur den Kopf und schaute demonstrativ in die andere Richtung.

»Oder von der Hausverwaltung? Da hätt'sch ooch was zu beanstanden!«, ließ der Dicke nicht locker.

»Ja?«, kam es leise aus der knarzenden Gegensprechanlage. Reisinger bedeutete Pröve, zu sprechen. »Hallo, Frau Hecht, hier Sascha Pröve von der Polizei. Ich hätte da noch ein paar Fragen wegen Herrn Lauscher. Kann ich reinkommen?« Das Schweigen aus der Gegensprechanlage wurde unterbrochen von der Stimme des Mannes am Fenster. »Mensch, Erika, das sind die Bullen! Was wollen die von der Cindy?«

Der Summer ertönte, und die beiden Männer drückten erleichtert die Tür auf. Es gab keinen Lift, also mussten sie zu Fuß hoch in den dritten Stock. In der ersten Etage stand der Dicke jetzt in der offenen Tür, hinter ihm seine ebenso unförmige Frau in einer bunten Kittelschürze, deren Muster Reisinger Augenschmerzen bereitete.

»Hat se was ausgefressen, die Cindy?«, wollte der Dicke wissen und leckte sich dabei die Lippen.

»Das geht Sie nichts an!«, antwortete Reisinger schroff und ging weiter.

»Das is die Eenzsche, die hier im Haus überhaupt noch Arbeit hat«, sagte die Frau des Dicken.

Reisinger war froh, endlich oben zu sein. Cindy stand ebenfalls in ihrer offenen Wohnungstür und erschrak sichtlich, als sie Reisinger erblickte. Sie trug ein sackartiges weites Sommerkleid ohne Ärmel. Wortlos bat sie die beiden in ihr kleines Wohnzimmer. Die Wände waren in süßlichem Rosa gehalten, die Möbel von der billigsten Sorte, beschichtet mit weißem Resopal. Nur der riesige Fernseher vor dem Fenster sah nicht ganz so jämmerlich aus. Im Wohnzimmerregal standen wenige Bücher, aber eine ganze Reihe von Plüschtieren und glitzernden Figuren. Trotzdem machte das Ganze einen ordentlichen und sauberen Eindruck.

Da es nichts anderes gab, ließen sich die beiden Männer auf das durchgesessene weiße Sofa fallen, und Cindy holte sich einen Küchenstuhl.

»Warum sind Sie heute nicht zur Arbeit gegangen?«, wollte Reisinger wissen.

»Ich bin völlig fertig. Das war einfach zu viel für mich. Herberts Tod, die Polizei und die ganzen Umstände. Die Nerven eben.« Sie starrte auf den billigen Flokatiteppich zu ihren Füßen.

»Warum haben Sie uns den Unsinn mit dem Golm aufgetischt, Frau Hecht?« Sie sah Reisinger ängstlich an. »Seit gestern wissen wir, dass Herbert Lauscher und Sie nicht nach diesem Golm, sondern nach vergrabenen Schätzen suchten. Warum haben Sie das verschwiegen?«

Cindy Hecht knetete ihre Hände im Schoß. Sie ließ sich Zeit, ehe sie antwortete, und sie sah dabei nicht auf.

»Der Herbert hat immer gesagt, der Golm, das ist die perfekte Tarnung. Er wollte nicht, dass die Leute das wissen mit der Schatzsuche.«

»Ihnen ist aber klar, dass Sie nichts von dem behalten dürfen, was Sie eventuell gefunden haben?«, fragte Reisinger nach.

»Wir haben doch nur so kleine Sachen gefunden. Nüscht Besondres. Der Herbert hat gesagt, wenn wir was finden, dann gehört's uns ooch!« Reisinger und Pröve tauschten einen Blick.

»Sie haben also was gefunden, Frau Hecht?«

Cindy hob den Kopf und schaute Reisinger an. »Na ja, so'n bissel Silberzeug. Ein paar Münzen, nüscht Besondres.«

»Wo sind diese Sachen?«

Cindy rührte sich nicht. Pröve und Reisinger warteten eine ganze Weile.

»Frau Hecht, wenn Sie jetzt nicht mit uns zusammenarbeiten, nehme ich Sie mit auf das Präsidium, und wir besorgen uns eine Durchsuchungsanordnung für Ihre Wohnung«, drohte Reisinger schließlich.

Cindy sackte auf ihrem Küchenstuhl zusammen und begann zu weinen.

»Erst nehmen Sie mir den Herbert und jetzt ooch noch alles andre weg!«, schluchzte sie.

»Wahrscheinlich wurde Herbert Lauscher genau wegen dieser Schatzgeschichte umgebracht. Verstehen Sie das nicht, Frau Hecht? Sie müssen uns helfen, den Mörder zu finden.«

»Den Mörder?!« Cindy schrie hysterisch auf. »Sie ham gesagt, ›merkwürdige Umstände‹! Jetzt sagen Sie, jemand hat ihn umgebracht!«

»Wir gehen davon aus, dass jemand nachgeholfen hat. Und jetzt reißen Sie sich zusammen und sagen Sie uns, wo die Sachen sind, die Herbert Lauscher und Sie gefunden haben.« Reisinger war sich seines barschen Tons bewusst, aber immerhin ging es hier um Mord, und die Methode klappte immer. Er spielte den bösen Polizisten, und Sascha Pröve sammelte hinterher die Scherben ein und päppelte die Kandidaten wieder auf. So bekamen sie eigentlich immer heraus, was sie wissen wollten.

»Ich warne Sie, Frau Hecht, wir können auch anders!«, sagte er in drohendem Ton und gab Sascha einen leichten Stoß.

Sascha griff nach Cindy Hechts Hand und begann sie zu tätscheln. Zu Reisinger gewandt sagte er: »So hart müssen Sie mit der armen Frau aber nicht ins Gericht gehen. Lassen Sie uns doch mal allein, damit sie sich beruhigen kann.«

Reisinger stand auf und verdrückte sich in den Flur. Von dort warf er einen Blick in das kleine, bonbonrosa Schlafzimmer, das Bad und die winzige Küche. Hinter der angelehnten Wohnzimmertür hörte er, dass Pröve tröstend auf Cindy einsprach und sie stockend zu erzählen begann. Sie schien ihre ganze Lebensgeschichte loswerden zu wollen, das konnte noch dauern.

In der Küche stand ein aufgeklappter Laptop auf dem Tisch. Er weckte den Computer aus dem Schlafmodus und landete bei eBay. Die Seite zeigte Angebote für alte Münzen. »Das also haben sie gefunden!«, murmelte Reisinger und sah sich um. Vorsichtig begann er die Schubladen und Türen in der kleinen Küche zu öffnen, ohne auf Interessantes zu stoßen.

Sascha Pröve rief ihn nach einer geraumen Weile zurück: »Frau Hecht ist bereit, uns die Fundstücke zu geben.«

Reisinger ging wieder ins Wohnzimmer. Cindy sah nur Pröve an. Als der nickte, beugte sie sich nach unten und zog unter dem Sofa einen alten Lederkoffer hervor. Auf dem verblichenen grauen Futter lagen ein paar silberne Kännchen, eine Brosche mit roten Steinen, wahrscheinlich Granate, eine alte Uhr mit vergilbtem Zifferblatt und schwerer Uhrenkette sowie ein paar Teile eines Silberbestecks.

Pröve schaute enttäuscht. »Ist das alles?«, fragt er.

Cindy nickte. Ihre Augen waren rot vom Weinen, die Wimperntusche hing in schwarzen Wolken auf ihren Wangen. Reisinger ging in die Hocke. Sein Kopf war auf einer Höhe mit dem von Cindy Hecht, die immer noch auf ihrem Küchenstuhl saß. Er zwang sie, ihn anzuschauen.

»Wo sind die Münzen? Und wie viel haben Sie schon über eBay verkauft?«, fragte er. Während sein Kollege Pröve ihn erstaunt musterte, sah er zu, wie Cindy Hecht versuchte, ihre Mimik im Griff zu behalten.

»Also gut«, flüsterte Cindy Hecht nach einer atemlosen Pause. Sie schob den Koffer hinüber zu Pröve und stand auf. Reisinger folgte ihr wortlos in die Küche. Aus einer Zuckerdose schüttete sie Reisinger die 20-Mark-Stücke in die Hand. Dann weckte sie den Laptop auf und loggte sich auf ihrer Mitgliedsseite ein. Unter »Verkauft« fanden sich weitere Münzen, mehrere alte Ringe und eine Goldkette. Summa summarum waren bei diesen Verkäufen nicht mehr als 1200 Euro herausgekommen. Reisinger tippte auf die Seite »Angebote«, hier hatte Cindy eine der neuen Münzen eingestellt. »Davon ist eine über 500 Euro wert?« fragte er.

Cindy nickte. »Weil da ni Kaiser Wilhelm, sondern ein andrer Herrscher droff is. Das sind die seltenen Münzen.«

»Nehmen Sie das Angebot sofort wieder raus!«, verlangte Reisinger und sah zu, wie sie es offline schaltete. Pröve stand im Türrahmen.

»Da hatte er also zum ersten Mal etwas wirklich Wertvolles gefunden?« Cindys Augen füllten sich wieder mit Tränen. »Nu«, hauchte sie. »Diesmal hätt' es sich echt gelohnt.«

»Haben Sie den Erlös unter sich aufgeteilt?«, wollte Reisinger wissen.

»Nee, ich hab nur ein Viertel bekomm', weil Herbert ja das teure Metallsuchgerät hatte und viel mehr Zeit investiert hat als ich. Ich war ja bloß am Wochenende draußen.«

»Aber diesmal hätten Sie das Geld für sich allein bekommen«, sagte Reisinger gedehnt, »immerhin mindestens dreitausend Euro. Haben Sie ihn dafür umgebracht?«

Erschrocken schaute sie hoch zu ihm. »Ich hätt' das Geld gut gebrauchen könn'. Aber ich hätt' ihn nie umgebracht. Und für so 'ne lumpige Summe! Was denken Sie denn von mir?! Ich hab ihn geliebt!«

Der letzte Satz war Reisinger ein wenig zu theatralisch, aber ihm war schon klar, dass Cindy Hecht Lauscher nicht getötet hatte, jedenfalls nicht wegen des Geldes. Dann hätte sie ihn nicht vermisst gemeldet, sondern sein Wohnmobil verkauft. Das hätte deutlich mehr gebracht als alle gefundenen Schätze zusammen.

Cindy war wieder weinend über ihrem Laptop zusammengesunken. Pröve reichte ihr ein Taschentuch.

»Was haben Sie am Mittwoch spätnachmittags wirklich gemacht, Frau Hecht?«, fragte Reisinger unvermittelt. Er stand mit dem Rücken zur Spüle. Links neben ihm war das Fenster, aus dem er den öden Parkplatz und weitere Plattenbauten sehen konnte. Kein Mensch war bei der Hitze draußen.

»Habe ich Ihnen doch schon gesagt«, antwortete sie stockend. »Ich war auf Arbeit, und nach Kassenschluss bin ich nach Hause gegangen.«

»Sie lügen. Sie sind bereits um 18 Uhr 30 gegangen, sagt Ihr Abteilungsleiter. Wegen angeblicher Migräne.« Reisinger musterte sie von oben bis unten.

Cindy stützte den Kopf in die Hand. »Ach, dann war das am Mittwoch? Ich dachte, der Schub kam schon Dienstag. Aber wenn Sie das sagen. Ich hatte so fürchterliche Kopfschmerzen an dem Tag. Da bin ich früher nach Hause, hab drei Migräne-Pillen eingeworfen und bin ins Bett. Sie könn' mir glauben. Ich hab mich nur im Tag geirrt. Hier, meine Nothelfer.« Sie hatte die Migräne-Tabletten noch auf dem Tisch liegen und schob sie zu ihm hinüber.

»Wann haben Sie zum letzten Mal mit Herrn Lauscher telefoniert?«, fragte Sascha. Sie drehte sich zu ihm rüber. »Eigentlich gar nicht vorige Woche. Doch wenn Sie sagen, das war am Mittwoch, das mit der Migräne, dann hat er mich am Mittwoch angerufen. Aber nur auf der Mailbox. Ich hab's erst am nächsten Tag gesehen.«

Leo Reisinger bat sie, die Aufzeichnung vorzuspielen. Lauschers ein wenig näselnde Stimme kam aus dem Lautsprecher des kleinen billigen Handys. »Cindy, ich bräuchte dich dringend hier. Bitte ruf mich an!« Mehr nicht. »Wann genau war das?«, hakte Sascha nach. Cindy blickte auf das Display. »16 Uhr 21 genau.«

»Das passt zu den Aussagen der Boofer«, stellte Reisinger fest. »Warum sind Sie nicht rangegangen?«

»Wenn ich an der Kasse sitze, kann ich doch nicht privat telefonieren, wie stellen Sie sich denn das vor?«, fragte Cindy und sah ihn empört an. »Das geht vielleicht in Ihrem Job, aber bei mir nicht! Mein Handy ist während der Arbeit ausgeschaltet.« Reisinger nickte.

»Sie hatten also Migräne und sind früher nach Hause gegangen, haben das Handy aber nicht abgehört. Wann am Donnerstag haben Sie gemerkt, dass er versucht hatte, Sie zu erreichen?«

»Erst kurz vor elf. Wenn ich die nehme«, Cindy deutete auf die Migränetabletten, »bin ich am nächsten Tag immer total wuschig im Kopp. Da dauert's, bis ich wieder normal denken kann. Ich hab lange geschlafen, mich fertig gemacht für die Arbeit, und dann erst hab ich mein Handy abgehört. Da konnte ich nüscht mehr unternehm', weil ich ja schon um zwölf im Supermarkt anfange. Aber weil Herbert sich kein zweites Mal gemeldet hat, dachte ich, dass es nicht so dringend sein kann. Für Freitagabend waren wir ja sowieso verabredet.« Sie schniefte wieder in ihr Taschentuch. »Dabei war er da schon dod!«

Reisinger warf Pröve einen fragenden Blick zu. Der schüttelte den Kopf und machte einen Schritt auf Cindy zu.

Pröve legte ihr die Hand auf die Schulter und meinte: »Lassen Sie sich nicht unterkriegen, Cindy. Wir bleiben in Kontakt! Wenn Ihnen noch was Wichtiges einfällt, rufen Sie mich aber an, gell?« Cindy nickte und schniefte weiter in ihr Taschentuch. Reisinger und Pröve verabschiedeten sich.

Erst unten auf dem Parkplatz, außer Hörweite der neugierigen Nachbarn, tauschten sie sich aus.

»Armes Mädchen«, sagte Sascha Pröve. »Der Mann ist mit einer anderen abgehauen und hat ihr nur Schulden hinterlassen, die Tochter versumpft in Berlin im Drogenmilieu und taucht nur auf, um Geld zu fordern. Kein Wunder, dass sie sich hoffnungsvoll auf diesen Lauscher eingelassen hat.«

Nachdenklich stiegen sie ein.

Auf der Fahrt von Neustadt ins Kirnitzschtal rief Pröve bei Sandra in der Zentrale an. »Hast du was Neues für uns?«

Sandra klang so lebhaft wie seit Tagen nicht mehr. »Prövilein, ja, ich habe interessante Neuigkeiten für euch zwei. Die Technische Abteilung hat festgestellt, dass der Lauscher am Mittwochnachmittag mit einer ganzen Reihe von Leuten telefonisch Kontakt hatte. Also: Am Vormittag hat er eine Nummer in Dresden angerufen, die einem gewissen Erwin Schönleben gehört. Dann am Nachmittag hat er innerhalb von zehn Minuten erst die Nummer von Cindy Hecht, dann die seiner Frau gewählt, dann noch mal die Nummer in Dresden von dem Schönleben. Über diesen Schönleben weiß ich noch nicht viel, außer dass er über 70 Jahre alt ist und seit ewigen Zeiten in der Gostritzer Straße gemeldet ist. Ich versuche an ihn ranzukommen.« Pröve schilderte Sandra kurz den Besuch bei Cindy Hecht und dass sie mit Lauscher zusammen schon ein paar Fundstücke verkauft hatte. »Vielleicht ist der Schönleben ja auch so ein Münzsammler, der was kaufen wollte«, mutmaßte Sandra.

»Wie auch immer, kannst du uns noch was zum Aufenthaltsort von Kevin und Maik sagen?«

Sandra gab ihnen den Namen eines Felsmassivs im Großen Zschand. Pröve notierte sich die Angaben: »Wachturm, von da Richtung Grünes Horn, okay. Ich brauche auf jeden Fall eine Karte, um das zu finden. Aber wenn die wirklich da sind, können wir sie aufspüren.«

»Kevins Mama sagt, die wollten da noch bis übermorgen bleiben und dann zurück nach Dresden kommen«, sagte Sandra. »Grüßt die beiden herzlich von mir, ja?«

Reisinger zog genervt die Augenbrauen hoch. »Sollen wir vielleicht noch ein paar Blümchen mitbringen?«

»Nein, aber über eine Flasche Wein oder frisches Brot würden die sich bestimmt freuen.«

Reisinger tippte sich an die Stirn und sah Pröve vielsagend von der Seite an. Der beeilte sich das Gespräch zu beenden. »Gut, Sandra, wir melden uns, wenn wir wieder raus sind aus dem Tal. Bis heute Abend!«

»Die hat sie doch nicht mehr alle!«, regte sich Leo Reisinger auf. »Jetzt sollen wir auch noch für die Waldschrate einkaufen gehen!«

»Sandra weiß eben, wie es ist, ein paar Tage draußen zu sein. Ich habe mich das nie so recht getraut, wegen der Ohrenkrabbler. Vor denen graust es mich einfach. Allein die Vorstellung ...!« Pröve schüttelte sich. »Aber Hunger hätte ich jetzt auch langsam.« Sie hielten beim nächsten Fleischer an und legten ein spätes Mittagessen ein. Reisinger dachte an die Wanderung mit Eichhorn und kaufte noch zwei Flaschen Wasser für unterwegs. Er hatte sogar noch den Rucksack vom Nationalpark im Auto. Als Reisinger ihn von der Rückbank holte und die Wasserflaschen verstaute, flitzte Pröve noch mal zurück in den Laden und kam kurz darauf mit einem Päckchen unter dem Arm wieder.

»Falls wir unterwegs doch noch Hunger kriegen«, sagte er.

Über Hinterhermsdorf fuhren sie diesmal von der anderen Seite in das Kirnitzschtal. Sie folgten der gewundenen Straße bis zum Parkplatz an der Neumannmühle. Von dort fuhren sie auf der für den allgemeinen Verkehr gesperrten Forststraße bis zum Gasthaus Zeughaus. Die meisten Wanderer, die ihnen auf dem breiten Weg entgegenkamen, beschimpften sie deshalb lautstark.

Das Gasthaus sah Pröve als optimalen Ausgangspunkt für die Wanderung in den Großen Zschand.

»Das Zeughaus«, erklärte er, »war eine alte Zollstation, als der Zschand noch die Handelsstraße nach Böhmen war.«

»Ach, ich dachte, dieser große Schand ist das Gasthaus?«

»Nein! ›Der Große Zschand‹ heißt dieses ganze Gebiet hier mit dem Trockental, das früher eine wichtige Verbindungsstraße zwischen Sachsen und Böhmen war«, erklärte Sascha.

Sie stellten das Auto ab und machten sich zügig auf den Weg. Einige Wanderer kamen ihnen entgegen, manche mit vollen Kletterrucksäcken, manche nur mit kleinem Gepäck, wie die beiden Polizisten.

»Wolltest du nicht noch ein paar Polizisten aus Sebnitz mitnehmen?«, fragte Pröve nach einer Weile.

Reisinger knurrte etwas Unverständliches.

Sascha Pröve kannte Reisinger inzwischen gut genug, um zu wissen, dass er nicht antworten wollte. Er versuchte es mit einem anderen Thema.

»Früher bin ich hier immer mit meinen Eltern wandern gewesen. Mein Vater fand es wichtig, jeden Sonntag in die Natur zu gehen. Als 12-Jähriger hat mich das echt angekotzt. Aber dann kam die Wende, und mein Vater verlor seinen tollen Job beim Rat des Bezirkes, und die Sonntagsspaziergänge haben aufgehört. Heute ist er als Busfahrer unterwegs.« Sascha starrte vor sich hin. »Der hat sich seine Karriere auch anders vorgestellt.« Reisinger sagte nichts. »He, der Lauscher war doch bei der Stasi. Könnte doch auch sein, dass eines seiner Opfer sich rächen wollte. Habt ihr da schon nachgeforscht?«

Reisinger verneinte. »Er war nicht bei der Stasi, sondern beim Rat des Kreises, in der Abteilung Inneres. Das war nicht die Stasi, obwohl die natürlich Kontakt hatten. Sandra hat das auch bei seiner Frau hinterfragt, aber die meinte, da wäre wohl nichts so Krasses vorgefallen, dass er mit einem Racheakt hätte rechnen müssen. Jedenfalls soweit es seine Frau weiß und Sandra das recherchieren konnte.«

Der Weg zog sich in einem Tal zwischen hoch aufragenden Felswänden hin, ab und zu gab es bizarre Steinfiguren zu sehen, und besonders faszinierten Reisinger die Fichten, die sich mit ihren Wurzeln wie mit mageren Fingern an den Felsblöcken festkrallten und nach oben ans Licht strebten. Im Tal war es deutlich angenehmer als draußen auf der Straße. Die Luft war frisch und kühl, das Licht gedämpft. Reisinger begann Spaß an dieser Wanderung zu haben. »Ich habe die Sebnitzer Polizei nicht hinzugezogen, weil ich mich da auf Sandras Gefühl verlasse. Wenn die sagt, die beiden sind nicht gefährlich, dann dürfte das hinhauen. So durchgeknallt sie ist, da kann man ihr eigentlich immer vertrauen.«

Pröve pflichtete ihm bei.

Auf Pröves neuerliche Frage nach seinem Vater erklärte er die Unterhaltung für beendet. Reisinger hatte nicht die geringste Lust, über seine verkorksten Familienverhältnisse zu sprechen. Das war Privatsache, und Pröve war Kollege. Dass er seinen Vater überhaupt nicht kannte, das wussten nur seine engsten Freunde und die Familie. Und dabei würde es auch bleiben.

Sascha blieb nichts anderes übrig, als die Unterhaltung einseitig weiterzuführen und von seinen diversen Ausflügen als Kind in die Sächsische Schweiz zu erzählen. »Ich habe den Eindruck, früher war halb Dresden am Wochenende hier beim Wandern«, sagte Reisinger.

»War auch so«, bestätigte Pröve. »Die Wohnungen waren klein, und wo sollte man schon hinfahren? Bestimmt nicht ins Tagebaugebiet Richtung Leipzig. Da blieben nur noch das Erzgebirge und die Sächsische Schweiz. Wir konnten ja nicht raus aus dem Land, aber jeder wollte mal ein bisschen durchatmen, weg von der dicken Luft in der Stadt, von der Hektik, von den oft schäbigen Fassaden. Da war der Wald Erholung pur. «

Nach einer weiteren halben Stunde begann Pröve bei jedem Tal die Wegmarkierungen zu studieren. Er zeigte Reisinger auf der Karte, wohin sie mussten. Schließlich zweigte der Wanderpfad in ein schmales Tal ab.

»Das müssten die Sandschlüchte sein«, stellte er fest und ging voran. Der Weg stieg leicht an, links und rechts waren die steilen Felswände manchmal so nah, dass man sie fast auf beiden Seiten mit den ausgestreckten Armen berühren konnte. Der Boden war entweder sandig oder aber von Moosen, Farnkräutern sowie feinem Gras bedeckt. Sascha Pröve fand den markierten Zugang zu den Kletterfelsen am Wachturm, ging um das Felsmassiv herum und deutete auf den nächsten Kletterfelsen. »Da hinten müsste es sein.« Im Gänsemarsch folgten sie einem nur noch zu erahnenden Trampelpfad, der sie in geschlungenen Kurven um die Felsen führte. Nach einer Weile ragte ein markant geformtes Felsmassiv vor ihnen auf. »Wenn ich mich nicht komplett verlaufen habe, ist das da das Grüne Horn. Hier müssten sie sein. Am besten trennen wir uns und gehen von beiden Seiten einmal rundherum.« Er machte sich auf den Weg links herum, während Reisinger sich nach rechts durchschlug. Er hörte Pröve in Abständen die Namen der beiden Gesuchten rufen. Konzentriert auf den schmalen Pfad vor sich, dauerte es eine Weile, bis er merkte, dass es dunkler wurde. Er machte eine Pause und schaute in den Himmel. Da ballten sich schwarze Gewitterwolken zusammen. »Mist!« Es wurde Zeit, dass sie die beiden fanden. Er rief jetzt zum ersten Mal auch laut nach

Maik und Kevin, in der Hoffnung, dass sie antworten würden. Aber außer seiner eigenen Stimme war nichts zu hören. Selbst das Vogelgezwitscher und das Zirpen der Grillen hatten aufgehört. Drückend lag die Luft auf trockenem Heidekraut und dem wenigen Gras, das zwischen den Felsen wuchs. Dann hörte er das erste Donnergrollen.

Reisinger ging weiter, obwohl ihm langsam mulmig zumute wurde. Er war es gewohnt, allein zu sein, aber hier mitten zwischen den Felsen beschlich ihn ein ungutes Gefühl. Er beeilte sich weiterzukommen, um wenigstens wieder auf Sascha zu treffen.

Als er um die nächste Kurve hastete, stieß er mit einem riesigen Bären zusammen.

Reisinger prallte erschrocken zurück und stieß einen Schrei aus.

Bei näherem Hinsehen stand vor ihm ein haariger Riese, bekleidet nur mit einer speckigen Lederhose. So massig die Figur war, so wenig dick wirkte sie. Dieser Mensch vor ihm schien durchtrainiert bis zur letzten Faser zu sein. Reisinger brauchte ein paar Sekunden, um sich wieder zu fangen. »Eh, machst du hier so ein Geschrei?«, fragte der Riese sanft und ließ hinter dem Haardickicht ein freundliches Lächeln erahnen.

Reisinger glotzte ihn an. Der Mann war bestimmt zwei Meter groß und haarig wie ein Gorilla. Das, was unter der langen Haarmatte und dem fast schwarzen Vollbart von seinem Gesicht noch zu sehen war, machte allerdings einen harmlosen Eindruck.

»Reisinger, Kriminalpolizei Dresden«, sagte er matt. »Sind Sie der Kevin?«

»Nu klar!«, erwiderte der Riese freundlich. »Komm, wir gehen in die Boofe, ich gloob, das Gewitter geht glei los.« Er ging voran und führte Reisinger an eine Stelle in der Felswand, wo etwa in Brusthöhe ein Loch im Felsen war. »Da geht's rauf. Mit dem rechten Fuß in das Loch, dann biste glei oben«, sagte Kevin.

Reisinger konnte sich beim besten Willen nicht vorstellen, wie er seinen Fuß auf Brusthöhe in dieses Loch kriegen sollte. Darunter war der Sandstein glatt und ohne einen Vorsprung.

Kevin zeigte ihm die Wurzel über dem Felsen: »Da festhalten, und dann hochziehen.« Er ging etwas in die Knie und machte für Reisinger eine Räuberleiter. Erst jetzt fiel diesem auf, dass der Rübezahl barfuß unterwegs war.

»Und dann, wie geht es weiter?«, fragte der Kommissar zweifelnd. Kevin zeigte ihm noch drei Trittstellen für seine Füße und einen breiten Felsvorsprung, auf dem er dann weiterlaufen sollte.

»Sascha ist auch schon oben!«, sagte Kevin dann noch, gerade als Reisinger überlegte, wieso er da überhaupt raufklettern sollte.

Er setzte also seinen linken Fuß in Kevins mächtige Hände, stieg von da aus in das Loch, weiter auf den nächsten Absatz, zog sich noch ein Stück höher und fand sich danach auf einem breiten Felsvorsprung, der nach hinten um das Massiv lief. Kevin unter ihm griff sich ebenfalls die Wurzel, stemmte sich mit Muskelkraft und den nackten Fußsohlen hoch und war trotz seiner beeindruckenden Größe im Nu bei ihm oben.

Nach zwanzig Metern um den Felsen herum kamen sie zur Boofe. Die Höhle war nicht besonders groß, aber gemütlich eingerichtet mit zwei Schlafsäcken, zwei kleinen Sitzbänken aus Brettern um die Feuerstelle herum und einer Art Sichtschutz aus dürren Zweigen an der rechten Ecke.

Sascha saß mit einem zweiten Mann auf der improvisierten Bank. Das musste dann also Maik sein. Er war weder so groß noch so haarig wie Kevin, eher ein schmaler Mann mit einer beginnenden Stirnglatze, unruhigen Augen und einem markanten Kinn.

Das Gewitter kündigte sich nun endgültig mit dicken Tropfen und Windböen an.

»Hallo, Leo. Wir haben noch nicht angefangen«, empfing ihn Sascha und deutete auf den Platz neben sich. Leo ließ sich nieder und sah sich genauer um. Im hinteren Teil der Höhle lagen die Schlafsäcke auf Isomatten, daneben einige große Mülltüten und zwei Rucksäcke. Bei den Mülltüten schrillten in Leos Kopf die Alarmsirenen. Damit konnte man durchaus einen Erwachsenen ersticken.

Er stellte sich und Sascha vor, erzählte von Lauschers Leiche in der Straßenbahn und von den Aussagen der Boofer, die er mit Eichhorn getroffen hatte. »Wir müssen dringend wissen, was Sie nach diesem Streit mit Lauscher getan und ob Sie ihn noch mal getroffen haben.«

Während er sprach, war Kevin immer mehr in sich zusammengefallen, während Maik zunehmend unfreundlicher dreinschaute.

»Jetzt wollt ihr wissen, ob und wie wir den Lauscher umgebracht haben, oder?« Maik fühlte sich sichtlich provoziert.

Pröve versuchte einzulenken. »Maik, wir tun nur unsere Arbeit. Wir müssen alles versuchen, um den Mörder zu finden, das musst du doch verstehen!« Sein Ton war fast flehentlich. Das Gewitter war jetzt in vollem Gange. Die zunächst noch einzelnen Tropfen waren nun zu einem veritablen Wolkenbruch geworden, es kühlte merklich ab, und obwohl es erst nachmittags um vier war, herrschte nur noch Dämmerlicht.

Von Kevin, der inzwischen den Kopf hängen ließ, kam ein leiser Schluchzer: »Die arme Hannelore! Ich muss ihr helfen.«

Reisinger stutzte. »Sie kennen Hannelore Lauscher?«

»Natürlich, sie war unsere Biologielehrerin«, sagte Maik und tätschelte dem Riesen neben sich den nackten Rücken. »Außerdem sind wir im gleichen Ortsverband vom Bund Naturschutz.« Zu Kevin sagte er: »Die Hannelore kann das verkraften, Kevin. Glaub mir, das ist eine starke Frau. Die kann doch froh sein, dass sie den Kerl endlich los ist. Sieh's doch mal von der positiven Seite!«

»Wenn einer stirbt oder sogar umgebracht wird, kann man das doch nicht positiv sehen! Da ist ein Leben ausgelöscht worden«, jammerte Kevin. »So was darf man nicht tun. Niemand ist so schlecht, dass man ihn umbringen darf. Du solltest das besser wissen als andre.«

Reisinger konnte nicht hinschauen. Dieser weinende Riese war ihm einfach nur peinlich. Pröve dagegen hatte kein Problem damit. Er setze sich auf Kevins andere Seite und legte tröstend die Hand auf dessen Knie.

Das Gewitter fegte in Böen in die Höhle und ließ Leo in seinem feuchten, durchgeschwitzten Hemd frösteln. Blitze zuckten, und der Regen rauschte mit Urgewalt vom Himmel. Ihm gegenüber saßen drei Männer wie zu einer Pieta vereint, und er wusste nicht, wohin er schauen sollte. Wie immer bei solchen Gelegenheiten fielen ihm die merkwürdigsten Dinge ein. Zum Beispiel, dass ein Kilo Butter immerhin 25 Kilo Kohlendioxid erzeugte, während ein Kilo Äpfel nur ein halbes Kilo produzierte. Direkt neben ihnen schlug ein Blitz ein. Für einen Moment waren die Höhle und die Felsen um sie herum grell erleuchtet. Leo erschrak zutiefst. Während Erinnerungen an seine Kindheit wie zähe Lavablasen in seinem Gehirn platzten, hörte er noch den Regen rauschen, aber er nahm nichts mehr wahr. Er sah sich als kleinen Jungen an der Hand von Onkel Josef, der ihn damals, in der neuen Schule, nach dem Umzug seiner Mutter und seiner Oma nach Mammendorf, mit einer Notlüge gerettet hatte. »Weißt, Leo«, hatte er gesagt, »wenn dich die anderen Kinder wieder hänseln, weil du keinen Vater hast, dann sagst du, dass dein Vater ein Soldat ist und dass er bei einem geheimen Auftrag in Afrika den Heldentod gestorben ist. Dass er ein Soldat ist, das ist wahr, und ob er gestorben ist, das wissen wir nicht, aber manchmal drückt der liebe Gott bei so einer kleinen Notlüge beide Augen zu.« Die einsame Kälte in Leos Innerem wich einem warmen Gefühl der Dankbarkeit für Onkel Josef. Ihm fiel ein, dass der heute Geburtstag hatte und er ihn unbedingt anrufen und ihm sagen müsste, wie viel leichter sein kleines Leben durch diesen Rat geworden war. Selbst seine Mutter, die von seinem Erzeuger nur wusste, dass er Jochen hieß und im Fliegerhorst in Fürstenfeldbruck stationiert war, akzeptierte die Flunkerei und widersprach nie. Die meisten Buben in Leos Klasse und der Nachbarschaft hatten die Erklärung geglaubt, und manche hatten ihn sogar um einen Kriegshelden als Vater beneidet. Er stierte in die dunkle Regenwand draußen.

»Leo?«

Sascha Pröve setzte sich wieder neben ihn und berührte ihn kurz am Arm. »Wir können weitermachen.«

Reisinger ließ seine Schultern kreisen und streckte seine Arme. Maik machte einen besorgten Eindruck, Kevin schien sich wieder gefangen zu haben. In ungewöhnlich sanftem Ton sagte Leo: »Bitte erzählt uns doch einfach, wie diese Begegnung mit Lauscher letzten Mittwoch war und was sich abgespielt hat.«

Kevin begann stockend zu erzählen, wie der Lauscher seine Geburtstagsfeier gestört hatte und die Position der Boofe beim Zeughaus herausbekommen wollte. Nach dem Streit hätten sie sich zurückgezogen und sich nicht weiter um den Lauscher gekümmert. Im Großen und Ganzen deckte sich die Schilderung exakt mit der von Ingo, Angie und den anderen Boofern. Am Mittwochabend hätten sie noch im Gasthaus Neumannmühle ein wenig Geburtstag gefeiert und seien von da aus gegen 22 Uhr losgezogen in den Wald. Die Bedienung könnte das sicher bestätigen.

»Das lässt sich leicht nachprüfen, damit sind Sie ziemlich aus dem Schneider«, sagte Leo.

»Ich schwöre, wir haben nichts, aber ooch gar nichts damit zu tun!«, beteuerte Kevin.

Versöhnlich sagte Leo zu seiner eigenen Überraschung: »Ich glaube Ihnen.«

»Dieser Lauscher hat wirklich gedacht, er könnte uns diese blöde Geschichte mit dem Nationalpark und dem

Golm auftischen!«, sagte Maik bitter. »Wir wussten schon lange, dass er nach irgendwelchen Wertsachen buddelte, die die Leute in ihrer Not in den letzten Kriegstagen hier vergraben haben.« Kevin nickte.

»Der träumte immer noch von seiner Vergangenheit beim Rat des Kreises, dachte, dass hier alle kuschen, wenn er sich als Mitarbeiter des Nationalparks ausgibt. Vollidiot!«

»Wissen Sie, ob er auch was gefunden hat?«

»Ich glaube, schon«, sagte Maik, »sonst hätte der das nicht so lange durchgezogen. Der Lauscher, müssen Sie wissen, ist ein ganz geiziger Hund gewesen. Der hat mit der Hannelore jeden Cent abgerechnet und überall nur seinen Vorteil gesucht. Der hätte das nie nur als Hobby gemacht, wenn es sich nicht irgendwann gelohnt hätte.«

»Gibt es noch mehr Schatzsucher in dieser Gegend?«, fragte Leo.

Beide schüttelten den Kopf. »Wir kennen hier eigentlich jeden, der regelmäßig im Wald ist. Aber da gibt es keinen, der mit einem Metallsuchgerät rumrennt oder im Sand buddelt.«

Als das Gewitter langsam nachließ, wurde es wieder heller in der Boofe, und Kevin begann die Schlafsäcke zusammenzurollen.

»Wir müssen jetzt ja wohl mit nach Dresden, oder?«, fragte er über die Schulter.

Pröve sah Leo an. Der überlegte kurz und schüttelte den Kopf.

»Nicht nötig, wenn Sie sich übermorgen zurückmelden und uns für weitere Fragen zur Verfügung stehen.« Kevin strahlte. »Maik, dann gehen wir jetzt sofort Pilze suchen, hast du Lust?«

Maik nickte und grinste.

»Moment noch, ich muss eure Personalien aufnehmen«, beeilte sich Sascha zu sagen. »Und außerdem brauchen wir einen Führer zurück!«, ergänzte Leo.

Leo erfuhr, dass Maik als Onkologe und Kevin als Krankenpfleger an der Uniklinik Dresden arbeiteten.

Der Regen hatte nachgelassen, aber der Stein war natürlich noch nass und rutschig, sie mussten höllisch aufpassen beim Heruntersteigen. Als sie wieder auf dem Trampelpfad Richtung Wachturm waren, nahm ihnen Kevin noch das Versprechen ab, die Boofe an niemanden zu verraten.

»Vor allem nicht an die Typen vom Nationalpark!«, schärfte er ihnen ein.

Dann fand sich Leo plötzlich in den Armen von Kevin wieder, der ihn zum Abschied kräftig an seine nackte, haarige Brust drückte. Er war so perplex, dass er sich nicht wehrte, als er, eingeklemmt zwischen Bizeps und Brustmuskel, Kevins dunkle Haare und den Geruch nach Mann und Sonne in der Nase hatte.

Sascha ging es ebenso.

Maik beließ es bei einem Händedruck. »Er ist halt so«, sagte er mit schiefem Grinsen und wandte sich um.

7

Auf dem Rückweg durch den Großen Zschand trafen sie keinen einzigen Wanderer mehr. Leo versuchte mehrmals vergeblich, sein Handy zu benutzen. Er war froh, von diesem Ort wegzukommen, weg von diesem weinenden Hünen, weg von dieser idyllischen Zweisamkeit. Er fühlte sich wie betäubt und gleichzeitig erschöpft, aber das straffe Gehen verbesserte seine Stimmung zusehends. Sascha Pröve dachte unterdessen laut darüber nach, ob ein Arm voll Farnkraut und eine Isomatte ein ordentliches Bett würden ersetzen können.

Schließlich diskutierten sie, wer als Täter infrage käme. Einen wirklich schlüssigen Verdacht gab es nicht.

»Gehen wir mal die Leute durch, die Lauscher kennen«, sagte Leo.

»Cindy Hecht?« Pröve schüttelte den Kopf.

»Die wäre deutlich besser dran, wenn er noch leben würde.«

»Die Boofer?«

»Haben kein wirkliches Motiv, außer dass er ihnen auf den Keks gegangen ist.«

»Bei dem Campingplatzbesitzer, den Wirten und den Leuten vom Nationalpark ist es das Gleiche«, sinnierte Leo.

»Hannelore Lauscher?«, fragte Sascha.

»Wegen der Hecht? Das wäre möglich. Die Straßenbahnfahrerin sagte allerdings, dass zwei Männer eingestiegen seien. Ein wirkliches Motiv haben wir für seine Ehefrau bisher außerdem nicht finden können. Die Tatsache, dass er seine Zeit da draußen am Campingplatz verbracht hat, war wohl eher angenehm für sie. Außerdem hat sie ein Alibi. Zudem wissen wir immer noch nicht, wie er umgebracht wurde.«

Sie erreichten das Auto. Leo warf den Rucksack hinten rein und bemerkte da erst, wie leicht er war. »Hattest du nicht noch was für unterwegs eingekauft, Sascha? Ich habe Hunger.«

Pröve sah ihn mit bedauerndem Lächeln an. »Das habe ich bei Kevin und Maik vergessen.«

»Vergessen?« Leo stöhnte auf. »Du findest die beiden genau wie Sandra ‚richtig süß', nicht wahr?«

»Na ja, ich finde, die beiden sind ein ideales Paar. Die verstehen sich blind«. Sascha Pröve machte ein schuldbewusstes Gesicht und schaffte es gleichzeitig, zufrieden zu lächeln. »Und über die Wurst haben sie sich so gefreut.«

Mit grimmiger Miene setzte Leo sich auf den Beifahrerplatz. Er wollte jetzt endlich nach Hause. Das war ja doch die Höhe! Mike und Kevin, das ideale Paar! Ein ideales Paar, so fand er, musste dann doch noch hetero sein. So wie Veronika und er. Damals sagten viele, sie beide wären ein

Traumpaar. Aber es hatte sich herausgestellt, dass er den Ansprüchen nicht genügen konnte.

Er erinnerte sich äußerst ungern an jenen Abend, aber er konnte das Bild nicht abschütteln. Sie waren Hand in Hand am Strand entlanggelaufen, hatten sich in eine Bar gesetzt und ein paar andere Deutsche kennengelernt. Veronika wollte nach einer Weile zurück ins Hotel, weil sie Kopfschmerzen hatte, er aber war mit den anderen geblieben. Kurze Zeit später war dieses thailändische Mädchen aufgetaucht und hatte ihn um den Finger gewickelt. Wie ein dummer, kleiner Junge war er ihr in die Falle gegangen. Er erinnerte sich noch genau an Veronikas Blick, als er frühmorgens endlich ins Hotel zurückgekommen war. Sie hatte die halbe Nacht vor Sorge um ihn wachgelegen und war froh gewesen, ihn wohlbehalten wiederzusehen. Er aber hatte sich in Grund und Boden geschämt und ihr nie gestanden, dass er sich hatte verführen lassen. An jenem Tag war sein Traum von einer Hochzeit mit Veronika zerplatzt wie eine Seifenblase. Er war offensichtlich nicht gemacht für diese Art von Partnerschaft, genau wie sein Opa, der als Schürzenjäger im ganzen Landkreis bekannt gewesen war.

Mutlos starrte Leo Reisinger auf das Handschuhfach vor sich.

Sascha bemerkte Leos verkniffenes Gesicht und hielt den Mund. Er hasste es, wenn es Konflikte gab.

Sie fuhren durch das Kirnitzschtal in Richtung Bad Schandau. Beim Blick aus dem Fenster wunderte sich Leo irgendwann, keine Straßenbahnschienen zu sehen.

»Die Bahn fährt nur bis zum Gasthaus ›Lichtenhainer Wasserfall‹ «, klärte Sascha ihn auf, »wegen dem Kuhstall.«

Ach ja, das hatte er schon mal gehört, erinnerte sich Reisinger. Sie folgten der gewundenen Straße, die langsam im Dämmerlicht versank, obwohl es oben am Himmel noch recht hell war.

Am Gasthaus zum Lichtenhainer Wasserfall saßen einige wenige Gäste draußen im Biergarten.

»Wollen wir nicht was essen gehen?«, fragte Pröve hoffnungsvoll. Aber Reisinger blieb eisern.

»Nein, ich will nach Hause. Ist schon spät.« Er konnte es nicht erwarten, sein Smartphone abzuhören. Mandy hatte sicher angerufen. Ihr Mann war bei den Dresdner Symphonikern und spielte momentan offensichtlich jeden Abend bis spät in die Nacht hinein auf Konzerten.

Als sie um zwei weitere Kurven gefahren waren, strahlten rechts von der Straße die hell erleuchteten Fenster eines kleinen Fachwerkhauses. Die Haltestelle der Straßenbahn war gleich nebenan.

»Nanu, ich dachte, da wären nur Ruinen?«, fragte Leo.

Pröve deutete links auf den Parkplatz.

»Fragen können wir ja mal.«

»Mensch, Sascha, es ist acht Uhr vorbei. Ich will endlich zurück. Es reicht für heute.«

»Du kannst ja sitzen bleiben«, bot Sascha an. »Wird nicht lange dauern.«

Während am Samstag hier noch jedes freie Fleckchen mit parkenden Wagen vollgestellt gewesen war, herrschte nun freie Auswahl.

»Das ist der Beuthenfall, die Station nach dem Lichtenhainer Wasserfall. Also die Haltestelle, an der laut Adele Schuster die beiden Fahrgäste vom hinteren Wagen ausgestiegen sind«, sagte Sascha mehr zu sich selbst.

Er sah hinunter zur Kirnitzsch.

»Das ist tatsächlich merkwürdig, die paar hundert Meter zu fahren und dafür einen Fahrschein zu lösen.« Pröve verriegelte den Wagen, denn Leo kam nun doch mit.

Das Fachwerkhaus hatte einen winzigen, etwa einen Meter oberhalb der Straße liegenden Garten. Der war mit einem Gartentisch, fünf Stühlen rundherum und einem Grill, an dem ein Mann hantierte, voll bestückt.

»Guten Abend«, sagte Pröve in schönstem Sächsisch.

Leo hatte bemerkt, dass das neben dem Haus stehende Auto ein bayerisches Nummernschild zierte. Zu seiner Enttäuschung sächselte der angesprochene Griller jedoch zurück. Es klang ungefähr wie: »Gudnahmd.«

Während Pröve seine Dienstmarke zückte, stellte er sich und Leo vor.

Höflich erkundigte er sich, ob der Mann schon länger in dem Haus wohne, ob er letzten Mittwochabend zu Hause gewesen und ob ihm etwas Merkwürdiges an der Haltestelle aufgefallen sei.

Der Mann sah ihn erstaunt an. »Wegen dem Toten in der Kirnitzschtalbahn? Moment, das ist ja total spannend, da muss ich die Jungs rufen.« Er ging zur offenen Haustür und brüllte: »Jungs, mal runterkomm'!«

Dem Gepolter auf der Holztreppe nach zu urteilen mussten mindestens zehn Sumo-Ringer auftauchen, tatsächlich aber erschienen zwei etwa zehnjährige Buben, die einander glichen wie ein Ei dem anderen. Allerdings hatte der eine ein FC-Bayern-Trikot an, der andere ein gelb-schwarzes von Borussia Dortmund. Nicht nur Pröve, auch Reisinger verschlug es kurz die Sprache.

»Papa?«, fragte der mit dem roten T-Shirt und betrachtete ungeniert die beiden Männer, die im Garten standen.

»Die zwei Herren hier«, sagte der Mann mit dem Grillbesteck und deutete auf Leo und Sascha, »sind von der Kriminalpolizei. Sie wollen wissen, ob uns am letzten Mittwoch hier was aufgefallen ist.«

»Echt jetzt?«, fragte der Borussia-Fan, »von der Kriminalpolizei?« Leo lächelte. Das klang genau wie bei ihm zu Hause, ein bayerischer Dialekt, gezähmt durch die Schule. Er zeigte den beiden seinen Ausweis, den sie aufmerksam inspizierten und ihm ehrfürchtig zurückreichten.

Kurze Zeit später fand sich auch die Mutter mit einer riesigen Schüssel Kartoffelsalat ein. Die Familie ließ sich mit den beiden Kommissaren am Gartentisch nieder und versorgte die Gäste mit Getränken, Grillwürsten und Salat.

Pröve langte kräftig zu, während Leo nun schon zum zweiten Mal an diesem Tag das Gefühl hatte, in einer kitschigen Idylle von menschlicher Gemeinschaft gelandet zu sein, die ihm völlig fremd und viel zu nahe war – was jedoch kaum am Gedränge in dem winzigen Garten lag. Die Eltern sagten, sie hätten keine besonderen Beobachtungen gemacht. An jenem Mittwochabend seien sie von einem Besuch in Dresden nach Hause gekommen und hätten nach dem Abendessen noch Karten gespielt.

»An was sollten wir uns denn überhaupt erinnern?«, fragte Felix, der Bayern-Fan. Leo erklärte ihnen, was die Straßenbahnfahrerin zu ihrer letzten Fahrt ausgesagt hatte.

»Um das zu überprüfen, interessiert uns, ob hier jemand ein- oder ausgestiegen ist, wer das war oder ob sich hier Leute getroffen haben.«

Die Jungs sahen sich an. »Wann fährt die letzte Bahn?«, fragte Paul, der Borussia-Fan.

»20 Uhr 15 vom Beuthenfall.«

»Wir haben tatsächlich was gesehen!«, platzte Felix heraus.

»Nach dem Abendessen waren wir doch noch drüben und haben unseren Geocache gecheckt«, erklärte Felix mehr seinen Eltern als den Polizisten. »Es war zwar schon dunkel, aber noch genug Licht, um den Platz zu finden.«

»Was ist ein Geocache?«, fragte Leo verständnislos.

Die Jungs sahen sich vielsagend an. »Vorsicht, Muggel!«

Reisinger und Sascha schauten hilfesuchend zum Vater. Der sagte: »Jungs, das hier ist ernst. Da gibt's keine Muggel.« Den Polizisten erklärte er: »Unter einem Geocache versteht man 'ne Schatzkiste, die man mithilfe von Koordinaten und Rätseln finden kann. Heute liegen überall Caches. Im Internet gibt's Seiten, wo man die Fundstelle eintragen und sich als Finder des Schatzes verewigen kann. Jeder kann auch selbst einen Cache verstecken und später schauen, wie viele Leute ihn gefunden haben. Alle, die nicht geocachen, also die nicht Eingeweihten, nennt man Muggel.«

Pröve stöhnte: »Nicht schon wieder Schatzsucher!«

Jetzt guckten die Jungen verständnislos.

»Wieso, ist doch ein Riesenspaß! Wir wollten nachschauen, wie viele Leute unseren Cache gefunden hatten. Da ist ja auch noch ein Büchlein drin, in das man sich eintragen kann. Außerdem war dieser Totenkopf-Anhänger drin. Der ist doch cool, oder?« Felix hielt eine kleine Plastikfigur hoch.

»Wo genau habt ihr euren Schatz versteckt?«, wollte Leo wissen.

Die Jungen deuteten zum anderen Ufer der Kirnitzsch hinüber. »Da drüben, gegenüber vom Parkplatz.«

»Und wann wart ihr letzten Mittwochabend dort, um euren Schatz zu inspizieren?«

»Das müsste so kurz nach acht gewesen sein«, überlegte Felix laut. »Jedenfalls kam da eine Straßenbahn, und es ist auch jemand ausgestiegen.«

Leo Reisinger war wie elektrisiert. »Wie viele Leute sind ausgestiegen? Habt ihr das gesehen?«

»Einer«, sagte Paul.

Felix schüttelte den Kopf und wusste es besser: »Nein, es war eine!«

»Sicher?«, fragte Leo nach.

»Ganz sicher!« Die Zwillinge nickten. »Die Frau ist ausgestiegen, hat was in einen Sack gestopft, und den hat sie ...« Felix wandte sich an seinen Bruder. »Hat sie den mit ins Auto genommen oder nicht?«

Paul kräuselte seine Stupsnase. »Ja, ich glaube, den hat sie hinten auf die Rückbank geworfen.«

Leo und Sascha sahen sich vielsagend an.

»Was genau hat sie gemacht?«, hakte Sascha nach. »Mensch, Jungs, das ist jetzt richtig wichtig! Versucht euch genau zu erinnern. Wir gehen am besten rüber, und ihr beschreibt genau, wie das abgelaufen ist.«

Die Zwillinge machten todernste Gesichter und standen bereitwillig auf. Weil es inzwischen so dunkel war, dass man das andere Ufer kaum noch sehen konnte, bekam jeder eine Taschenlampe in die Hand gedrückt. Die Jungs führten die Polizisten auf die andere Seite der Kirnitzsch und über einen holprigen Pfad ein paar Meter weg vom Wanderweg.

»Hier ungefähr waren wir, als die Straßenbahn angehalten hat«, sagte Felix. »Wir haben uns nicht gerührt, weil die Muggel doch nicht wissen dürfen, wo die Caches versteckt sind.«

»Genau! Ihr seid auch Muggel, aber für die Kriminalpolizei kann man ja mal eine Ausnahme machen.« Paul sah die beiden Kripobeamten mit wichtiger Miene an. »Wehe, Sie verraten jemandem, dass unser Schatz hier unten liegt!«

Leo grinste verschwörerisch zurück. Was für ein Tag! Erst Cindy, dann Kevin und Maik, jetzt diese beiden erfrischenden Buben. Nun bekamen sie obendrein endlich ein paar handfeste Aussagen zum Fall. Manchmal war sein Beruf wirklich eine Berg-und-Tal-Fahrt. Oder kam ihm das erst so vor, seit er von zu Hause und vor Veronika nach Dresden geflüchtet war?

»Die Frau ist ausgestiegen und stand dann kurz still da. Wir haben uns nicht gerührt, damit sie uns nicht sieht«, erklärte Felix, als sie über die Brücke gingen.

»Warum seid ihr so sicher, dass es eine Frau war?«, fragte Leo. »Es war doch schon ganz schön dunkel.«

Trotz des schwachen Lichtes konnte er in den Gesichtern der beiden lesen, dass sie ihn gerade für völlig bescheuert hielten.

»Hey, wir sind doch keine Babys, wir wissen doch, wie Frauen aussehen.« Pröve grinste ihn schadenfroh an.

»Was hatte sie an? Wie sah sie aus? Könnt ihr euch erinnern? Beschreibt sie, so gut ihr irgend könnt.«

»Eine lange Hose …«, sagte Felix, »… und so ein T-Shirt mit einem Kragen dran. So wie bei dir«, ergänzte Paul.

»Ein Polohemd also«, brummte Reisinger. »Farbe?« Die Zwillinge sahen sich an und zuckten beide ratlos mit den Schultern.

»Keine Ahnung. Dafür war's zu dunkel.«

»War sie eher dick oder eher dünn?« fragte Reisinger.

»Dünn!« sagte Paul, und Felix nickte zur Bestätigung.

»Wie alt war sie ungefähr?«, wollte Reisinger wissen. Fehlanzeige. Er erntete wieder nur ratloses Schulterzucken. »Man konnte das Gesicht nicht sehen«, entschuldigte Felix sich und seinen Bruder betreten.

»Was hat sie gemacht?«, ließ Leo nicht locker.

»Sie hatte etwas in der Hand. Einen großen Sack oder so, und in der anderen Hand etwas Kleines. Das hat sie in den Sack gestopft. Dann stand sie da vor ihrem Auto …«

»Ihr Auto?«, fragte Reisinger erstaunt.

»Jedenfalls ist sie damit weggefahren«, bestätigten die Jungs. Gemeinsam gingen sie wieder zurück zum Parkplatz, und die Jungen führten die Kommissare neben deren eigenes Fahrzeug.

»Hier hatte die Frau geparkt. Es war kein so großes Auto, eher ein Mittelklassewagen«, erklärte Paul.

»Könnt ihr euch an die Form des Autos erinnern? War es ein Sportwagen, oder eher was Kompaktes?«

»Hm, was meinst du?« Die Brüder berieten sich einen Augenblick.

»Wir glauben, dass es ein Golf gewesen ist«, ließ sich Felix dann vernehmen.

»Mit Dresdner Nummernschild«, ergänzte sein Bruder. »Eher dunkel, blau oder schwarz.«

Pröve und Reisinger schüttelten erstaunt lächelnd den Kopf. Was für ein Glücksfall die Jungs doch waren! So exakte Angaben waren von Zeugen in der Regel nicht zu bekommen. Pröve schrieb eifrig mit.

Als Nächstes habe die Frau suchend um sich geschaut.

»Ich glaube, die wollte den Rucksack loswerden. Sie hat ihn aber dann doch ins Auto geworfen«, erklärte Felix.

»Vorher war es noch ein Sack, jetzt ist es ein Rucksack?«, fragte Pröve nach.

»Na ja, wie ein Sack mit so Trägern dran«, sagte Felix. »Vielleicht war es auch eine Tasche.«

»Und dann ist sie weggefahren?«

»Genau«, bestätigte Paul. »Wurde auch langsam Zeit, uns waren schon die Beine eingeschlafen, weil wir uns hinter einen Felsen geduckt hatten.«

Reisinger, inzwischen mit Pröve und den Jungs wieder am Fachwerkhaus angelangt, wandte sich an den Vater: »Wie gut kennen sich Ihre Buben mit Autos aus?«

»Da könn' Sie sich hundertprozentig drauf verlassen. Die kennen jeden Typ und jede Marke. Seit die klein waren, machen wir das Autotypen-Ratespiel immer bei langen Autofahrten. Die zwei sind topfit!«

Reisinger vertraute den beiden Jungs. Als er selbst in dem Alter war, hatte er mit Onkel Josef genau das Gleiche gespielt. Er konnte damals schon von Weitem jedes Auto erkennen. »Noch eine letzte Frage«, wandte er sich an die Buben: »Als die Frau ausgestiegen war, war der hintere Wagen der Straßenbahn da leer, oder saßen noch Leute drin?«

»Da war noch einer drin, oder, Felix?«

Sein Bruder nickte. »Ein Mann. Er saß ziemlich weit hinten.«

»Jung oder alt? «

»Der war ziemlich alt«, sagte Felix, »denn er hatte graue Haare.«

»Hat der irgendwas gemacht?«, präzisierte Pröve.

»Nö, der war müde, der hat geschlafen. Sah aus wie Papa, wenn er vor dem Fernseher einschläft!«

Die Jungs kicherten und machten es vor: das Kinn tief auf die Brust gesunken, die Augen zu und lautes Schnarchen.

Reisinger und Pröve klatschten sich mit den beiden Jungs ab.

»Ihr seid spitzenmäßige Detektive und Geocacher!«, lobte Leo Reisinger und nahm sich vor, den beiden kleinen Spürnasen unbedingt eine Anerkennung zukommen zu lassen.

Lauscher hatte sehr sparsam telefoniert, deshalb waren auch noch die Telefonverbindungen vom Dienstag und Montag vor seinem Tod in der Anruferliste vermerkt. An jedem einzelnen Tag hatte er die Nummer von diesem Erwin Schönleben gewählt.

Sandra hatte inzwischen recherchiert, dass Schönleben ehemals Musiklehrer am Bertolt-Brecht-Gymnasium gewesen war. Höchstwahrscheinlich kannte ihn demnach auch Hannelore Lauscher. Das war interessant, und sie hätte gerne mit Leo Reisinger darüber gesprochen, aber der war nicht zu erreichen.

Im Osten zog ein Gewitter auf, das endlich die ersehnte Abkühlung versprach. Von ihrem Büro aus konnte Sandra Kruse die dunklen Wolken heranziehen sehen.

Nach einem kurzen Rumms wurde ihre Tür aufgerissen. Ihr Chef stand schon mitten im Büro.

»Frau Kruse, die Presse sitzt mir im Nacken wegen des Toten in der Kirnitzschtalbahn und will einen Pressetermin. Die fragen nach Fakten und Verdächtigen und wollen eine gute Story. Der Chefredakteur vom Morgenblatt hat mich schon zweimal angerufen, und zwei private Fernsehsender wollten auch Auskunft haben. Was ist denn nun? Gibt es einen Verdächtigen? Was soll ich denen sagen?«

»Mensch, Chef, jetzt machen Sie doch nicht so einen Druck!«, maulte Sandra. »Sagen Sie der Presse, dass wir dran sind und noch Informationen sammeln. Lassen Sie die höchstens einen Aufruf machen, damit sich Leute melden, die den Lauscher am Mittwoch gesehen haben oder die etwas beobachtet haben, was merkwürdig war. Vielleicht bringt uns das weiter. Da waren doch jede Menge Leute im Tal unterwegs.«

Sandra mochte es gar nicht, wenn ihr Chef sich wie ein Zerberus vor ihrem Schreibtisch aufbaute und die Hände auf ihren Merklisten abstützte.

»Mit anderen Worten, ich soll einen Offenbarungseid leisten, weil wir nichts, rein gar nichts haben!«, knurrte Richter. »Wo sind eigentlich Pröve und Reisinger?«

»Die haben Sie doch heute Vormittag zu dieser Frau Hecht und zu den Boofern in den Wald geschickt!«

»Und, was ist dabei rausgekommen?«

Sandra atmete tief durch. »Bei der Hecht sind sich die beiden inzwischen sicher, dass sie es nicht war. Aber die hat tatsächlich mit dem Lauscher ein paar Münzen, Silberkännchen und Ähnliches im Wald gefunden.«

»Na gut, wenigstens etwas. Melden Sie sich sofort, sobald es Neuigkeiten gibt!«

Wenn Richter unter Druck stand, konnte er ziemlich nervig werden. Sandra war froh, als er wieder draußen war.

Sie stand auf, um das Fenster zu schließen, denn inzwischen war das Gewitter angekommen. Dicke Regentropfen platschten an die hohen Scheiben, und aus den dunklen Wolken zuckten Blitze. Sie versuchte nochmals, Reisinger übers Handy zu erreichen, aber wieder war nur die Mailbox dran. »Meldet euch, wenn ihr aus dem Tal raus seid; Richter macht hier Stress!«, hinterließ sie.

Erwin Schönleben ging ihr nicht aus dem Kopf. Es war nicht gut, allein Befragungen durchzuführen, aber es war niemand da, der sie begleiten konnte. Sollte sie allein hinfahren? Untätig herumzusitzen, während die Presseleute schon wie die Hyänen auf die Kripo lauerten, war ihr unerträglich.

Sie rief unter Schönlebens Telefonnummer an. Nach längerem Klingeln, kurz bevor sie schon enttäuscht aufgeben wollte, meldete sich eine schwache Stimme. Sandra legte wieder auf und schnappte sich den Autoschlüssel.

Die Gostritzer Straße war gesäumt von hübschen Vorkriegshäusern mit gepflegten Gärten. Das Viertel war nicht so vornehm wie das, in dem Lauscher gewohnt hatte, aber es strahlte zumindest bürgerliche Gediegenheit aus. Erwin Schönleben wohnte in einem ansehnlichen einstöckigen Einfamilienhaus. Der Garten sah allerdings aus, als würde der Besitzer sich seit einiger Zeit nur noch um das Nötigste kümmern. Die Beete waren mit Unkraut überwuchert; das Gras stand hoch und war in der Sonne verdorrt. Jetzt, nach dem Regen, roch es schwer nach nasser Erde und Jasmin, der neben dem Gartentürchen ungebremst über den Zaun wucherte.

Sie drückte das angelehnte Türchen auf und klingelte an der Haustüre. Nach einer Weile hörte sie ein schlurfendes Geräusch. Schließlich wurde die Tür geöffnet. Ihr gegenüber stand ein dürrer alter Mann mit eingefallenem Gesicht und schütterem, grauem Haar. Sein blütenweißes Hemd war ihm offensichtlich zu groß, genau wie die schwarze Hose, die er mit einem Gürtel festgezurrt hatte. Er stützte sich auf einen Stock. Als er Sandra sah, huschte ein Lächeln über sein Gesicht. »Oh, Damenbesuch«, scherzte er. »Sie wünschen?«

»Erwin Schönleben?«, fragte sie. Der alte Mann nickte.

Sandra zeigte ihre Dienstmarke vor und erklärte, dass sie mit ihm über Herbert Lauscher sprechen wolle. Als sie Lauscher erwähnte, verschwand das Lächeln vom Gesicht des alten Mannes.

»Muss das sein?«, fragte er.

»Es geht immerhin um einen ungeklärten Todesfall, Herr Schönleben. Sie wissen, dass Herbert Lauscher letzten Donnerstag tot aufgefunden wurde?«

Der alte Mann nickte, dann straffte er seine Schultern und sah ihr ins Gesicht.

»Kommen Sie rein.«

Er führte die Kommissarin durch einen kleinen Flur in ein gemütliches, altmodisches Wohnzimmer. Dort ließ er sich ächzend in einem großen Ohrensessel am Fenster nieder und forderte sie auf, sich aufs Sofa zu setzen. Sandra zückte ihren Block und die Liste mit Fragen, die sie sich zusammengestellt hatte. »Sie haben mit Herbert Lauscher letzte Woche dreimal telefoniert, Herr Schönleben, am Montag, am Dienstag und noch einmal am Mittwoch. Worum ging es bei diesen Gesprächen?«

Schönleben sah sie überrascht an. »Woher wissen Sie das?«

Sandra bemerkte, dass er nicht nur überrascht, sondern auch erschrocken war. Seine Hände auf den Lehnen zitterten stärker.

»Wir haben Herbert Lauschers Handy gefunden. Da konnten wir die letzten zehn Gespräche, die er geführt hat, von der Anrufliste ablesen.«

»Die letzten zehn?«, fragte er nach.

Sandra nickte: »Man kann mit ein wenig technischem Aufwand auch weit mehr erfahren, aber momentan interessiert uns natürlich vor allem, was Herr Lauscher kurz vor seinem Tod getan hat.«

»Wer war noch auf dieser Liste?«, wollte Schönleben wissen.

Sandra Kruse dachte nicht im Traum daran, ihm diese Information zu geben. Sie hielt sich ganz genau an die Vorschriften.

»Sie können sicher sein, dass wir von der Kripo auch diese Nummern überprüfen.«

Dann klärte sie Schönleben über seine Rechte auf und begann mit der Befragung.

Der alte Mann hatte sie derweil mit aufmerksamen kleinen Augen beobachtet. So alt und schwach er wirkte, sein Gehirn arbeitete offensichtlich auf Hochtouren.

»Was also hatten Sie mit Herrn Lauscher letzte Woche zu besprechen?«, fragte Sandra Kruse.

»Ach, wissen Sie«, sagte Erwin Schönleben, »ich erzähle Ihnen einfach mal ein bisschen über Herbert Lauscher.

Er lehnte sich bequem zurück, schloss die Augen und begann.

»Den Herbert kenne ich schon fast so lange wie seine Frau Hannelore. Bis zu meiner Pensionierung habe ich mit ihr gemeinsam am Bertolt-Brecht-Gymnasium gearbeitet. Ich bin nämlich Musiklehrer, müssen Sie wissen. Geige und Harfe, um genau zu sein.« Er deutete hinter sich, wo tatsächlich ein Notenständer mit aufgeschlagenen Noten stand. »In meinem Alter ist die Musik immer noch meine große Freude. Wissen Sie, anfangs habe ich ja auch wie die anderen Kollegen eher einen Bogen um Hannelore gemacht, denn die hat frei heraus gesagt, dass ihr Mann bei der ›Regionalverwaltung‹ sei, als sie damals als neue Lehrerin bei uns anfing. Damals konnte sich jeder denken, dass damit die Stasi gemeint war, obwohl er dann doch bloß beim Rat des Kreises, Abteilung Inneres gearbeitet hat. Aber der Unterschied war da nicht so sehr groß, die arbeiteten ja eng zusammen. Geradeheraus sagen wollte das natürlich niemand, aber im Grunde wusste jeder Bescheid. 1984 muss das gewesen sein.« Der alte Mann blickte kurz ins Leere, als ob er weiteren Erinnerungen nachhinge, die er aber nicht mit Sandra teilen wollte. Sie räusperte sich kurz. Schönleben sah sie an und fuhr fort:

»Hannelore war immer korrekt und freundlich, und wahrscheinlich hat sie unheimlich darunter gelitten, dass keiner von den Kollegen sie mal privat eingeladen hat oder mit ihr befreundet sein wollte, außer natürlich die Kollegen, die Staatsbürgerkunde unterrichteten und sich lieb Kind bei den Behörden machen wollten. Ich habe erst nach und nach gemerkt, dass sie nicht wie ihr Mann war, und wir wurden im Lauf der Zeit gute Freunde.«

Er schaute Sandra lange an. »Sie sehen noch so jung aus, haben Sie diese Zeit überhaupt schon bewusst erlebt?«

Sandra verneinte. Sie war 1983 geboren worden und hatte die letzten Jahre der DDR nur als Kindergarten- und Grundschulkind erlebt.

»Nein, ich war gerade mal sieben, als die Wende kam.«
Schönleben nickte. Dann richtete er sich im Sessel auf.

»Das Gewitter hat zwar abgekühlt, aber es ist immer noch so schwül. Ich muss etwas trinken. Wären Sie so nett, aus der Küche zwei Gläser und eine Flasche Wasser zu holen?«

Er dirigierte Sandra in eine Küche, die sie schlagartig in ihre Kindheit versetzte. Nicht nur die originalen DDR-Küchenschränke waren genau wie die, die sie von ihrer Oma kannte. Auch die groß gemusterte Tapete erkannte sie sofort wieder. Nur der Sprelacarttisch am Fenster war eine Nummer kleiner als der, an dem sie so oft mit ihrer Großmutter gesessen hatte. Sie sah sich wehmütig um, fand den Kühlschrank und in einem Oberschrank auch die Gläser.

Nachdem sie ihnen beiden eingegossen und jeder einen Schluck getrunken hatte, versuchte Sandra nochmals, Schönleben gezielt zu fragen, was er in der letzten Woche mit Lauscher zu besprechen gehabt hatte. Sie bemerkte, dass er seinen Stuhl etwas weiter nach hinten gerückt hatte. Wahrscheinlich um den unordentlichen Haufen in der Ecke zu verbergen. Das Fenster neben seinem Sessel war jetzt weit geöffnet und ließ die nach dem Gewitter angenehm abgekühlte Luft ins Zimmer. Sie musste sich vorbeugen, um ihn noch gut zu verstehen.

»Ich wollte sein Campingmobil mieten, um noch einmal im Kirnitzschtal zu wandern«, sagte Erwin Schönleben. »Wissen Sie, ich habe nicht mehr allzu lang zu leben. Der Arzt sagt, höchstens noch ein Jahr. Und da draußen bin ich als Kind so glücklich gewesen.«

Sandra war gerührt.

»Ja, diese Landschaft ist schon was ganz Besonderes. Mein Freund und ich gehen da auch gerne wandern.«

Ihre Gedanken schweiften kurz zu Olli und der ersten zarten Annäherung vom Sonntagabend. Das war die richtige Entscheidung gewesen, davon war sie überzeugt. Sie lächelte zufrieden, und ihr Blick wanderte in den Garten.

Nach einer Weile begann der alte Mann wieder zu erzählen:

»Im Mai 1945, zum Kriegsende, war ich mit meiner Mutter und einer ganzen Reihe von anderen Frauen und Kindern ins Tal geflohen. Unsere Wohnung in Dresden war völlig ausgebrannt, wir hatten alles, was wir retten konnten, in zwei kleinen Koffern. Meine Eltern kannten die Wirtsleute vom Gasthaus Beuthenfall, deshalb ist meine Mutter mit mir dahin geflüchtet. Damals war das ja noch ein sehr bekanntes Gasthaus für Bergsteiger und Sommerfrischler. Als es dann hieß, ›Die Russen kommen!‹, haben uns die Wirtsleute in Sicherheit gebracht, mit Bettzeug und Lebensmitteln rauf in den Wald und in die Felsen. Die Vorhut der russischen Armee war berüchtigt. Das waren lauter Plünderer und Vergewaltiger, die haben gehaust wie die Vandalen. Jedenfalls haben sich das die verängstigten Frauen so gegenseitig weitererzählt. Abends sind wir losgezogen, jeder mit einem Bündel, so groß, wie er es gerade noch tragen konnte. Wir waren nicht die Einzigen. In vielen Höhlen saßen die jungen Frauen und ihre Kinder, um die erste Welle der russischen Armee abzuwarten. Der Wald war damals noch voll von Aschefetzen und verkohlten Papierstückchen vom Dresdner Feuersturm.« Erwin Schönleben machte eine kurze Pause und fuhr sich über die Lider. Er war sichtlich bewegt und hatte die Situation seiner Kindheit deutlich vor Augen.

Dann setzte er wieder an: »Können Sie sich das vorstellen, über zehn Leute in der Idagrotte? Die ist ja nicht gerade winzig, aber damals ging es da drunter und drüber. Für die vier Frauen war es nicht einfach, aber für uns Kinder war es trotz der Angst ein großes Abenteuer. Als Achtjährigen hat es mich jedenfalls nicht gestört, dass es kein Wasser zum Waschen gab und wir in einen Eimer pinkeln mussten. Nach zwei Tagen und Nächten, in denen nichts passiert ist, kamen bei den Frauen wieder die alten Hausfraueninstinkte durch. Wir Kinder durften tagsüber wieder raus aus der Höhle und hinten im Wald spielen. Sie entschieden, jeden Tag wenigstens eine warme Suppe zu kochen, obwohl man den Rauch natürlich meilenweit sehen konnte, und sie legten die Bettdecken zum Lüften in die Sonne.

Dann, am vierten Vormittag, haben wir die Russen gehört. Das Geräusch werde ich nie vergessen. Vom Frienstein aus, also dem Platz vor der Idagrotte, konnten wir sehen, wie die Panzer und die Lastwagen oben auf der anderen Seite des Tales über die Hohe Straße von Lichtenhain nach Mittelndorf fuhren, und dazu die vielen Soldaten zu Fuß. Ein riesiger langer Zug! Obwohl wir sie erwartet hatten, konnten wir uns kaum bewegen vor Angst. Irgendwann haben die Frauen sich erinnert, dass bei uns noch die Federbetten auf den Felsen draußen lagen, und drüben, kaum zwei Kilometer Luftlinie entfernt, zogen die Russen Richtung Dresden! Nach dem ersten Schreck haben wir alles zusammengerafft, was wir tragen konnten, und es in die Grotte gebracht. Dann haben wir uns hineingesetzt und gebetet, dass sie uns nicht entdecken. Selbst die ganz kleinen Kinder haben gemerkt, dass alle Angst hatten, und sich ruhig verhalten. Als es am Abend dunkel wurde und immer noch kein Russe vor der Höhle stand, haben wir gewagt, uns langsam wieder zu unterhalten und rauszugehen. Und plötzlich mussten alle ganz dringend auf den Eimer.«

Er lachte leise vor sich hin und fuhr sich mit der zittrigen Hand über das Gesicht.

»Mein Vater war da schon seit Monaten vermisst an der Ostfront«, fügte er leise hinzu.

Sandra spürte, wie nahe ihm die Geschichte immer noch ging, und versuchte sich vorzustellen, wie es einem Kind zumute sein musste, das in Kriegszeiten aufwuchs. Für den kleinen Erwin ging es damals um Leben und Tod, während ihre größte Sorge momentan war, wie sie die schwarze Farbe aus ihren Haaren kriegen sollte.

»Ich hätte mich damals auch in einer der Höhlen versteckt«, sagte sie, um das Gespräch wieder aufzunehmen. »Und jetzt wollen Sie noch mal in die Grotte?«, fragte sie zweifelnd und sah den alten Mann an.

Er schüttelte leicht den Kopf.

»Nein, das schaffe ich nicht mehr, nur noch in das Tal, in den Wald, die Felsen sehen und die Luft atmen.«

»Herbert Lauscher hat angeblich vergrabene Schätze in den Boofen und im Wald gesucht. Wissen Sie etwas darüber?«, fragte Sandra.

Erwin Schönleben sog hörbar die Luft ein.

»Nein, davon weiß ich nichts«, sagte er nach einer längeren Pause. Sandra hatte das Gefühl, dass er mehr wusste, als er sagen wollte.

Ein lauter Gong ertönte. Mühsam rappelte sich Erwin Schönleben aus seinem Sessel auf.

»Das wird mein Enkelsohn sein. Er holt mich ab in die Oper.«

Sandra begleitete den alten Mann zur Haustür. Als er öffnete, stand ein gut aussehender Mann vor der Tür, ebenfalls in schwarzer Hose und weißem Hemd.

»Hallo, Opa!«, begrüßte er Schönleben und sah sie fragend an.

»Die Dame ist von der Kriminalpolizei, Clemens. Sie hat mich nach Herbert Lauscher gefragt, Du weißt schon, der Mann von Hannelore, der tot in der Kirnitzschtalbahn gefunden wurde.«

»Oh!«Clemens war sichtlich verblüfft. »Was hat denn mein Großvater mit dieser Geschichte zu tun?«

Schönleben ließ Sandra nicht zu Wort kommen.

»Ich habe ihr gesagt, dass ich sein Wohnmobil für ein paar Tage mieten wollte. Und jetzt sollten wir uns sputen, damit wir nicht zu spät kommen.« Er zog das schwarze Sakko vom Kleiderbügel und hing es sich über den Arm. Dann nahm er den Schlüssel vom Bord neben der Tür und beeilte sich, abzuschließen.

Sandra kam dieser Aufbruch ein wenig zu eilig und inszeniert vor. Auch das verwunderte Gesicht des Enkels Clemens war ihr nicht entgangen. Der alte Mann hatte sie mit seiner Schilderung der letzten Kriegstage eingelullt, und sie hatte noch keine einzige Antwort auf die vielen Fragen auf ihrer Liste.

»Clemens Schönleben?«, fragte sie den Enkel. Er nickte. Sandra gab ihm ihre Karte und bat, ihn am nächsten Tag anrufen zu dürfen.

»Die Mühe können Sie sich sparen, Clemens hat mit der ganzen Sache nun wirklich nichts zu tun«, rief Erwin Schönleben ärgerlich über die Schulter. Er hastete allen voran, so schnell er konnte, zum Gartentor.

»Mit welcher Sache?«, fragte Sandra und drückte dem stummen Clemens ihre Karte in die Hand.

»Na, mit dem Ableben des Herrn Lauscher.«

Ungeduldig stand der alte Herr vor einem weißen BMW am Straßenrand und klopfte mit seinem Stock an die Beifahrertür. »Mach schon auf, Clemens!«

»Wir haben noch genug Zeit, Opa, mach doch nicht so eine Hektik.«

Clemens Schönleben ließ seinen Blick von Sandra zu seinem Opa und zurück wandern. Dieser schnelle Aufbruch kam ihm offensichtlich genauso merkwürdig und überstürzt vor wie Sandra. Aber er sagte nichts, bedeutete der Kriminalkommissarin nur mit einer Geste, dass er ratlos war. Dann half er seinem Großvater, sich auf dem Beifahrersitz niederzulassen, und schnallte ihn an. Als er sich wieder aufrichtete, stand Sandra immer noch neben ihm. Sie wartete, bis die Autotür zugefallen war.

»Wann kann ich Sie anrufen?«

Clemens Schönleben musterte sie lange mit seinen blauen Augen. Sandra zwang sich, ihn weder anzulächeln, noch das Haar aus dem Gesicht zu streichen. Er sah verdammt gut aus, dieser Herr Enkel. Glücklicherweise entdeckte sie dann seinen Ehering an der rechten Hand.

»Am besten gegen zehn Uhr morgens bei mir zu Hause.« Er nestelte eine Visitenkarte aus seiner Brieftasche und gab sie ihr. »Wir müssen jetzt los«, sagte er fast entschuldigend. »Ich bin Musiker und spiele heute Abend in der Oper.«

Sandra versuchte wiederum vergeblich, Pröve oder Reisinger zu erreichen. Bei beiden ging nur die Mailbox an.

»Wenn das hier keine heiße Spur ist, fresse ich einen Besen!«, murmelte sie und setzte sich missmutig in ihr Auto, um nach Hause zu fahren. Es ärgerte sie ungemein, dass der Alte sie so um den Finger gewickelt hatte. Nichts, aber gar nichts hatte er zum Grund seiner Gespräche mit Lauscher gesagt. Ein Wohnmobil im Tal mieten, wenn er doch in einer Stunde bequem mit dem Auto hinausfahren konnte?! Dieses Vorhaben erschien ihr nicht sinnvoll. Alte Menschen schätzen ihre heimische Umgebung, die gehen doch am Ende ihres Lebens nicht noch mal eben zum Camping, schon gar nicht vor der Haustür. Sie fuhr los und tippte auf ihr Handy.

»Olli, Olli, bist du's?« Der Abend war gerettet.

Als Reisinger und Pröve in Dresden ankamen, war es fast 22 Uhr. Leos Smartphone zeigte mit schüchternem Piepen an, dass die Batterie schon wieder am Ende war.

Mandy hatte gegen sieben Uhr abends angerufen, aber keine Nachricht hinterlassen. Sie hob schon nach dem dritten Klingeln ab. »Oh, der vielbeschäftigte Kriminalpolizist«, ätzte sie, als er sich meldete. »Ist dir eingefallen, dass du noch was von mir willst?«

Sie war eindeutig sauer. Aber sicher nicht nur auf ihn. »Was ist passiert, Süße? Du klingst, als hättest du Ärger gehabt.«

»Mein Mann arbeitet jeden Abend, und den Rest der Zeit verbringt er mit seinem Großvater! Du bist nie da, wenn ich Gesellschaft brauche, und außerdem habe ich Hunger!«, blaffte sie. »Wenn ich hungrig bin, habe ich immer schlechte Laune. Ich will Hühnchen mit Cashewkernen und Kokosnusssoße. Du kannst deinen Hormonhaushalt wieder aufpolieren, wenn du mich zum Thailänder ausführst.«

Leo schluckte und atmete kurz durch.

»Wie wäre es mit Italienisch? Ich mag kein thailändisches Essen.«

»Aber ich!«, rief Mandy. »Ich liebe es!«

»Dann musst du leider alleine gehen«, entschied Leo. Seit diesem Urlaub mit Veronika in Phuket war alles Thailändische tabu für ihn. Schlimm genug, dass ihn in der Stadt an jeder Ecke ein Asia-Imbiss daran erinnerte, was für ein Looser er war. Genau wie sein Opa. Es lag offensichtlich in den Genen, redete er sich ein. Aber die Ausrede klang ziemlich billig, das wusste er auch.

Mandy legte auf, nachdem sie ein »Blödmann!« in die Leitung gezischt hatte.

Ärgerlich ging Leo Reisinger in seiner Wohnung auf und ab. Offenbar war er seine neue Liebschaft schon wieder so gut wie los.

Onkel Josef fiel ihm ein. Müde sank er auf das Sofa und griff sich sein Telefon. Es dauerte eine Weile, bis der Hörer abgehoben wurde. Seine Tante war dran. »Du bist spät dran«, bemerke sie, »aber er ist da.« Die Gefühlsanwandlung vom Nachmittag war wieder weg. Er schaffte es, seinem Onkel ganz normal zum 66. Geburtstag zu gratulieren. Im Hintergrund hörte er Stimmen und Gläserklirren. »Ihr scheint ja viel Spaß zu haben«, stellte er fest. Sein Bick schweifte über sein spartanisch eingerichtetes Wohnzimmer. Schwarzes Ledersofa, eine Wand voller Bücherregale, ein Schreibtisch, ein großer Fernseher, ein Liegesessel, an der Wand seine sechs Poster vom Oktoberfest. Es sah immer noch ein wenig wie eine provisorische Studentenbude aus.

Josef zählte begeistert auf, wer alles da war: Kinder und Enkel, Cousins und Cousinen, seine Schwester, die Leos Mutter war, seine Mutter und die nächsten Nachbarn. »Und stell dir vor, wer noch da ist: die Veronika! Hat mir extra einen Kuchen gebacken!« Er dämpfte seine Stimme und sagte erwartungsfroh: »Vielleicht hat sie gedacht, sie trifft dich hier bei mir!«

»Nein, bestimmt nicht«, sagte Leo. »Die mag dich einfach. Was für einen Kuchen hat sie denn gebacken?«

»Was?«, Onkel Josef wirkte irritiert. »Ist das wichtig? Also, es war eine Himbeertorte mit einem goldenen 66-Schild obendrauf. Ist schon ratzekahl weggegessen. Willst du mit ihr reden?«

»Nein!«, rief Leo. Aber offensichtlich hatte sein Onkel den Hörer auf das Schränkchen im Wohnzimmer gelegt, um Veronika zu rufen. Er hörte Gelächter und Getuschel und legte auf.

Nein, er war jetzt nicht in der Verfassung, mit Veronika zu reden. Vielleicht im Herbst, wenn er zu Hause Urlaub machte. Dann könnte er sie auch nach dem neuen Auto fragen und überhaupt. Obwohl er sich vor fast einem Jahr von ihr getrennt hatte, wurden ihm plötzlich kleine Details aus ihrem Leben wichtig. Wie unter einem Vergrößerungsglas studierte er die Informationen, die er über Veronika noch bekam, wollte das Wenige, was er erfuhr, möglichst genau wissen.

Die Himbeertorte für Onkel Josef kannte er gut. Er hatte einmal sogar mitgeholfen, sie zu machen. Das Rezept war einfach, aber die Torte war immer der Renner, saftig und lecker.

Wie immer, wenn er sich beruhigen musste, holte er sich sein Lieblingsbuch aus dem Regal, setzte sich aufs Sofa und studierte eine Statistik nach der anderen. In über hundert Grafiken waren die verrücktesten Informationen anschaulich gemacht. Zum Beispiel, welches die am häufigsten gestohlenen Autotypen in Deutschland waren oder in welchem Monat die Bundesliga-Fußballer geboren wurden. Das entspannte ihn ungemein, und Entspannung konnte er heute Abend wirklich brauchen.

8

Am Dienstagmorgen fand Leo Reisinger mehrere Nachrichten auf seinem Anrufbeantworter. Richter wollte wissen, wie die Ermittlungen vorangingen, die Presse säße ihm im Nacken. Er solle sich umgehend melden, sobald er zurück sei, schließlich ginge es um den Ruf der Dresdner Kriminalpolizei und um den seiner Abteilung insbesondere.

Dr. Gräber bat ebenfalls um Rückruf, und der Campingplatzbesitzer Meise hatte eine Information, die er ihm mitteilen wollte.

Leo rief zuerst Dr. Gräber in der Gerichtsmedizin an.

»Ich habe ein wenig nachgeforscht, Herr Kommissar, wegen des Herrn Lauscher«, sagte der.

»Diese Unverträglichkeit auf Valium, die ist so überaus selten, dass es mich näher interessiert hat. Ich habe ein wenig in Krankenhausakten gestöbert, und siehe da, ich bin fündig geworden!« Er jubelte geradezu.

»Und was haben Sie gefunden?«

»Lauscher war Anfang 1991 einige Zeit stationär in Behandlung in der Dresdner Uniklinik. Er hatte Angstzustände, nervöse Schübe, kurz: psychische Probleme. Ich nehme an, das hatte mit dem Zusammenbruch des Systems zu tun und dem Verlust seiner Arbeit.«

»Sie wissen, dass er für den Rat des Kreises, Abteilung Inneres tätig war?«, fragte Reisinger.

»Äh, nein, das wusste ich nicht, aber es erklärt seinen damaligen Zustand. Diese Behörden wurden ja wohl alle aufgelöst. Jedenfalls hat ihm im Februar 1991 ein Arzt Valium gegeben, und Lauscher hatte Glück, dass der Arzt sofort reagierte, als die ersten Anzeichen der Allergie auftraten. Das ist ein so seltenes Phänomen, dass man den Kollegen wirklich beglückwünschen kann. Er hat sofort Histaminblocker gegeben und konnte die Allergie eindämmen.«

Reisinger nickte und studierte sein Bayern-Poster an der Wand.

»Zumindest Lauscher und seine engsten Angehörigen wussten also von der Allergie. Dass er das Valium selbst versehentlich genommen hat, können wir somit ausschließen.«

»Ganz richtig, Herr Kommissar. Sie haben es erfasst. Das bedeutet immer noch nicht, dass man es ihm mit Absicht verabreicht hat, aber es macht einen dummen Zufall unwahrscheinlicher. Bliebe allerdings noch die Frage, warum einer, der weiß, dass der Kandidat voraussichtlich an einem allergischen Schock sterben wird, sich die Mühe macht, ihn zu ersticken.«

»Tja, diese Frage würde ich auch gern geklärt wissen.« Leo kritzelte auf seinem Schreibblock herum.

»Am Uniklinikum, sagen Sie?«

Das war das Krankenhaus, in dem Maik und Kevin arbeiteten. Hatte er die beiden doch zu früh als harmlos eingestuft? Es dürfte für sie ein Leichtes sein, an die Krankenakten heranzukommen. Blieb die Frage, warum sie ihn hätten umbringen wollen. Er seufzte und kringelte mit seinem weiß-blauen Kugelschreiber ein Strichmännchen ein.

Dann tippte er die Nummer des Campingplatzes im Kirnitzschtal an.

Während er darauf wartete, dass Meise irgendwo auf dem Gelände gefunden wurde und ans Telefon kam, steckte Sandra Kruse den Kopf zur Tür herein. Ihre Haare waren inzwischen grau und sahen fürchterlich aus, aber sie war normal angezogen, trug eine helle Sommerhose und ein passendes T-Shirt.

»Guten Morgen, Ötzi!«, schmetterte sie.

Als sie sah, dass Reisinger am Telefon hing, machte sie ihm mit komischen Handzeichen klar, dass sie ihn unbedingt sprechen müsse. Reisinger nickte und fragte sich dabei, wie man seine Haarfarbe so verhunzen konnte.

»Meise!«, rief es aus dem Hörer.

»Oh, hallo, Herr Meise, Sie wollten mir etwas mitteilen, Kommissar Reisinger hier, von der Kriminalpolizei Dresden.«

»Nu«, sagte Meise, »einer von meinen Dauercampern hier hat mir gestern was erzählt, was wischtsch sein könnte. Er wollte aber nicht selbst anrufen, deshalb mach ich das nu. Der hat mir also erzählt, dass am Mittwochnachmittag ein älteres Paar am Wohnmobil vom Lauscher war. Die haben das Auto aufgemacht und sind reingegangen. Waren nur 'n paar Minuten drin, dann sind se wieder raus.«

»Hatten die einen Schlüssel für den Camper?«, wollte Reisinger wissen.

»Der Sigi sagt, die haben den Schlüssel von der vorderen Stoßstange geholt und da ooch wieder hingelegt.«

»Die wussten also genau, wo der Lauscher seinen Autoschlüssel versteckt hat?«

»Nu, obwohl das echt keine Kunst is, das machen viele Leute hier so.«

»Allen Ernstes? Ein Campingmobil für zigtausend Euro parken die mit dem Schlüssel in der Stoßstange, anstatt den einfach mitzunehmen?« Reisinger traute seinen Ohren nicht.

»Also, bei uns ist noch nie 'n Campingmobil geklaut worden, und wenn da mehr als einer drin wohnt, is es doch praktisch. Gut, wir Sachsen sind da vielleicht bissel blauäugig«, sinnierte Meise, »obwohl inzwischen sogar schon Autos im Tal geklaut worden sind. Aber von unserem Campingplatz is noch nie ein Auto gemaust worden.«

Er klopfte dreimal so heftig auf etwas, dass es in Leos Hörer ordentlich knallte.

»Gibt es eine genauere Beschreibung dieses Paares – und haben die was mitgenommen?«, fragte Reisinger.

»Der Sigi sagt, die hätten eher enttäuscht ausgesehen, also hatten se wohl ni das gefunden, was se gesucht haben. Aber am Sonntag war ja noch mal eine da, die hat das dann wohl gefunden, nämlich unter der Motorhaube.«

Das wurde ja immer abenteuerlicher! Reisinger stand auf und lief aufgeregt in seinem Büro hin und her. »Herr Meise, ich muss diesen Sigi unbedingt sprechen. Können Sie ihn ans Telefon holen?«

»Nee, der ist fort.«

»Waaaas?«

»Nu!«

»Herr Meise!«

»Nu, der is heute abgereist. Das hat er mir alles erst erzählt, nachdem er seine Rechnung bezahlt hatte. Der is jetzt unterwegs – wahrscheinlich heeme. Aber ich hab seine Adresse, wenn Se die haben wollen?«

»Unbedingt, Herr Meise. Hat er Ihnen denn noch was zu dieser dritten Person gesagt?«

»Das war die Madam, die den Lauscher immer am Wochenende besucht hat. Die wusste natürlich ooch, wo der Schlüssel war, obwohl se doch eigentlich immer einen eigenen hatte ...« Meise überlegte kurz, »aber das war, nachdem die Polizei bei uns war. Da hat se den Schlüssel wohl abgeben müssen.«

»Ganz genau«, bestätigte Reisinger. »Den Autoschlüssel von Frau Hecht hat momentan die Polizei.«

»Nu, is ja ooch egal«, resümierte Meise. »Jedenfalls sagte der Sigi, die war am Sonntagmittag da und hat sich helfen lassen, die Motorhaube aufzumachen. Da hat sie dann was rausgeholt. Aber was das war, konnte er ni sagen. Die is dann ooch bald wieder weggefahren.«

Es raschelte im Hintergrund.

»Wollen Se die Adresse vom Sigi haben?«, fragte Meise.

Reisinger wollte.

Dieser Sigi war ein Siegfried Mulatz, der in Halle wohnte. Leider hatte Herr Mulatz kein Handy. Als Reisinger die Festnetznummer anrief, klingelte das Telefon durch, bis das Besetztzeichen ertönte. Wahrscheinlich war er noch unterwegs. Hoffentlich fuhr er auf dem schnellsten Weg nach Hause und nicht zu einem anderen Campingplatz.

Reisinger entschied sich, als Nächstes seinen Chef zu kontaktieren.

»Ich konnte die Presse nicht mehr hinhalten«, erklärte ihm Richter. »Wir haben für 15 Uhr eine Pressekonferenz anberaumt, um die Allgemeinheit zu informieren. Haben Sie die neue Schlagzeile der SuperIllu gesehen? Wir müssen dringend reagieren. Bis dahin brauche ich alle Fakten! Wir setzen uns um zehn Uhr im Konferenzraum zusammen, sagen Sie Frau Kruse und Herrn Pröve Bescheid.«

Richter ließ ihm keine Zeit zu protestieren, sondern legte sofort auf. Bis zur Besprechung mit Richter blieb Reisinger nur noch eine halbe Stunde. Er sprang auf und spurtete über den Flur. Die erste Tür rechts war die von Sascha Pröve. Leo riss die Tür auf und fand Sascha bei seinem zweiten Frühstück. Er kaute mit vollen Backen, vor sich ein halbes Stück Eierschecke.

»Um zehn Uhr Treffen mit Richter im Konferenzraum! Bis dahin musst du wissen, wer alles einen dunklen Golf mit Dresdner Kennzeichen fährt!« Pröve nickte, immer noch kauend, und schob den Kuchen zur Seite.

Als Nächstes klopfte er an Sandras Tür.

»Richter hat für 15 Uhr eine Pressekonferenz angesetzt und um zehn Uhr die Vorbesprechung dazu. Jetzt wird es eng. Was hast du gestern rausbekommen?«

»Himmel noch mal«, rief Sandra entrüstet, »was für ein eitler Lackaffe!«

Hinter Reisinger schob sich der Kopf von Reinhard Richter in die Tür: »Guten Morgen, Frau Kruse, was haben Sie gesagt?«

»Ach, nichts, Chef. Wir sehen uns ja gleich!«

Reisinger beeilte sich einzutreten und die Tür hinter sich zu schließen.

Sandra biss sich auf die Lippe.

»Eine Pressekonferenz jetzt, wo wir zwar jede Menge Spuren, aber noch keine Gewissheit haben! Du wirst schon sehen, das geht in die Hose, und dann waren wieder wir schuld. Wir brauchen noch ein, zwei Tage, bis wir alles perfekt zusammenhaben. So eine superbescheuerte Idee!«

»Ich kann es leider nicht ändern«, sagte Leo Reisinger. »Was hast du gestern herausgefunden?«

Sandra suchte unter den vielen Listen auf ihrem Schreibtisch nach der richtigen.

»Also, die Boofer, die den Streit miterlebt haben, sind allesamt keine Schatzsucher, haben das von Lauscher aber angenommen, doch etwas Sicheres wussten sie nicht. Das habe ich so oder so ähnlich von jedem Einzelnen bestätigt bekommen. Keiner von denen hat selbst nach irgendwelchen vergrabenen Schätzen gesucht, und es gibt auch keine offenkundigen Internetaktivitäten, zum Beispiel auf eBay oder so.«

»Im Gegensatz dazu hat Cindy Hecht ein Konto bei eBay, auf dem schon mehrere alte Münzen verkauft wurden.«

Sie sah ihn an. »Hat sie das zu Protokoll gegeben?«

Reisinger nickte. »Wir haben die letzten Funde von Lauscher und ihr mitgebracht. Sie hatte gerade wieder alte Münzen über eBay angeboten, aber das haben wir sie sofort zurücknehmen lassen. Die anderen Fundsachen sind so ein bisschen Silberkram, soweit ich das beurteilen kann, nichts Aufregendes. Cindy Hecht sagte, sie hätte am Mittwochnachmittag Migräne gehabt und sei deshalb früher nach Hause. Dort hätte sie eine Tablette genommen und auch erst am nächsten Vormittag gesehen, dass Lauscher sie angerufen hatte. Lauschers Ansage hat sie uns auf der Mailbox vorgespielt. Er sagte, dass er sie brauchen würde und sie ihn anrufen solle. Das war um 16 Uhr 30. Lauscher klang weder besonders panisch noch schlimm verletzt. Die Hecht sagte uns, sie hätte versucht, ihn am Donnerstagmittag anzurufen, ihn aber nicht erreicht. Weil das im Tal immer schwierig sei, habe sie das nicht sonderlich beunruhigt. Sie wollte ihn ja ohnehin am Freitagabend treffen.«

Sandra nickte. »Also, Cindy Hecht ist nicht verdächtig?« Reisinger starrte auf ihre merkwürdig ausgebleichten grauen Haare. Seine Kollegin hatte vergeblich versucht, das Schwarz wieder herauszuwaschen. Jetzt sah sie aus wie Aschenbrödel.

Sandra schubste ihn an: »He, Ötzi, wir haben noch fünfzehn Minuten, um alles abzuklären, was träumst du hier herum?«

Reisinger entschuldigte sich.

»Weiter: Bei Kevin und Maik waren wir, aber auch die sind nicht verdächtig. Beide haben kein Motiv, sie haben genau das ausgesagt, was die anderen Boofer auch erzählten. Allerdings kennen beide Hannelore Lauscher, weil die früher ihre Biologielehrerin war, und beide arbeiten an der Uniklinik, wo festgestellt wurde, dass der Lauscher auf Valium allergisch reagierte. Kevin hat übrigens echte Tränen um Lauscher vergossen.« Beim letzten Satz versuchte Leo so sarkastisch wie möglich zu klingen.

»Habe ich euch doch gesagt, Kevin ist eine Seele von Mensch, der tut keiner Fliege was zuleide. Der Arme, das Ganze nimmt ihn bestimmt ordentlich mit. Hoffentlich passt Maik gut auf ihn auf.« Sandra machte ein besorgtes Gesicht.

»Ja, hoffentlich«, ulkte Reisinger ihr nach. Dieses gefühlsduselige Getue mit Kevin und Maik ging ihm auf den Keks. Dann fuhr er fort:

»Wir sind auf dem Heimweg durch das Tal auf eine Familie gestoßen, die in einem der Häuser am Beuthenfall wohnt. Das ist die erste Station nach dem Lichtenhainer Wasserfall, dort, wo nach der Aussage der Straßenbahnfahrerin die beiden Fahrgäste vom hinteren Waggon ausgestiegen sind.«

Sandra sah ihn mit großen Augen an. »Da war niemand, als ich letzten Freitag vorbeigefahren bin. Ich schwöre! Das Haus sah unbewohnt aus! O mein Gott, ich hätte nachschauen müssen.« Sie sah zerknirscht auf ihren Schreibtisch.

»Die waren am Freitag den ganzen Tag unterwegs.« Leo versuchte sie zu beruhigen. Er kannte Sandra. Sie versuchte immer, alles richtig zu machen.

»Die Familie hat zwei Jungs, und die waren letzten Mittwoch genau zu der Zeit, als die letzte Straßenbahn vorbeifuhr, am gegenüberliegenden Ufer der Kirnitzsch.« Reisinger berichtete ihr kurz von den Beobachtungen der Kinder.

Sandra war verblüfft: »Die Straßenbahnfahrerin hat doch Stein und Bein geschworen, dass ein Mann die zwei Tickets gekauft hat.«

»Ja, das ist merkwürdig. Oder vielleicht auch wieder nicht. Was hast du noch rausgefunden?«

Sandra zückte eine ihrer Listen. »Lauscher hat drei Mal hintereinander, nämlich am Montag, Dienstag und Mittwoch, mit einem Erwin Schönleben telefoniert. Den habe ich gestern besucht. Der alte Herr sieht gebrechlich aus, ist wohl auch krank. Er kennt den Lauscher und vor allem seine Frau Hannelore, weil er an der gleichen Schule Musiklehrer war. Er hat es geschafft, mir eine Stunde lang was zu erzählen, ohne eine einzige meiner Fragen zu beantworten. Das war eine sehr anrührende Geschichte aus seiner Kindheit, wie er sich mit seiner Mutter beim Einmarsch der russischen Armee in die Idagrotte geflüchtet habe. Er hat mir zwar gesagt, er wollte vom Lauscher das Wohnmobil mieten, um noch ein paar Tage im Tal zu verbringen, aber wenn du mich fragst, ist das totaler Unsinn. In einer Stunde ist man draußen, und er kann sich den ganzen Tag auf eine Bank setzen und den Wald genießen. Dafür muss man nicht auf dem Campingplatz wohnen. Das ist doch für einen alten Herrn in dem Zustand auch viel zu umständlich. Ich glaube ihm das jedenfalls nicht. Er hat mich so lange hingehalten, bis ihn sein Enkelsohn abgeholt hat. Da hatte er es dann mächtig eilig.«

In Reisingers Kopf rotierten die Gedanken. Dieser Erwin Schönleben kannte Hannelore Lauscher von der Arbeit am Gymnasium, genau wie Kevin und Maik sie kannten.

»Was für einen Wagen fährt dieser Herr Schönleben?«, fragte er. »Nicht zufällig einen dunklen VW Golf?«

Sandra zuckte mit den Schultern. »Wenn er überhaupt einen hat. Ich finde es heraus und rufe jetzt seinen Enkelsohn an.«

Reisinger schaute auf seine Uhr. »Noch zehn Minuten. Wir sehen uns gleich!«

Beim Hinausgehen fragte er beiläufig; »Was hast du eigentlich mit deinen Haaren gemacht?«

»Blondierungswäsche. Hat aber leider nicht richtig geklappt.« Sie griff sich ins Haar und hielt sich betrübt eine stumpfe, graue Strähne vor die Augen. »Das ist eine echte Tragödie. Ich fürchte, ich muss doch zum Friseur, sonst kriege ich das nie mehr raus.«

Dann wedelte sie Reisinger zur Tür hinaus und griff zum Telefon.

»War toter Schatzsucher auf der Suche nach Bernsteinzimmer? Kripo tappt im Dunkeln« Das Revolverblatt hatte mal wieder mit vollen Händen in die Trickkiste gelangt. Richters Stimme zeigte, wie ärgerlich er war.

»Jetzt sehen Sie sich mal diesen Mist hier an. Man sollte diesen Schmierern das Handwerk verbieten! So eine haarsträubende Geschichte, man könnte meinen, der Lauscher ist von der russischen Kunstmafia ermordet worden, wenn man das hier liest!« Erregt knallte Richter das Boulevardblatt immer wieder auf den Konferenztisch, sodass die Kommissare Reisinger, Pröve und Kruse nicht lesen konnten, was sich der Redakteur da noch so zusammengereimt hatte.

Richter setzte sich schließlich, und Pröve bekam die Zeitung als Erster in die Finger. »Cool«, sagte er. »Wenn der Lauscher tatsächlich das Bernsteinzimmer gefunden hätte, könnten wir das gegen den Schatz der Wettiner eintauschen. Den hätten wir Dresdner schon gern zurück, vor allem nachdem wir unser Residenzschloss wiederhaben.«

Er wollte noch weiter ausmalen, wieso das Bernsteinzimmer, das der erste Preußenkönig Friedrich I. hatte anfertigen lassen und das später vom wenig kunstsinnigen »Soldatenkönig« Friedrich Wilhelm I. dem russischen Zaren Peter dem Großen im Tausch gegen Gardemaß-Soldaten geschenkt worden war, sozusagen umgetauscht werden könne, und wie die Pretiosen noch mehr Touristen nach Dresden locken würden, da nahm ihm Reisinger die Zeitung aus der Hand und legte sie beiseite.

»Lassen Sie uns die Fakten zusammentragen. Wir haben die Fundstücke von Lauscher bei Cindy Hecht sichergestellt. Ein paar Münzen, ein paar Schmuckstücke, ein paar Silberkännchen, nichts, weswegen man jemanden umbringen würde. Ich glaube, dass es da um was ganz anderes geht. Aber ich fürchte, wir brauchen noch ein, zwei Tage, Herr Richter.«

»Was wir brauchen, ist endlich ein Erfolg!« Richter lockerte die Krawatte, da die Sommerschwüle schon wieder im Raum hing. »Also?«

Reisinger sah Sascha und Sandra an, beide schüttelten den Kopf. Also noch nichts Neues. »Wir brauchen wenigstens noch ein paar Stunden, um einige neue Informationen zu überprüfen. Können wir diese Zusammenkunft auf 14 Uhr vertagen? Bisher wissen wir nur, dass weder die Boofer noch die Hecht, also Lauschers Geliebte, ihn umgebracht haben.«

Richter lehnte sich entspannt nach hinten und schaute eine Weile aus dem Fenster. Versonnen ließ er seinen pink gemusterten Schlips durch die Finger gleiten. Die drei Kommissare warteten gespannt. Dann wandte sich Richter ihnen wieder zu und lächelte. »Sie wissen, was auf dem Spiel steht. Ich verlasse mich auf Ihre Kompetenz und Ihren Fleiß. Wir sehen uns hier um 14 Uhr. Dann will ich Ergebnisse sehen, die ich der Presse präsentieren kann!«

Ohne ein weiteres Wort stand er auf und verließ den Konferenzraum.

Reisinger hatte nur zu 50 Prozent mit diesem Aufschub gerechnet. Erleichtert beugte er sich vor und stützte seinen Kopf in die Hände. Konzentriert schloss er die Augen. »Laut Statistischem Jahrbuch der Polizei kommen 46 Prozent der Täter bei Mord aus der Verwandtschaft, noch mal 23 Prozent sind aus dem Bekanntenkreis. Außerdem liegt die Aufklärungsquote bei Mord mit 96 Prozent so hoch wie bei keinem anderen Delikt. Wir werden uns also das persönliche Umfeld von Herbert Lauscher noch einmal ganz genau ansehen und, verdammt noch mal, rauskriegen, wer es getan hat und warum.«

»Meine Güte, ein Macho-Auftritt hätte für heute doch gereicht«, kommentierte Sandra diese Vorrede.

Reisinger seufzte, dann fragte er: »Habt ihr schon irgendwelche Neuigkeiten?«

»Nu! Und was für welche!« Pröve grinste seine Kollegen an, die ihn entgeistert anschauten.

»Hannelore Lauscher fährt einen dunkelblauen Golf Plus.«

»Dachte ich mir's doch!«, keuchte Leo.

»Sandra, versuch bitte, Hannelore Lauscher ausfindig zu machen. Wenn sie in der Schule ist, holen wir sie her zu einer Vernehmung. Hast du den Enkel von Schönleben erreicht?«

»Ja, er sagte, er müsse sofort in die Klinik, sein Opa sei gestern Abend zusammengebrochen und jetzt im Krankenhaus. In der Uniklinik. Krebsstation von Dr. Maik Rendler.«

Reisinger sprang auf. »Los, Sascha, wir fahren jetzt sofort ins Krankenhaus und besuchen diesen Herrn Schönleben und seinen Enkel. Irgendwas haben die mit dem Lauscher gemeinsam, was mit der Idagrotte zu tun hat.«

Widerwillig stemmte sich Pröve aus dem Sessel. »Kannst du nicht Sandra mitnehmen, die kennt den alten Mann doch schon. Ich hasse Krankenhäuser.« Reisinger sah Sandra an.

»Natürlich gehe ich mit!«, sagte sie und betonte das »ich« mehr als nötig. »Ich arbeite schließlich schon länger an dem Fall als Sascha. Außerdem bin ich sicher, dass Herr Schönleben mir noch was zu sagen hat.«

Leo Reisinger sah genervt zu Sascha, aber der war höchst zufrieden mit dieser Lösung und nicht bereit, Partei zu ergreifen.

»Dann macht euch mal auf die Socken in die Klinik, ihr habt nicht viel Zeit«, sagte er und ließ sich wieder auf seinen Stuhl sinken.

»Du auch nicht«, schnappte Sandra. »Versuch sofort, Hannelore Lauscher zu finden, und melde dich dann bei uns!«

Noch auf dem Weg ins Krankenhaus wurden sie von Pröve informiert, dass Hannelore Lauscher sich heute krank gemeldet habe und nicht in der Schule erschienen sei.

»Hast du es bei ihr zu Hause versucht?«

»Logisch. Da geht keiner ran. Am besten, ich fahre hin, oder?« Pröve war, entgegen seiner sonstigen Trägheit, wie sie alle von einer plötzlichen Aufregung ergriffen.

»Melde dich, sobald du da bist, Sascha!« Reisinger bog auf den Parkplatz des Uniklinikums ein.

Sie fragten sich durch bis zur Krebsstation und erfuhren von einer freundlichen Krankenschwester auch die Zimmernummer von Erwin Schönleben. In den hellgrün gestrichenen extrabreiten Fluren roch es bereits nach Mittagessen, obwohl es erst kurz nach elf Uhr war. Sandra schnupperte demonstrativ. »Oh, hier riecht es einfach eklig. Wie kann man im Hochsommer bei diesen Temperaturen Suppe kochen?«

Reisinger hatte keine Zeit, sich um die Gerüche Gedanken zu machen. In seinem Kopf ging es drunter und drüber. Er erwartete einiges von diesem Gespräch mit Erwin Schönleben. Nach einem kurzen Klopfen öffnete er die graue Tür und erstarrte, die Hand noch auf der Klinke.

Sandra, die hinter ihm war, konnte nicht mehr bremsen und trat ihm in die rechte Hacke. »Sorry, Leo«, sagte sie, »wieso gehst du nicht rein?«

Leo starrte immer noch in das Krankenzimmer, und vier Augenpaare schauten zurück. Nur eines der beiden Betten war belegt. Ein blasser, alter Mann lag darin. Von seiner Ellenbogenbeuge lief ein dünner Plastikschlauch zu einer Tropfflasche, die an einem Metallgestell hing. Dass Hannelore Lauscher hier war, wunderte ihn eigentlich nicht. Aber was um Himmels willen tat Mandy hier? Und wer war der blonde Mann neben ihr?

Sandra Kruse schob sich schließlich am erstarrten Reisinger vorbei, rempelte ihn unsanft in die Seite und trat ein.

»Kripo Dresden, Kruse mein Name. Guten Tag, Frau Lauscher, die Herren Schönleben und die Dame. Wir haben ein paar wichtige Fragen an Sie.« Damit wandte sie sich an die junge Frau, die bei Hannelore Lauscher stand.

»Wer sind Sie, bitte?«

»Manuela Hucke.« Sie sprach sehr leise und vermied es, irgendjemanden anzusehen. Aus den Augenwinkeln beobachtete Sandra besorgt ihren Kollegen. Was war bloß mit ihm los?

Reisinger fand seine Sprache wieder, auch wenn es ziemlich heiser klang, als er sich endlich vorstellte.

Erwin Schönleben schloss die Augen und ließ den Kopf auf die Brust sinken.

Der junge Mann ergriff seine Hand. »Opa! Wie geht es dir?« Böse funkelte er die zwei Kripo-Beamten an. »Ich bin Clemens Schönleben, der Enkel dieses Mannes. Das ist meine Frau Manuela!« Er deutete auf Mandy, die demonstrativ auf den Boden schaute. »Meinem Opa geht es sehr schlecht, ich bitte Sie, augenblicklich dieses Krankenzimmer zu verlassen! So eine Polizeiaktion am Krankenbett, das ist ja wohl eine Unverschämtheit. Raus hier!«

Sandra Kruse war überrascht, dass sich Reisinger diesen Ton bieten ließ. Normalerweise wies Leo die Leute in solchen Situationen konsequent auf ihre Rechte und Pflichten hin und nannte ihnen eine Telefonnummer, wo sie sich beschweren könnten. Aber Leo Reisinger blickte auf den alten Mann. Der sah wirklich schlecht aus, das Gesicht grau und eingefallen, seine Hände zitterten.

Zu aller Überraschung trat Leo Reisinger auf das Bett zu, nahm die freie Hand des Alten und sagte: »Herr Schönleben, denken Sie nicht, dass es besser wäre, uns die Wahrheit zu sagen?«

»Was soll das?«, zischte Clemens Schönleben über das Bett hinweg. Aber der alte Mann öffnete die Augen, sah Reisinger an und nickte. Zu seinem Enkel gewandt sagte er: »Ist schon gut, Clemens. Der Mann hat recht.« Dann sah er zu Hannelore Lauscher, die ihn mit versteinerter Miene ansah. »Ich kann das nicht aushalten, Hannelore, verzeih mir.«

Hannelore Lauscher ließ sich auf einen Stuhl fallen und verbarg ihr Gesicht in den Händen.

Mandy stand ratlos zwischen ihr und ihrem Mann und verstand überhaupt nichts. »Was ... was wird das denn hier?« Hilflos schaute sie Reisinger an, der versuchte, ihrem Blick auszuweichen.

»Wir sollten uns zwei Stühle organisieren«, sagte er zu Sandra. »Ich habe das Gefühl, das wird ein längeres Gespräch, nicht wahr, Herr Schönleben?« Der alte Mann nickte matt und schloss wieder die Augen.

Noch bevor die beiden Kommissare mit ihren Stühlen an die freie Bettseite gerückt waren, begann Schönleben zu erzählen. »Ich habe Ihrer Kollegin ja schon von unserer Flucht damals in die Idagrotte erzählt. Kennen Sie die Geschichte?« Reisinger nickte. »Sie hat mir das berichtet, Herr Schönleben. Sie hatten sich dort mit Ihrer Mutter vor den russischen Soldaten versteckt.«

Schönleben nickte. »Meine Mutter hatte damals alles dabei, was sie retten konnte und was ihr wichtig war. Vor allem die Erinnerungsstücke an meinen Vater, denn von dem hatten wir da schon ein halbes Jahr nichts mehr gehört. Er war an der Ostfront. Meine Mutter hatte das richtige Gefühl, dass er nicht mehr wiederkommen würde. Ich habe das erst viel später verstanden. Damals war ich ja erst acht Jahre alt. Jedenfalls hat sie die Sachen, die meinem Vater gehörten und die sie unbedingt für mich aufbewahren wollte, in der Nähe der Idagrotte vergraben. Sie wollte damit verhindern, dass sie die womöglich doch noch verkaufen oder eintauschen würde, oder dass jemand sie stehlen könnte. Es waren nur zwei Stücke.« Erschöpft ließ sich der alte Mann nach hinten in die Kissen sinken. »Clemens, gib mir das Foto, bitte!«

Clemens Schönleben holte aus seiner Brusttasche die Kopie eines alten Fotos heraus. Auf dem Bild war ein lächelnder junger Mann in einem altmodischen Anzug zu sehen. Die Ähnlichkeit mit Clemens Schönleben war unverkennbar. An seiner rechten Hand war deutlich ein Siegelring zu sehen, aus der Jackentasche hing eine Uhrenkette. Reisinger betrachtete das Foto. Dann war ihm plötzlich alles klar. »Lauscher hat die Sachen gefunden, nicht wahr?«, fragte er.

Hannelore Lauscher nahm die Hände von ihrem Gesicht. »Er wollte sie ihm verkaufen!«, zischte sie. »Dieser verdammte Mistkerl wollte 10.000 Euro dafür haben!« Sie atmete wie nach einem Hundertmeterlauf, so aufgewühlt war sie.

»Also deshalb hat er so oft bei Ihnen angerufen«, folgerte Sandra.

»Ja, es waren doch meine!«, sagte Erwin Schönleben leise. »Die einzigen Erinnerungsstücke an meinen Vater. Meine Mutter ist ein halbes Jahr später an Lungenentzündung gestorben. Aber von ihr konnte ich mich wenigstens verabschieden, da gibt es ein Grab und ein paar Andenken.

Von meinem Vater hatte ich nur ein paar Fotos und die Aussage meiner Mutter, die mir auf ihrem Totenbett sagte, dass sie die Uhr und den Ring neben der Idagrotte vergraben habe, in einer kleinen Blechkiste verborgen. Ich wollte diese beiden Stücke so furchtbar gerne haben. Aber das kann man wahrscheinlich nur verstehen, wenn man ohne Vater aufgewachsen ist.« Erwin Schönleben schloss wieder die Augen und ruhte sich kurz aus.

Reisinger musste tief durchatmen, um gegen den Druck in seiner Brust anzuarbeiten. »Ich glaube, ich kann Sie gut verstehen, Herr Schönleben«, flüsterte er. Der alte Mann sah ihn aufmerksam mit wässrigen grauen Augen an.

»Ja, Sie verstehen mich tatsächlich«, sagte er nach einer Weile. Dann fuhr er fort:

»Ich war es, der Lauscher auf die Idee gebracht hatte, in der Sächsischen Schweiz nach Schätzen zu suchen. Er war ja vorher immer nur in der Moritzburger Gegend unterwegs gewesen. Bei einem Abendessen vor ein paar Jahren habe ich die Geschichte meiner Mutter erzählt und dass ich selbst vergeblich nach dem Kästchen gesucht habe. Ich hatte es längst aufgegeben, und es war nur noch eine Anekdote aus meiner Jugendzeit. Aber Lauscher ließ das keine Ruhe. Er informierte sich über die letzten Kriegstage und fand heraus, dass wohl nicht nur meine Mutter versucht hatte, ihre Besitztümer in dieser unzugänglichen Gegend zu verstecken. Als er anfing zu suchen, schöpfte ich wieder Hoffnung. Aber dass er dann so viel Geld für die Sachen haben wollte …«

Hannelore Lauscher ergriff das Wort. »Erwin hat mich am Montag angerufen und mir gesagt, dass Herbert den Ring und die Uhr tatsächlich gefunden habe. Er hat mich gebeten, ihn hinauszufahren, damit er sie abholen könne. Aber am Dienstag, als wir loswollten, rief Herbert ihn nochmals an und stellte seine Geldforderung.« Sie machte eine Pause und atmete mehrmals durch. »Ich bin komplett ausgerastet. Er wusste genau, wie viel Erwin diese

Stücke bedeuteten und dass er alles tun würde, um das Geld aufzutreiben. Aber wie kann man denn so was machen? Einen guten Freund erpressen?! Nach all den Jahren der Demütigung und der Lieblosigkeit war das der Tropfen, der das Fass zum Überlaufen brachte.« Inzwischen rollten ihr die Tränen über die Wangen. Mandy legte beschützend einen Arm um sie.

»Ich habe immer versucht, alles zu schlucken, habe mich gefügt, habe gehofft, dass es besser wird. Aber da konnte ich nicht mehr. Das war zu viel! Ich habe mich so aufgeregt, ich konnte die ganze Nacht nicht schlafen, und am Mittwochmorgen bin ich zu Erwin und habe ihm das mit dem Valium erzählt.«

An Mandys und Clemens Schönlebens Gesichtern konnte Reisinger ablesen, dass die beiden keine Ahnung hatten, wovon hier die Rede war.

Der alte Mann erzählte nun weiter.

»Ich habe Hannelore gesagt, dass ich das machen werde. Mit mir ist es ohnehin bald aus, da konnte ich das leicht auf mich nehmen. Ich habe ihm das Valium gegeben, aufgelöst in einer Flasche Clubcola – die mochte er so gern.« Er schüttelte Clemens' und Reisingers Hände von seinen und streckte sie demonstrativ vor.

»Jetzt können Sie mich wegen Mordes verhaften, Herr Kommissar.«

Mandy und Clemens schrien beide auf: »Opa, was erzählst du da?«

Reisinger nahm wieder die knochige Hand in seine und tätschelte sie leicht.

»Guter Plan, Herr Schönleben, aber leider ist Herbert Lauscher nicht an seiner Valiumallergie gestorben.«

»Nicht?« Der alte Mann sah unsicher zu Hannelore Lauscher. »Du wolltest ihn doch noch bis zum Wohnwagen begleiten, weil er über seine rechte Seite gejammert hat. Er hatte einen blauen Fleck am Brustkorb und meinte, er müsse sich hinlegen.«

»Und im Wohnwagen sollte er dann das Valium nehmen und dort an seiner Allergie sterben?« Schönleben nickte resigniert. »So haben wir uns das gedacht. Aber Hannelore sagte, er habe die Flasche ausgetrunken, kurz nachdem wir ihn in die Bahn gesetzt hatten. Da hatte ich noch nicht mal die Fahrkarten gekauft. Hannelore wollte mit ihm bis zum Campingplatz, und ich hätte sie etwas später mit dem Wagen abgeholt. Wir haben gehofft, dass unser kleines Verschleierungsmanöver funktionieren und auch niemand mehr hinten einsteigen würde.«

Reisinger sah zu Hannelore Lauscher. »Und dann? Wie ging es weiter. Warum sind Sie schon am Beuthenfall wieder ausgestiegen?«

Sie sah ihn überrascht an. »Woher wissen Sie das?«

»Man hat Sie gesehen, mit seinem Rucksack.« Sie zuckte zusammen.

»Der Rucksack ist bei Erwin, oder hast du ihn endlich weggeworfen?« Sie sah den alten Mann an. Schönleben verneinte.

Hannelore Lauscher sagte: »Herbert hatte die leere Flasche in der Hand, als ich mich zu ihm in die Bahn setzte, und wurde ziemlich schnell müde. Die Allergie begann seine Haut rot zu färben, und er war sehr aufgewühlt, zum einen spürte er die Allergie, zum anderen wirkte das Valium. Er wollte immer aufstehen und raus, aber ich habe ihn nicht gelassen. Die Bahn stand da ja mindestens noch zehn Minuten, bis es endlich losging. Mir war bald klar, dass ich Herbert nicht mehr aus der Bahn kriegen würde. Er konnte ja ohne Valium schon nicht mehr gut laufen, die Seite tat ihm so weh. Also habe ich ihn am Beuthenfall einfach sitzen lassen und bin selbst mit meinem Auto zurückgefahren. Den Rucksack habe ich mitgenommen. Da waren ja schließlich Erwins Erinnerungsstücke drin. Mein Mann hatte sie im Rucksack dabei, sie uns sogar gezeigt, aber er wollte sie nicht hergeben, bevor er das Geld bekam. Dieser schreckliche Mensch!«

Reisinger nickte. »Sie haben vorher versucht, die Fundstücke aus dem Campingmobil zu holen?«

»Ja, aber wir haben sie nicht gefunden. Er hatte sie tatsächlich im Rucksack dabei. Ich habe den Ring sofort wiedererkannt«, flüsterte Erwin Schönleben.

»Frau Lauscher, Ihr Mann ist erstickt. Ich weiß auch inzwischen, wie Sie es gemacht haben. Aber ich verstehe nicht, warum.« Reisinger sah sie aufmerksam an.

»Was?« Erwin Schönleben richtete sich im Bett auf und starrte Hannelore Lauscher an. Mandy und Clemens sahen verwirrt von einem zum anderen.

Hannelore Lauscher brach auf ihrem Stuhl zusammen. Ihre Schultern zuckten.

In dem Moment ging die Tür auf, und eine Krankenschwester kam mit einem Tablett samt Mittagessen hereingerauscht. Alle starrten die Frau entgeistert an, aber sie schien das nicht zu bemerken. Mit einem fröhlichen »Guten Appetit!« stellte sie das Tablett auf das Beistelltischchen und marschierte wieder zur Türe hinaus. Alle starrten schweigend auf den blassen Eintopf, der im Teller schwamm.

»Frau Lauscher?«, fragte Sandra Kruse nach einer Weile nach.

Hannelore Lauscher fasste sich wieder. Sie erhob sich und begann im Zimmer auf und ab zu laufen.

»Als die Straßenbahn endlich losfuhr, war Herbert schon halb eingeschlafen und röchelte vor sich hin. Seine Haut begann rote Pusteln zu werfen. Ich wusste, dass er demnächst kollabieren würde. Also nahm ich den Rucksack, um Erwins Ring und die Uhr herauszuholen.«

Sie beschleunigte ihre Schritte und ballte die Hände zu Fäusten. Ihr Atem ging schwer.

»Aber was sehe ich, als ich diesen blöden alten Rucksack aufmache?« Den letzten Satz schrie sie mit bebender Stimme in den Raum. Alle sahen sie erschrocken an. Ihre Hände zitterten, ihr Gesicht war gerötet. Man konnte ihr ansehen, dass sie so aufgewühlt war wie selten in ihrem Leben. Wieder begann sie wie ein Tiger hin- und herzulaufen. Ganz offensichtlich kämpfte sie heftig mit sich selbst, sagte aber nichts mehr.

Sandra Kruse stand auf, nahm das Kopfkissen von dem leeren Bett neben sich und hielt es Hannelore Lauscher mit beiden Händen vor die Brust.

»Schlagen Sie hier drauf, das wird Ihnen guttun!«

Hannelore Lauscher sah das Kissen einen Moment verwundert an, dann nahm sie das Angebot an und hieb darauf ein. Auf die ersten vorsichtigen Schläge folgten kräftige, und Sandra musste sich richtig dagegenstemmen. Schließlich stieß Hannelore Lauscher wütend hervor: »Plas - tik - tü - ten! Al - les vol - ler Plas - tik - tü - ten!« Bei jeder Silbe schlug sie mit erstaunlicher Kraft auf das Kissen ein.

»Das mir! Seit Jahren engagiere ich mich gegen Plastikmüll, halte Vorträge, erkläre allen, die es hören oder auch nicht hören wollen, dass unsere Meere von Plastikmüll erstickt werden, und Herbert ...« Ihre Stimmlage wurde jetzt schrill, »Herbert hatte jedes einzelne Ding in seinem blöden Rucksack in eine Plastiktüte eingepackt!«

»Ihr Mann hat Ihr Engagement in Sachen Plastikmüll völlig missachtet«, folgerte Reisinger.

»Missachtet?«, rief Hannelore Lauscher. »Er hat es verhöhnt! Er hatte mindestens zehn von diesen dünnen, durchsichtigen Tüten im Rucksack. Bis so eine Tüte im Meer abgebaut ist, dauert es bis zu 20 Jahre! Jedes Jahr landen rund sieben Millionen Tonnen Plastik im Meer, und Tausende von Fischen und Vögeln sterben qualvoll an diesem Müll!«

Mandy und Clemens, Erwin Schönleben und Sandra starrten sie entgeistert an.

Leo fragte sanft: »Und dann haben Sie ihm eine über den Kopf gezogen?«

Sie nickte und begann zu weinen. »Das werde ich mir nie verzeihen! Aber in dem Moment war es so einfach.

Herbert hat ein wenig mit den Beinen gezuckt, er hat versucht, die Tüte von seiner Nase wegzuwischen, aber ich habe sie einfach hinten im Nacken zugehalten. Er war ja schon schläfrig und konnte sich nicht mehr richtig wehren. Wir waren allein im Wagen, die Tüte war durchsichtig, ich war sicher, dass es keinem auffallen würde, selbst wenn sich im vorderen Waggon jemand umgedreht hätte.«

Sandra drückte Hannelore Lauscher das Kissen in die Arme, und die presste es fest an ihren zitternden Körper. Dann ließ sie sich von der Kommissarin zu ihrem Stuhl führen und setzte sich erschöpft.

Reisinger nickte Sandra zu. Auf der anderen Seite des Bettes herrschte pure Verwirrung.

»Ach Hannelore, warum bloß?«, seufzte Erwin Schönleben schließlich. »Es hätte so gut funktionieren können. Jetzt können wir dir nicht mehr helfen.«

Während Hannelore Lauscher in das Kissen weinte, das sie umklammert hielt, bat Erwin Schönleben seinen Enkelsohn, die Schublade an seinem Nachttischschränkchen aufzuziehen. Das Kästchen war rostig und verbeult, aber der Ring und die Uhr waren noch gut erhalten. Nur das Glas war trübe.

»Hier, Junge«, sagte Erwin Schönleben zu seinem Enkel, »das ist die Erinnerung an deinen Urgroßvater. Ich brauche sie jetzt nicht mehr. Aber es soll für dich ein Band in die Vergangenheit sein. Ich hoffe, du hältst meinen Schatz in Ehren.« Er drückte Clemens Schönleben die beiden Erbstücke in die Hand und lehnte sich darauf müde in die Kissen zurück.

9

»Hannelore Lauscher? Die uns den formidablen Vortrag über diesen ausgestorbenen oder zumindest fast ausgestorbenen Maushamster gehalten hat?« Reinhard Richter war sichtlich überrascht. Wichtiger war ihm allerdings, dass er nun bei der bevorstehenden Pressekonferenz einen vollen Erfolg präsentieren konnte. Der Fall war aufgeklärt.

»Wunderbar, wunderbar. Reisinger, Pröve, Frau Kruse, das haben Sie hervorragend gelöst, und genau auf den Punkt, wenn ich das so sagen darf. Ich beglückwünsche mich selbst dazu, dass ich Ihnen die zusätzliche Zeit gewährt habe. Mein Vertrauen war nicht umsonst investiert. Die Presse wird begeistert sein. Was meinen Sie, soll ich Dr. Gräber wegen dieser Valium-Geschichte hinzuziehen?« Reinhard Richter, Leiter der Mordkommission bei der Dresdner Kripo, stolzierte mit breitem Grinsen durch den Konferenzraum. Er hatte sich so richtig fein gemacht für den kommenden Auftritt, frisches weißes Hemd, Leinensakko, akkurat gebügelte Anzughose.

»Gute Idee!«, meinte Reisinger. »Vielleicht möchte ja auch Sandra Kruse teilnehmen, als ermittelnde Kriminalbeamtin?« Er sah Sandra fragend an. Aber die schüttelte den Kopf.

»Nein, lieber nicht. Geh doch selber!«

Leo erklärte Richter wortreich, warum er leider an der Pressekonferenz nicht teilnehmen könne, aber dem war das ohnehin egal. Reisinger ging, wenn möglich, nie an die Öffentlichkeit, das wusste sein Chef inzwischen, und er hatte auch gar nichts dagegen, dass ihm auf dem Podium niemand die Schau stehlen konnte.

»Nun, Herrn Dr. Hartenberg könnte ich eigentlich auch dazu einladen, falls doch noch jemand etwas von dieser Beutelratte hören möchte.«

»Hamstermaus!«, verbesserte ihn Reisinger.

»Nein, Maushamster!«, sagte Sandra Kruse. »Ist Dr. Hartenberg nicht auf Dienstreise?«

»Wie auch immer!« Richter strahlte sein breitestes Lächeln in die Runde.

Sascha Pröve erklärte sich bereit, seinen Chef zu begleiten. Mit schiefem Grinsen sah er Richter an: »Gibt es was zu essen?«

»Natürlich!«, rief Richter. »Sonst kommt doch nur die Hälfte der Schreiberlinge. Wir haben ein kaltes Buffet im hinteren Bereich des Presseraumes aufgebaut. Es wird dann bald Zeit. Übrigens, Pröve: In diesem Aufzug nehme ich Sie nicht mit. Die Polizei muss immer ein korrektes Bild nach außen geben. Also bitte: Hemd, Krawatte, Sakko! Hurtig!« Pröve nickte pflichtschuldig und ging sich umziehen.

Reisinger schlenderte nachdenklich zurück in sein Büro, während die beiden sich auf den Weg ins Erdgeschoss in den Presseraum machten. Er sortierte die Unterlagen zum Fall Lauscher und schob alle Dokumente in den Ordner »Erledigt«. Sein Smartphone lag griffbereit auf dem Schreibtisch, aber noch tat sich nichts. Er wartete auf eine Nachricht von Mandy. Ganz sicher würde sie sich melden. Endlich, kurz nach 15 Uhr, kam die SMS: »Hallo Leo, angesichts der Umstände werde ich in Zukunft passen. Alles Gute, Mandy.« Er hatte sich das schon so gedacht. Es überraschte ihn nicht. Er schrieb zurück: »Verstehe. Denk dran, dass dein Alibi für letzten Mittwoch weg ist! Alles Gute, Leo.«

Er ging nach Hause, zog seine Laufsachen an und joggte entlang der Elbe auf dem Weg in Richtung Pillnitz.

Hannelore Lauscher war also die Mörderin. Komisch, sie tat ihm leid. Sie hatte immer versucht, sich anzupassen und alle Pflichten korrekt zu erfüllen, bis die Respektlosigkeiten ihres Mannes in der Verhöhnung ihres Naturschutz-Engagements gegipfelt hatten. Er hatte das missachtet, was ihr am wichtigsten, was ihr heilig war, und das hatte schließlich das Fass zum Überlaufen gebracht. Reisinger hatte Richter die Tat als Affekthandlung im Anschluss an ein jahrzehntelanges Ehe-Drama geschildert. Herbert Lauscher kam in seiner Version wirklich nicht gut weg. Das Opfer hatte Schönleben erpresst, und der hatte sich, vor allem, um Hannelore Lauscher zu schützen, bereit erklärt, dem allen ein Ende zu machen. Schönleben würde angesichts seines Gesundheitszustandes nie vor Gericht kommen. Hannelore Lauscher konnte zumindest mit einigen mildernden Umständen rechnen.

Sie habe immer versucht, alles perfekt zu machen, hatte sie gesagt. Ja, das kannte Reisinger. ›Niemand ist perfekt‹, ach, das sagte sich so leicht dahin. Als er dann vor einem knappen Jahr hatte feststellen müssen, dass er, der berufsmäßig Menschen auf die Schliche kam, die reihenweise Fehler begingen und deswegen straffällig wurden, selbst fähig war, sehr dumme Fehler zu machen, war sein Selbstbild gewaltig ins Wanken geraten. So sehr, dass er sich aus dem Staub gemacht hatte. Verflucht, wenn er Hannelore Lauscher verstehen konnte, warum konnte er sich selbst nicht verstehen, sich nicht verzeihen? Sogar Veronika hatte ihm offenbar vergeben, nur er selbst konnte einfach nicht darüber hinwegsehen, dass er sich von dieser kleinen Thailänderin hatte abschleppen lassen.

In diesem Moment klingelte sein Handy. Schwer atmend blieb er stehen und kramte es aus seiner Rückentasche. Sandra war dran. »Hallo, Ötzi, Pröve hat mich gerade angerufen. Er meinte, die Schnittchen auf der Pressekonferenz wären sehr lecker gewesen, und auch sonst sei es gut gelaufen. Die Presse hat es so aufgenommen, wie du geplant hattest. Hier, online lautet die erste Meldung auf dem Newsticker: ›Mann in der Kirnitzschtalbahn von verzweifelter Ehefrau im Affekt getötet. Sie wollte Rentner vor Erpressung retten‹.«

Leo kam langsam wieder zu Atem. »Das klingt doch ganz gut. Wenn das Gericht das auch so sieht, hat sie eine Chance, dass das Urteil nicht zu streng ausfällt.«

»Ach, weißt du, Leo, solche Menschen wie die Lauscher, die versauen sich lieber ihr Leben, als sich mal aufzulehnen, sich eigene Unzulänglichkeiten einzugestehen und sich selbst zu verzeihen. Ich versuche auch immer alles richtig zu machen, aber wenn ich merke, dass ich auf dem Holzweg bin, ändere ich eben alles.«

Leo grinste. »Ja, das ist mir in der letzten Woche auch schon aufgefallen. Wie geht es Olli und deinem neuen Leben?«

Sandra protestierte. »Das ist nicht lustig. Das ist ernst! Außerdem gehe ich jetzt zum Friseur und lasse meine Haare entfärben. Wird ein Weilchen dauern und mich eine Stange Geld kosten. Aber ich bin eben auch eine Perfektionistin!«

Leo trabte in langsamerer Gangart wieder zurück Richtung Innenstadt. Die mickrigen Wellen der Elbe kamen aus der Sächsischen Schweiz, hatten das Wasser der Kirnitzsch längst in sich aufgenommen und erinnerten ihn noch rechtzeitig an die beiden aufgeweckten kleinen Bayern. Ja, morgen würde er in der Dienststelle ein passendes Dankeschön für die ambitionierten Geocacher aussuchen. Und außerdem würde er sich Ende September mit Veronika treffen – wenn sie noch wollte. Er musste wissen, ob sie ihm wirklich und tatsächlich verziehen hatte und wie ihr das gelungen war. Vielleicht würde er dann sein Selbstbild endlich wieder geraderücken und seinen ganz persönlichen Holzweg verlassen können.

Auch in dieser Reihe erschienen:

Die Sächsische-Schweiz-Krimis von Thea Lehmann

Dunkeltage im Elbsandstein

»Leo saß wie ein Häuflein Elend in der Höhle und hätte für zwei weitere Scheiben Zwieback wohl die unvernünftigsten Dinge getan. Er hatte keine Ahnung, wer der Irre war, der sie hier alle festhielt.« Ein toter Mann liegt am Waldrand. Ein verlassenes Haus mitten in der Sächsischen Schweiz birgt dunkle Geheimnisse. Kriminalkommissar Leo Reisinger muss für diesen Fall ins Gebirge. Während seine Kollegin Sandra Kruse noch nach zwei vermissten Frauen aus Dresden sucht, nimmt das Geschehen plötzlich eine völlig neue Wendung. Der Bayer kommt physisch und psychisch an seine Grenzen. Ein Kampf auf Leben und Tod beginnt ...

Band 2 | ISBN 978-3-943444-62-9

Mordskunst im Elbtal

Sie war jung und kerngesund. Warum hatte sie sterben müssen?

Die Tote vom Bahnhof Bad Schandau lässt Kommissar Leo Reisinger keine Ruhe. Auch dann nicht, als zwei weitere Menschen auf brutale Weise ihr Leben verlieren. Reisinger glaubt, einem Kunstschmuggelring auf den Fersen zu sein. Stur verfolgt er seine Spur, stöbert Fälscher auf, fördert Meisterwerke zutage und merkt zu spät, dass er sich nach allen Regeln der Kunst in einem mörderischen Netz verfangen hat ...

Band 3 | ISBN 978-3-943444-66-7

Tatort Kuhstall

Am Fuß der Kuhstallhöhle in der Sächsischen Schweiz wird ein Toter gefunden. Zunächst deutet für den Kommissar Leo Reisinger und seine Kollegen alles auf einen Selbstmord hin. Doch dann tauchen immer mehr Ungereimtheiten und Verdächtige auf. In den Fokus der Ermittlungen rückt ein lange zurückliegender Kletterunfall, der das Leben aller Beteiligten bis heute prägt. Doch was genau geschah in jener Nacht am Kuhstall? Und warum ging Jahrzehnte später an genau der gleichen Stelle das Leben des Unternehmers Dr. Schüppel zu Ende?

Band 4 | ISBN 978-3-943444-76-6

Tödliches Schweigen im Sandstein

Seit dreißig Jahren sucht Isabell Obermann ihre Mutter, die im Herbst 1989 unter rätselhaften Umständen verschwand. Als sie bei einem Besuch in Dresden auf einen vielversprechenden Hinweis stößt, zögert sie keine Sekunde, diesem in der Sächsischen Schweiz nachzugehen. Dort wird ihr Leben binnen kürzester Zeit auf den Kopf gestellt und sie selbst gerät in tödliche Gefahr ...

Kommissar Leo Reisinger und seine Kollegen begeben sich in ihrem fünften Fall auf die Spuren zweier Familien, deren Schicksale untrennbar verwoben sind. Was deutsch-deutschen Liebesgeschichte Anfang der Achtzigerjahre begann, scheint ein dramatisches Ende zu nehmen.

Band 5 | ISBN 978-3-943444-86-5

Überall im Buchhandel erhältlich, telefonisch unter 0351 4864-1827 oder unter www.ddv-lokal.de.

Auch in dieser Reihe erschienen:

Die Sächsische-Schweiz-Krimis von Thea Lehmann

Blut und Blüten

Eine Verhaftung, eine Hochzeit und der Überfall auf einen Lastwagen der Papierfabrik in Königstein – das Jahr hätte für die Kommissare Sandra Kruse und Leo Reisinger auch ruhiger zu Ende gehen können. Zudem müssen die beiden dem LKA, und damit dem aufgeblasenen Rüdiger Henke, bei der Suche nach den Paletten mit dem Geldscheinpapier unter die Arme greifen. Was zunächst nach einer Kleinigkeit aussieht, entpuppt sich schnell als brutaler Überfall mit vier Opfern. Vollends verwirrend wird die Situation für die Ermittler, als auch noch eine Lösegeldforderung für einen Mitarbeiter der Papierfabrik auftaucht.
Band 6 | ISBN 978-3-948916-12-1

Krimis von Victoria Krebs

Kopflos in Dresden: Band 1 | ISBN 978-3-943444-80-3
Blutiges Erbe in Dresden: Band 2 | ISBN 978-3-943444-82-7
Marias Versprechen: Band 3 | ISBN 978-3-943444-93-3

Überall im Buchhandel erhältlich, telefonisch unter 0351 4864-1827 oder unter www.ddv-lokal.de.